U0029432

當他不愛我

The Night Before

A Today Show and New York Post Summer Reads Selection!

First dates can be murder.

Wendy Walker

溫蒂・沃克 ——————著 辛新——————譯

懷念艾絲特・赫鮑威・凱普夫（1915-2017）

1

洛菈．洛克納

第一次療程，四個月前，紐約市

洛菈：我不確定這是不是個好主意。

布洛迪醫生：洛菈，這要看妳。

洛菈：你想把我治好，但是，要是我的狀況變得更糟呢？

布洛迪醫生：要是沒有變糟呢？

洛菈：我好怕回到那裡、回到過去、回到森林裡那一晚。現在還缺一塊拼圖。

布洛迪醫生：這要由妳決定，只有妳能選擇應該怎麼做。

洛菈：殺死他的那件凶器就在我手上。不過那天晚上並沒有改變我，那晚只是讓我更了解自己是怎樣的人。

布洛迪醫生：那我們就從這裡說起，告訴我妳到底是個怎樣的人。

2

洛菈

現在，週四晚上七點，康乃迪克州，布蘭斯頓

櫻桃紅唇膏。

我挑這個顏色是因為它看起來活潑明亮，脣膏裡好似裝著樂觀，而那正是我今晚所需。

我姊家裡的客用衛浴超小，掛著小小的橢圓形鏡子，天花板也斜斜的。脣膏懸在洗手臺邊緣。

為免自己三心二意，我先擦上口紅，把那些樂觀塗過嘴脣，接著遮瑕。在我棕色的眼珠下畫個兩條，失眠好幾星期的黑眼圈就此消失。不常接觸陽光的雙頰則刷上玫瑰色調的腮紅。

失眠的人都在白天入睡。

姊姊蘿絲拿了件漂亮的洋裝給我穿，黑底點綴小花朵。

改變一下、穿件洋裝吧！這件衣服會讓妳覺得自己很美。

蘿絲剛滿三十，有個丈夫和剛會走路的小孩——喬與梅森。他們的家在布蘭斯頓的山丘上，距離市中心六英里車程。一英里外是這一切的起源：鹿丘巷，我們長大的地方。

蘿絲說，她沒有機會穿那條裙子，因為得追著梅森跑來跑去，裙子礙事，而且她太累，晚上只想在市郊的商店街喝杯啤酒。她說她很想念過去的時光，除了化妝打扮之外沒什麼事好做。不過說真的，她不需要這件洋裝，也沒什麼需要穿裙子的場合。單是緊緊的擁抱、肚皮上的搔癢，與臉上黏答答的親吻，已占滿她的生活。

她的老公喬不在意這些。他愛她，至今依然。儘管他們在同一條街長大，在一起十三年，儘管梅森睡在他們床上，儘管這棟老屋常常需要修這兒修那兒，而且蘿絲從不穿裙子。

他愛著她，因為他眼中所見仍是同一個人，那個曾為他穿上許多美麗洋裝的人。

在今天晚上，我就需要變成那樣的人。

我在浴室地板成堆的毛巾與衣服中尋找手機。接著，我點開那個帳號，心中充滿希望。**強納森．費爾**，他的名字聽起來像一首歌。

我在**覓愛.com**交友網站（是真的有這個網站）認識了**強納森．費爾**。網站名稱非常直白。強納森．費爾今年四十歲，一年前，他太太因為無法懷孕離開了他。他們的房子歸她，他開黑色的BMW。

他是這麼告訴我的。

強納森．費爾跟我通電話。他說他不喜歡電子郵件和簡訊，因為那感覺起來很沒人味。他說他討厭線上交友，但他的朋友就是在覓愛網站認識未婚妻。這不是那種約炮應用程式，它不容許使用者跳過某些資料欄位不填，因為他們必須審核你的照片，所以得花上一小時建置個人檔案。強納森．費爾說，這就像奶奶幫你安排相親。這個比喻讓我笑了出來。

強納森．費爾說他喜歡我的笑聲。

我喜歡他的聲音。而此時此刻回想他的聲音，我的身體真的湧上一股暖意。我感到自己的嘴角揚起，露出微笑。

他媽的微笑。

我告訴他很多我工作上的事，以便盡量避談自己。

度過人生許多磨難後，我拿到令人印象深刻的履歷。普林斯頓大學……哥大管理碩士……華爾街的工作！

有些名詞無論如何過時也永遠不會從這世上消失，華爾街就是其一。我上班的地點在中城，距離曼哈頓最南的華爾街根本很遠。我的公司也不像高盛那麼迷人，我成天只是坐在辦公桌前讀讀寫寫，同時向老天祈禱自己別出錯，因為其他同事都得根據我的建議進行交易或下單——我！雖然我已二十八歲，還是需要精神科醫師告訴我如何待人處事。

強納森·費爾在市中心的避險基金上班，所以他了解我的工作。

至少他是這麼告訴我的。

我沒跟他聊過我在這個鎮上的童年時光。我如何和附近小孩一起玩，在我家後面的林中狂奔。我和蘿絲——還有喬（他家就在同一條街）中學時才搬到比較靠市區的地方。

我也沒告訴他為什麼我這幾年來一直躲得遠遠的。

我不用社群網站，從未註冊，所以他也無法確認。我沒告訴他我父親姓洛克納，Google網站還是搜得到「洛菈·洛克納」，與多年前此人曾做過（或沒做過——他們一直無法確定）的事。打從離開老家，我就改用中間名，也就是母親的姓氏哈特（Heart）。洛菈·哈特。諷刺吧？內心如此破碎，卻以此為名。

略而不談不算說謊。

蘿絲則跟了喬的姓氏菲洛，因此整個康乃狄克州姓洛克納的人半個都不剩。

我倒是告訴他說我會開姊姊的廂型車。那輛車是藍色的，而這挺丟人。我正打算買新車，但最近太忙。

有人敲門。我一打開，發現喬有些不好意思地看著我。他在律師事務所上班，身上還穿著西裝，不過領帶已經鬆開，也解開了最上面的扣子。喬身高六英尺二，若不低頭，幾乎要撞上門框。他的肚子突出，褲腰已經太緊，不過還是有辦法顯得帥氣。

「我應該說服妳穿上那件洋裝。」喬說。提到女人的打扮彷彿令他男子氣概盡失。姊姊的聲音從樓下傳來。「穿上那件該死的洋裝！就是我給妳的那件！」

喬笑了，遞給我他拿在手上的那杯波本。「妳聽聽她那張嘴講出什麼話啊。我們的小孩完蛋了。」

我注意到他笑意更濃，這讓我想流淚。喬愛著我姊姊，她也愛著他，而且他們都愛梅森。我身邊充滿了愛、愛、愛。我後悔自己離開這麼久，但也很快想起自己必須離開的理由。愛雖在此，我卻總覺遙不可及。

我啜了口波本。

「嗯對，你料到了吧？你可是跟洛克納家的人結了婚唷。」我說。

喬翻了個白眼，搖搖頭。「我知道啦，總之現在想脫身是不是來不及了？」

「應該是喔。」

喬嘆了口氣，瞥向掛在浴簾桿上的洋裝。「總之，穿上那件洋裝就是了。還有，那個傢伙——他最好不要是個爛人，否則我會給他好看……」

我點頭。「收到：洋裝、給他好看。」

然後他又補了一句，令我的微笑掛不太住。「妳確定自己準備好了嗎？」

我之所以回老家，是因為我和某個男人分手。他們只知道這樣，而我沒有勇氣跟他們多說。我回來他們很高興，甚至可以說是開心極了。一想到透露人生中另一段糟糕的情節可能會讓他們開心不起來，我就沒了勇氣。他們沒有逼我回答，我因此猜到他們設想的情況有多糟——以及他們並不是真的想知道。或許他們就跟我一樣，都想相信我這個人已經變了。既然我不再我行我素，或許我們可以成為正常的家庭。

不過我也知道這看起來做得有點絕。就這樣拋下一份好工作，明明已經成年，還搬進姊姊家住。我分手了，跟某個他們從沒見過、甚至沒聽過的男人分開。這段感情能有多認真？我簡直能感到蘿絲身上無時無刻散發出這個疑問。

我思考著喬問的話。我準備好了嗎？我看著他，聳聳肩。「大概還沒吧。」我說。

喬則挖苦地回道：「太棒了。」

上樓前，我們有過一模一樣的對話。喬在屋裡走來走去，他擦過流理臺，聽著洗碗機發出嗡嗚，經過整天工作後，他讓一切恢復秩序，這也令他心滿意足。（他很整潔，蘿絲則非。）他就是隻快樂的倉鼠，在自己的滾輪上奔跑。

玩得開心點就是。別太當回事。要是可以換來一晚自由時光，赤腳踩過碎玻璃我都願意。

蘿絲揍了他的手臂，他大嘆一口氣，彷彿非常懷念單身。他們兩個都很喜歡這樣。

蘿絲在廚房幫我準備咖啡，抱怨今天將會多麼漫長。夜晚的廚房就只有我跟喬這兩個各懷心事的人。他撥開自己鬆軟的黑髮，好讓我看看他退後的髮線。妳看！他說道。*看不出來嗎！我無聊到頭都要禿了！*

不過我只看到事情真相。真相就是：他們會擁抱梅森，也會在以為四下無人時偷偷親吻。上述那些只是說說罷了。

快樂的人都是這樣，因為他們想讓其他人好過一點。

我們的朋友蓋柏也來出主意。蓋柏是我們童年小賊團的第四位終身成員。他與父母、哥哥就住在我家隔壁，一直住到他哥念軍校、接著入伍。蓋柏現在住在他小時候的家裡。父親過世後，他的母親搬去佛羅里達，他便從母親手上買下房子。

我在十年前離開他們、離開這地方，但他們竟然還住在附近，這感覺真奇怪。

蓋柏去年才剛結婚，太太是工作時認識的。梅莉莎是他的客戶，不過他從沒聊過這件事，因為這很詭異，又沒禮貌（他是這麼說的）。蓋柏做的是資訊鑑識[1]，有時服務的對象是起了疑心的配偶，就像他跟梅莉莎初識時。他找到的證據讓她得以離婚。後來她便嫁給蓋柏。

他很快樂，但不會快樂到讓你想在背後碎嘴。我猜他還得生一、兩個小孩才會達到那個境界。梅莉莎整個人支離破碎，而蓋柏喜歡讓東西——尤其是人——恢復原狀。不過對蘿絲、喬以及回家來的我而言，梅莉莎是個外人。她為了第一任丈夫從佛蒙特州搬來，而今使她待下來的原因變成蓋柏。我們對她的了解一直十分片面。

此外，儘管我們努力掩飾，但對於她，與其說是歡迎，我們的態度更接近容忍。這點也是挺糟糕的。她又高又瘦，相較之下，五英尺四且一百三十磅的蘿絲顯得矮胖。梅莉莎不喜歡聽喬罵髒話。每次聽他扔出ㄍ字炸彈，她身體就會一個瑟縮。看到這樣，喬當然就更常飆髒話了。上個禮拜，我們烤肉，他就硬在一句話裡塞了四串髒話。至於我呢——這個嘛，我畢竟是名單身女子，還跟她丈夫擁有一輩子的回憶。她的頭腦太單純，無法了解我們的友情。

於是，每回她要蓋柏跟著她一起告辭回家，喬就會說聲去她的。鹿丘巷的小賊團就是這麼難搞。

今天梅莉莎先走，不過蓋柏沒回家。他對我使出老派的眨眼，鼓勵我幾句，洛菈會把這傢伙當午餐吃下肚。她一向很凶，膽子又大。

我努力露出微笑。不過事實是這樣：因為有人傷了我的心，所以我就拋下了一份好工作。說到底也沒那麼凶猛膽大，對吧？不像蘿拉．卡芙特或潔西卡．瓊斯[2]，她們又強又猛、大殺四方，男人都拜倒在我腳下——不過我沒時間理他們，我得拯救世界。

這段對話就跟之前那些一樣，還沒講到有意思的部分就結束了。我們還不知道這個勇猛又膽大的女孩做過什麼壞事——而且發生地點就在這裡，在這個小鎮上。

梅森喊著喬。一聽見他的聲音，我都要融化了。大概是蘿絲叫他這麼做的吧。我彷彿可以聽見她邊喝紅酒邊說：梅森，去叫爸爸！

喬翻了個白眼。

「需要我把波本留下來嗎？」喬問道。

「我們之中誰比較需要喝一杯？」我回答。

---

1 IT forensics：資訊鑑識，自電腦系統或類似的儲存媒體中尋找罪行相關物證或間接物證。

2 Lara Croft：電玩古墓奇兵主角。Jessica Jones：漫威宇宙中的一名超級英雄。

「有道理。」

喬帶走了波本，只剩我和洋裝（以及化妝品）。

外加那面鏡子。

我並不是馬上找到強納森．費爾的。我是覓愛的新手，所以把每個環節都搞錯了。我的第一個錯誤就是對自己的描述太誠實。我說自己很獨立，不過也常妥協；比起夏多內白酒，我更喜歡龍舌蘭；比起日光浴，我更愛潛水；比起高跟鞋，我更喜歡布鞋。我說我不知道自己想不想生小孩。呃啊，這超嚇人。

最糟糕也最巨大的錯誤在於我的照片。那是最近拍的，而且沒加濾鏡修飾。主題諸如我跟老朋友去健走、在草皮上跟梅森玩，我穿著T恤站在廚房，褐髮紮成馬尾，看不到胸部——我甚至沒機會替胸部編幾個爛藉口。

我以為這很吸引人（我是說照片，對胸部我不知該作何評價）。這整個檔案都是我，以前的那個我。

我們還小時，會像小混混那樣在森林裡跑來跑去，完全沒想過什麼浪漫戀愛。那時母親會跟朋友在廚房聊天。有一天，沒人發現蘿絲和我進了家門，我也想不起回家是要做什麼，不過我們聽見她和蓋柏的媽媽華勒斯太太講到我，就在廚房的門邊停下腳步。那年我六歲，蘿絲八歲，母親們正在喝咖啡。

我不知道耶……她天生就是那樣。兩隻手的拳頭握得緊緊的。你很難喜歡那樣的女孩。

我永遠忘不了那句「兩隻手的拳頭握得緊緊的」，也忘不了她是怎麼論斷我的命運。蘿絲拉我走開，我們回到屋外，回到可以自由自在的地方。她笑說反正母親對每件事的判斷都是錯。蘿絲想保護我，不希望我因為那些話而受傷。不過我只記得心裡那股驕傲。母親竟然費事關注我。我總覺得對她來說我就像是隱形人。

我們沒有再聊起這件事，不聊喜歡我這個孩子有多困難。蘿絲邂逅了喬，然後就再也沒放手，彷彿握住了旋轉木馬的金色手把。而我抗拒任何女性化的事物，用緊握拳頭的雙手打走一切。粉紅色、微笑，以及洋裝。

在愛的競賽中，她學會走，而我還在地上爬。不過她從沒停下，也沒有試著來教我。

我看著橢圓小鏡中的自己，對倒影露出警告神情。我的棕色眼珠，與褐色頭髮。

不行、不行、不行。

別這樣，別回頭，櫻桃紅唇膏……

以前的洛菈每天早上醒來，覓愛網站的信箱總是空蕩蕩。沒有眨眼、沒有點讚，沒人傳訊息。於是乎，儘管蘿絲以微笑掩飾擔憂，還是幫著我修改我的檔案，讓嶄新的我與強

當他不愛我

納森．費爾有個約會。

我穿上洋裝，把身體裹住、繫緊腰身。我們一直都穿同樣尺寸，不過蘿絲有胸部，有曲線，有高高的顴骨，金色的光線打亮臉龐。有時候，我認為自己小時候也是用意志力甩掉了那些。話雖如此，我轉向鏡面，看見預料之中的景象：這樣很漂亮，我很漂亮。

我穿上高跟鞋。不是收在地下室的鞋子，而是一雙黑色淺口跟鞋。在這種時候我不能只做半套。

黑眼圈遮掉了，紅色點亮嘴唇，臉頰是玫瑰色，洋裝美美的。我有女人味，又愛玩；我聰慧，但很聽話。我就像一件全新的家具，準備好進入某個男人的生活。我穿著牛仔褲就跟穿黑色小洋裝一樣好看。男人會說他們想要這樣；女人會說她們就是這樣。

這感覺起來似乎不太老實，不過我的感覺不重要，至少今晚不重要。

蘿絲教過我該怎麼看起來性感而不下流，如何聰慧而不嚇人。

洛菈，這是場遊戲。為了得到第一次約會，妳該做什麼就做什麼，之後妳就可以做自己了。除非一切攤在眼前，否則大家根本不知道自己想要什麼。

沒錯，真的是這樣。

喬比較實際。

男人不會讀妳的檔案。他們會看看照片，然後看自己有多硬。

有些時候，我覺得自己會因為努力想搞懂這些而失去理智。我的心理醫生告訴過我關於我和男人、我和愛情之間的問題，而且我將會在這裡——在這個家裡——找到答案。我會知道我為什麼不懂得怎麼去愛，為什麼會在它找上門時將它趕走。我，與我那緊握拳頭的雙手。我是那個讓人很難喜歡的女孩。於是我回到了這裡。

我們的母親很美，而且能夠達成所有人對她的要求。若在覓愛網站上，她會表現得非常好。即便如此，父親還是在我十二歲時拋棄了她。他拋棄她，也丟下了我們，為了某個比母親年紀更大的女性，某個不穿洋裝的女性。他拋下我們，跟她一起搬去波士頓。目前母親自己住在加州，仍在努力跟其他人約會。

父親名叫理查，而他痛恨其他人叫他迪克[3]，原因倒是挺明顯。

我十六年沒見過迪克了。

我厭倦了總是搞不清我與愛情之間的答案。

不過，今晚我不會問那些問題。我不會去猜強納森・費爾為什麼點開我的檔案：是因

---

3 Dick是Richard的暱稱，也有陰莖之意。

為我的照片讓他硬，還是因為他讀了我的假資料後覺得我很好。這一切都讓我好厭倦。我只想完成這個任務，結束一切。我不想再奮戰了，我想跟蘿絲和喬一樣快樂，快樂到想在他們背後碎嘴一番。

我深呼吸，從水槽上拿起紅色唇膏，關燈，走出浴室下樓去。我發現喬和蘿絲正在廚房煮東西，而且用了太多大蒜。蓋柏已經回家找太太——她當然會感到不情願。不過我嫉妒他有人等門。蓋柏會左右為難，但也會很快樂。世界上沒有所謂完美，這我可以接受。

「喔！」蘿絲驚呼。「妳穿了那件洋裝！」她停下手上的動作，右手壓住心口，彷彿正要背誦《效忠宣誓》[4]。我要去約會了，而她不確定自己是否該為此開心。打從她到紐約接我，我們就一直處於一側是希望、一側是憂慮的微妙界線上。然而我穿了她的洋裝，這件事實多少讓她好過了些。要是我看起來這麼美，或許這就能是一次普通的初次約會。

「妳看起來很棒。」喬讚許地點頭，像個發還考卷的老師。這個老師不是變態，而且這份考卷的分數很高。

「謝啦。」我臉上的微笑沒能撐到樓下。

我感到一雙光溜溜的手臂抱住我光裸的雙腿，一低頭就見到一個小東西抬起了頭。

「菈菈，」梅森說。他閉上眼睛，彷彿正在回顧腦中對我的一切認識，我的氣味，以及我的名字（應該是吧），我將如何彎身抱起他好好親一頓。不過他很快就膩了，扭著身體躲開。梅森只穿了尿布，他的快樂彷彿永無止境。

我在想自己是否有過這種感受，卻怎麼也無法想像。

蘿絲給我她的車鑰匙。「妳會回來的吧？不然我也可以幫妳叫Uber……」

我接過鑰匙。我不會為了要跟這個人在一起就太晚回家，只要能誘他上鉤就好。蘿絲跟我說過該怎麼進行。這回我應該能把事情做對。

我接過鑰匙，讓自己下定決心。開妳姊姊的車與不要刮腿毛相比，前者更能堅定心志。我今晚一定會回家。

「別忘記包包！」蘿絲說。她指著流理臺上用來搭配洋裝的黑色皮包。「包包裡的東西我都幫妳拿出來了。」

我接過皮包，把唇膏擺進去。

我走向通往車道的側門。

「妳會回家嗎？」蘿絲又問了一次。

4 Pledge of Allegiance：向美國國旗以及美利堅合眾國表達忠誠的誓詞。

「別擔心。」我說。

臨走前，我對他們笑了一下，他們看著房間這頭的我，這裡突然變得好安靜。我看見蘿絲臉上閃過一抹希望，而那抹煞了我心中的希望。因為緊接在後是深深的恐懼。只要她注視著我，恐懼就不會消失。

我沒說話，逕自吞下那些字句。

妳不用擔心，因為今天晚上我將不會是我。

我的唇膏和洋裝都沒能讓她放心，不過她總會明白的。我已經把過去的我留在樓上的閣樓。而且，這回我每件事情都做對了。我挑了強納森·費爾。在愛情和承諾的國度中，他有著良好紀錄。

蘿絲，別擔心，妳早上就會知道。

今晚我將好好表現，就算這會要了我的命。

3

蘿絲・菲洛

現在，週五早上五點，康乃狄克州，布蘭斯頓

情況不太對勁。

房間燈光昏暗，蘿絲一睜眼就覺得不對勁。她身邊窩著兩歲大的小孩，只要梅森爬上床，就像一枚追熱導彈。房裡沒看見喬的身影，而且他那側的被單沒動過。他可能有點挫敗，倉促間跑去樓下睡起居室的沙發。他們的床不夠大，睡不下三個人，不過他們倆都沒力氣阻止梅森的嗜好。

就著夜燈的亮度，剛好可以看見他無辜可愛的臉龐。白雪般的臉蛋配上拖把般的亂糟糟黑髮，像他父親，這小小的男孩。

她的臉頰壓到他柔軟的皮膚上。

「好，」她輕聲對自己說：「一切都好。」

不過她並不這麼相信。

她伸手去拿床邊桌上的手機。時間是早上五點，這解釋了她為何腦袋陣陣刺痛。他們昨天比平常晚睡，因為梅森翻來翻去，非常難哄。等他終於睡著，已經說了五個故事，他們坐在他床邊看著他打瞌睡。接著蘿絲拿一杯酒伴著吞下兩顆苯海拉明[5]。她知道，除非用力敲昏自己，否則腦袋不會休息。

喬沒有問她為什麼，他早就知道原因。自從洛菈搬進來她就一直很緊張。蘿絲開著廂型車進城，幫她打包家當，一副拯救小熊不致跌落懸崖的母熊姿態。她也跟母熊一樣停不下徘徊與憂慮，又要努力保持低調，以免狀況惡化。這項任務觸動了她體內每一條神經，全心準備應付接下來出現的所有危機。

喬吻過她額頭，她躺在他們的床上縮起身體，盯著眼前的虛空，心思轉往糟糕的情境，等待藥物和酒精發揮功效。

她沒事的。喬說過。只不過是約個會。

他會再度下樓隨便找個運動節目配啤酒。離開房間時，喬看起來有點暈眩，之所以下樓看電視是為了轉換一下心情。他們的房子很小，自洛菈搬進來後的這幾個禮拜，似乎變得更小了。

喬和洛菈總是一起待在某處（廚房，或起居室），對於對方的公司，他們都具備尖酸而刻薄的幽默感。蓋柏似乎更常來訪了，他沒有帶上梅莉莎（還好，因為蘿絲還沒習慣她的存在）。喬在洛菈和蓋柏身邊感覺不太一樣。他仍是那個好看且堅強的孩子，世界任他掌控——至少鹿丘巷是這樣的。在他的嗓音與微笑中有著無窮的信心。她懷念他的那一面，不過時間只進不退。他們早已不是孩子。

喬說他不擔心洛菈，關於這件事蘿絲跟他吵得夠多了。他永遠都有答案，永遠有讓她無力反駁的說法。

你不像我這麼了解她。

真的嗎？我是跟妳們兩個一起長大的。

可是……

沒有什麼可是……洛菈有什麼是妳知道而我不知道的？

不是這樣，事後聽人轉述和處在發生當下截然不同。因為你會親眼看見、親身體驗，並且吸收那難以界定且無以描繪的事物、那些不知怎麼深植於心的感受。喬說他不擔心她

5 Benadryl：抗組織胺藥，用於治療過敏及失眠。

又出門約會，而且對象是網路上認識的陌生人。畢竟幾週前她才徹底拋下舊人生，而且是因為有人在她付出真心後（是說這到底是什麼意思？）甩了她。

事實是，洛菈從沒提過這個男友，是回到老家後才說的。這段感情能有多認真？雖然他讓她想暫時放下工作，休息一陣子，可是許多人夢寐以求的工作機會可不會等她太久。

不可否認，她男人運不佳。撇開其他不談，洛菈很聰敏，但這樣的人卻不停犯下同樣錯誤。喬似乎沒有發現那個他感受不到的微妙之處就是原因所在。最近的一次分手只是較為外顯的症狀。

或者該說是警告。

蘿絲的嘴唇壓上梅森溫暖的臉頰，然後慢慢溜下床。她踮著腳穿過房間、踏進走廊，下樓來到起居室。她在沙發上發現丈夫，他正努力將巨大而魁梧的身體藏進一小條毯子取暖。

她走到凸邊窗，視線從窗外街道轉向短車道的右側。她通常把車停在那裡。

她就這麼站了一會兒，看著、找著。看看路的右邊，然後左邊。她的心思跳往下個事項。

蘿絲走回沙發邊，搭上喬的手臂，等他醒來。

「怎麼了？」他咕噥著。「現在幾點？」

「五點。」她回答。

「發生什麼事了？梅森怎……」

「不是，他很好。他還在睡。」

蘿絲躺到沙發上僅存的一小個空間，縮起身體靠向他，他張開手臂把她拉過來。她感受著他的體溫、他的力量，嘆了口氣。

「那是怎麼回事？」他輕聲說。

「車沒有回來。」

「什麼車？」

「我的車，洛菈開去約會的車。」

喬親親她的耳朵，笑了。「她還真行。」他說。

蘿絲推開他坐起身，視線不斷從喬身上飄回空盪的車道。她依舊能從凸窗裡看到那兒。

「這不好笑！」她說著。

「所以她被沖昏頭了。那又怎樣？」喬的手滑過她大腿。「或許我們也該來昏一下。」

「住手。」蘿絲推開他的手，站起身，雙手抱胸，肩膀因憂慮而緊繃。她穿過房間，走到窗邊。

「你不覺得奇怪嗎？過了這麼多年，她為什麼回來？還在網路上找人約會、整晚不回家……」

這下喬也坐起來了。他拉過小毯子裹住裸肩。「她在努力解決問題，只是這樣而已。或許也該是時候了，或許她厭倦了逃跑。」

蘿絲思考著。洛菈中學一畢業就離開小鎮，從未回頭，只有放假曾「路過」幾次。她寄禮物給梅森，也打過電話、傳簡訊，寄電子郵件，不過從來沒在這裡停留。如果蘿絲想見她，就會帶著梅森進城，逼洛菈成為他們生活的一部分。

然後忽然之間，她就來了這裡。她想改變，想找對的人。她化妝打扮，還接受蘿絲的建議。以前她會批評蘿絲，說她像個女生，彷彿這句話是最最刺人的羞辱。

快點！別像個女生一樣！

天啊，她過去會那樣嘲笑他們，激他們去冒險。可能是爬上比她家屋頂還高的樹，也可能是走過才剛結凍的池塘。

快呀！

他們家那條街的屋後就是自然保護區，整整數公頃的樹林、小徑和河流都是他們的遊樂場。洛菈年紀最小，他們（包括蘿絲和喬）都扛起保護她的責任，免得她弄傷自己。

她有如飢餓的野獸，耗盡所有人的注意力。小時候是鄰居家的孩子，大了則換成他們天主教學校的修女。

她們就讀聖三一的聖馬可中學，這在他們這個新教徒家庭中是個笑話。市區有幾所很好的中學，不過後來她們年紀太大，而且不服管教。私立學校很貴，附近郊區的房子更貴，因為那裡的公立學校能讓小孩進入頂尖大學。對於蘿絲和洛菈這樣的家庭，教區學校是最好的選擇——特別是在父親離家後。

學校教職員很喜歡洛菈。打從八年級抓到她抽菸直到她畢業，她每年都違規，但要是你聽見他們怎麼對她說話，會覺得這些人把她當成缺乏群聚直覺的小綿羊。跟大家待在一起是有原因的，他們會這麼跟她說。生存非常重要。

如果妳一直離群，狼就會跑來。

而洛菈每次的回答都一樣。

好在我喜歡狼。

蘿絲的視線回到喬身上。

「我要去她房間看一下。」她說。

當他不愛我

「別。」喬幾乎是懇求。

「為什麼？」

「如果她真的搭Uber回家，終於睡著，妳會吵醒她的。她來這裡後總是睡不好，都快變成活屍了。」

「但要是出了什麼事呢？」

「只是約會。」

「可是對象是網路上認識的男人。」

「現在大家都是這樣。再說他有夠老的，還開ＢＭＷ。」

蘿絲嘆氣。「我有不好的預感。」她說。

「妳每年這時候都有不好的預感。」

他說得沒錯。現在還沒九月，不過空氣裡已能聞到那股特殊氣息。變換的季節、燃燒的火焰，在在觸動那永遠無法安放的回憶，一旦悄悄爬出她心中的陰暗角落，就會一路播放到底。

夜晚涼爽的空氣，火焰竄出的煙霧與熱氣，樹枝爆開，尚未死透，還沒準備好燃燒起來……

「萬一是因為洛菈呢？萬一這是什麼徵兆呢？」

蘿絲回到沙發旁，站到他面前。

「拜託別吵醒她。我沒辦法在一大清早五點面對姊妹吵嘴。」

「我得去看看，我會很小聲的。」

喬抓住她的手腕，不過一感覺到她的掙扎就放手了。

關於洛菈的返鄉，他們還有好多事情不明白。比方那個令她心碎的男人。洛菈從沒提過他叫什麼，所以他們喊他「混蛋」，或者（要是梅森在房間裡）就說成「壞蛋」。這是喬的主意。如果她還沒準備好，他們不想逼她回答問題。

不過，她的故事有很多地方兜不起來。

我這輩子第一次覺得我可能做對了。

她提過自己正在接受治療，嘗試改變壞習慣、改變自己。不過，要是她做得對，這個人就不會跑掉。

聖馬克中學的修女對她的看法沒錯：她總是離開安全的獸群。洛菈對自己的看法也沒錯：她喜歡狼。

不過洛菈不是什麼小綿羊。

蘿絲在樓梯最上層停下腳步，看見回憶上演。

塑膠杯中的便宜啤酒，香菸、香甜的唇蜜、防蚊液……

那是最後一個夏日，開學前最後的週六夜的傳統。

布蘭斯頓是個小鎮。一邊是長島海灘，另一邊是紐約州田園風格的森林。小鎮北邊，還不到森林與緩緩起伏的農場，則是一片公有保留區自然區，加上蜿蜒至鹿丘巷的溪谷。

他們如今也住得不遠，不過蘿絲從沒回去過。十一年來都沒有。

每年的活動都一樣，附近十幾個小孩的興奮情緒幾乎擠爆現場，你可以感覺到轉變在即。新的季節、新的年級。他們長大了，想望新事物，同時恐懼、需要新事物。他們想推開恐懼，一如夏天對抗秋天。她還是能夠想起那種感覺。

他們會把車子停在碎石路邊，走進那塊空地。青少年醉醺醺的喧鬧淹沒某座喇叭傳出的音樂。當時她大二，洛菈才剛上高二。那晚喬沒有參加派對，他的家人想在岬角小屋度過最後一個週末，蓋柏已經回大學。那晚他們四人中只有蘿絲和洛菈去了派對。因此，聽見樹林間的尖叫聲是什麼滋味只有蘿絲明白。

或許她已經惦記這件事夠久；或許可以放下了。

蘿絲悄聲走過硬木地板。這棟岬角小屋建造於三〇年代。樓上地板用的是雀眼楓木，非常漂亮，但已老舊，每一步都會製造嘈雜的嘎吱聲。她走過自己的臥室，沒吵醒兒子，接著繼續沿走廊前進。

洛菈住在斜屋頂下的小閣樓，位於走廊底端，在客用衛浴旁邊。房間的燈沒開，門關著。

蘿絲又往前踏了一步，先以腳掌輕輕踩在身前，接著才轉換身體重心。

然後她停下腳步，突然意識到自己竟在自家鬼鬼祟祟，甚至慌張得就像梅森剛出生那時。她數不清幾次把梅森從平靜的睡眠中搖醒，只為確定他還在呼吸。她的恐懼太不尋常。

又或者這很尋常，或許她理由充分。

打從妹妹出生，蘿絲就負責守護她，這個概念深入她的骨血。不過光這樣還是不夠，到頭來，她還是敗下陣來。

火焰的氣息、林中的尖叫……

她永遠忘不了，也永遠會聽見那個聲音。一時之間，林子一片寂靜，沒有人移動，所有人都就這麼愣在當場，好奇著自己到底聽見了什麼。他們等待著，想知道會不會再傳來尖叫——結果還真的聽見了。蘿絲在營火邊張望，尋找洛菈的身影。即便她已開始走向路邊，往停車的地方移動，朝尖叫傳出來的地方靠近，她依舊在找尋，依舊抱著希望。她很希望是自己弄錯，希望那個尖叫聲不是來自妹妹。

再往前兩步，她站到閣樓門口，耳朵貼在木板上，想聽聽看聲音。或許電視，或許音樂。洛菈有時候會開著電視或音樂睡著。可是房間靜悄悄的。

她輕輕旋轉門把。門把也因為年歲而嘎吱作響，門板晃開時，擦過鏽蝕的金屬卡住了。不過蘿絲焦慮到顧不上這些，而回憶還在繼續上演。

他們將跑向馬路，各自穿過樹林，想找到最快的路線。這裡沒有小徑，此時天色很黑。有人帶手電筒，而他們將把手電筒打開，也有人上車打開頭燈。尖叫聲轉成啜泣，路上可見兩個身影。一個站著，另一個在碎石子路上躺著不動……

蘿絲推開閣樓門板，動作緩慢，已經開始咒罵自己。他們並不在那片林中，無論她在這個房間裡發現什麼，都不代表任何事。洛菈已經成年。或許她喝得太醉沒辦法開車，所以待在他家；或許她留下來過夜，陪他睡一晚。她保證會開車回家，不過人總是無法信守承諾——特別是洛菈，特別是跟男人扯上關係的時候。她的好意永遠敵不過不知饜足的渴望與嚮往。要是她真的跟他睡了，那又怎樣？喬說得沒錯：那個男人年紀較大，四十歲，又離了婚。實在是安全到有點無聊。

不過這些理論沒有一點用。過去的回憶、林中的尖叫，以及躺在妹妹腳邊的男孩……那段回憶持續上演。

她奔向妹妹，因為尖喊她的姓名而喘不過氣。洛菈！她衝到她身邊，看著她的臉。她滿心恐懼、不敢置信。噢，還有那個躺在地上的男孩，一灘鮮血從他的頭側湧現。那是洛菈的初戀情人，那個將讓她心碎的人。他死了。

這段回憶總會進行到底，沒有例外。蘿絲眨掉最後一幕畫面，找尋著妹妹的身影。洛菈離開十年了。不過這不重要，蘿絲一直都做好迎接下一起悲劇的準備。門已然開啟，她打開燈。卻只看見空盪的床鋪。

4

洛菈

第六次療程，三個月前，紐約市

洛菈：蘿絲覺得我是自找的，她說我令人心碎。

布洛迪醫生：怎麼說呢？那些真心愛妳的人呢？

洛菈：他們不愛我，他們只是「以為」自己愛我。

布洛迪醫生：因為他們不了解妳？

洛菈：或許吧。蘿絲說我選的都是不會愛上我的男人。我之所以想跟他們在一起，是因為他們不會愛上我。不過我到底為什麼要這麼做？

布洛迪醫生：為了證明一件事。

洛菈：哪件事？

布洛迪醫生：如果妳能自己找到答案，會比較有幫助。

洛菈：不要誤會，不過我現在有點討厭你了。

5

洛菈

前一晚，星期四晚上六點，康乃狄克州，布蘭斯頓

強納森，阿強，強尼，傑克[6]。開往市區的路上，我猜想著別人會怎麼叫他。

路上車很多，我快遲到了。又是施工地段，又是單行道的，媽的。遲到很棒啊，就讓他等等！我這麼對自己說。我也可以成為那種高招的女人，我可以隱藏起急迫的心情與那分渴望。

我考慮傳個簡訊給他，不過他說不喜歡傳簡訊。可我又不想打電話，因為那樣有點太誇張（再者，充電線被我忘在房裡，因此手機電量不足）。真希望蘿絲不小心留了一條在車上。

6 皆為Jonathan的暱稱。

他會等十分鐘的，對吧？

廂型車聞起來像是金魚餅乾加蘋果汁。蘿絲每個禮拜都會把車清乾淨，不過效果不大。我覺得她是太熟悉這些氣味，自己已經聞不到了。就像廚房中走味的咖啡，總要等喬下班回家清空咖啡壺，氣味才會消失。

喬下班前，廚房就是蘿絲的領域。梅森看卡通時，我常會發現她在廚房裡盯著某個東西發呆。她倒給我走味的咖啡（驅走前晚跟喬和蓋柏喝波本引發的宿醉），引用她還是女性主義者時的箴言，用一模一樣的語氣建議我該如何勾引男人。

洛菈，妳不需要男人。妳沒有任何需要他們的理由。

恕我直言，如果那些東西你已經到手，說不需要當然輕鬆。她好像也跟我說過她不需要喝咖啡，可是說話的當下正灌下第二杯。

不過此刻的我還是參考了她的建議。因為我很慌，我擔心他會因我遲到十分鐘而離開。

我不需要男人。

唯一的問題在於，我終於辦到了。過去我一直不懂為什麼找個對象這麼困難，但多年之後，我找到了一個愛我的男人。

我們沒有在一起很久，不過跟他交往開啟了我的想望。我有那麼多想做的事。我想被擁抱、觸碰，我想大笑大哭、想要找到另一個靈魂。我想被人看見，並且被人了解。我不是那個征服世界、勇猛膽大的戰士，只不過是拽著袖口或大衣下襬抬頭仰望的小女孩。我總是這樣，懷抱著愚蠢的希望仰起頭，想找到這樣的一個人。那個人會回頭看我，而且很開心能見到我。

可悲的我，和我愚蠢的白日夢。

強納森・費爾……大家會叫你納森嗎？還是小納？

我不知道真正的他帥不帥，不知道他的頭髮是不是跟照片裡一樣烏黑蓬鬆，眼睛是不是那麼湛藍。他襯衫下的身材看起來很標準，可我不知道會不會在他眼底看見我深深喜歡的性格：有一點淘氣。以前的我並不喜歡這種個性。也好，可以讓以前那個我安靜些。

不過，無論我在強納森・費爾身上看到什麼，都不會視而不見。如果他明顯就不對，我也不會假裝他適合我。如果他適合，我也不會捏造什麼證據證明他不適合。

我嚴重缺乏直覺，今晚可能會有點辛苦。

強納森・費爾。我就快到了。

經過主幹道上的施工地段，我左轉海德路，在里奇蒙路再左轉一次。我在停車表前停好車。我們約在愛爾蘭酒吧，過了後面那條街就到。酒吧在我左手邊，縮在高檔餐館和義式餐廳之間。這間酒吧在夏天會開放戶外座位，我們小時候會拿假證件跑進去。我在想，最近這麼做應該比較難了。不過，或許他們已經能做出更厲害的假證件，我們做的那些簡直比白日夢還要假。

我有太多在這個小鎮長大的回憶。打從回來的那天，回憶就從每個角落浮現。強納斯．費爾提議約在這兒。他說酒吧離他住的地方很近，所以很常過來，酒保還會請他喝免費的威士忌——不是他買不起喔。他特別補上這句。不過我對這句話沒多想什麼。我把我的那套思考模式留在家裡。今晚我什麼都不會多想。不竄改訊息，不視而不見。雖然我是個很糟的病人，卻有個很棒的治療師。

我打開花俏的鏡子，檢查自己的臉。睫毛膏還沒暈開，臉頰還粉嫩。因為我剛咬了唇，所以補上紅色唇膏。我用手指擦掉牙齒沾到的顏色——這還真是不太好看——我是說牙齒沾到唇膏。說真的，那可是要命而且非自願的失誤。

*媽的！我是變成媽了嗎？*我闔上鏡子，隔著擋風玻璃注視外頭。自從迪克離開我們，母親沒有男朋友就睡不著覺、吃不下飯。而且她願意將就。自從迪克離開，她幾乎是每晚每晚跑出去，而我記得我好恨她這麼做。

孩子們，我看起來怎樣？

媽，我們他媽的才不在乎。我們有作業、有考試、有月經有痘痘有其他青春期的麻煩事，而且我們都得自己處理，還真是謝謝妳喔。

我不想變成自己痛恨的人，不過人生或許就是這樣的。

我覺得胃不太舒服。還不到恐慌，也不太像緊張。這不一樣，這是面對特殊狀況才會有的感受：慘烈的分手後頭一次約會。我滿懷希望，卻又如此脆弱。希望彷彿只有一息尚存，大家都聚到它身邊祈禱，神父也在一旁進行臨終儀式。一部分的我已開始哀悼，另一部分的我還無法放棄——除非已徹底絕望。說不定得等到它深埋地下。

我得喝一杯，越快越好。

我手握車門把，車門開啟。我抓起錢包、手機和鑰匙，關門鎖車。時間是七點三十八分。

我走路的姿勢彷彿滿不在乎。我穿過街道，走向下個路口，心跳加速——這令我不爽。我放慢呼吸，狀況卻更糟。我感到通紅的臉頰又變得更紅。

一小群人站在戶外抽菸談笑，他們一定正在享受暢飲時間的折扣。我繞過他們、找到門口，拉開大門踏了進去。

酒吧很暗。昏黃的燈光，木製的鑲板。店鋪後側擺著幾張桌子，前面的音樂放得很大聲，裡頭擠滿各種年齡層的客人——但就是沒有中年人。中年人都在家陪小孩。這畢竟只是週四晚上啊。

我掃視人群。兩個性感女孩站在我右手邊，醉醺醺又十分火辣。她們正跟三個年輕的上班族聊天。這些白痴！目前這人數付錢時要怎麼整除平分，我非常想知道。我的左手邊是某間診所的五位同事，他們身上還穿著棉花糖色的刷手服，上頭別了繡章。酒吧中央則是一字排開的男男女女，沒有人是自己一個人。媽的，他走了嗎？他不管我了嗎？不！不！不行！這個念頭席捲了我，我立刻意識到今晚的自己有多脆弱。

脆弱不是好事。我覺得自己就像困在角落的野生動物，只有殺出一條血路這個選項。這使得我憶起那些不想記得的往事。那麼多的錯誤、那麼多的悔恨。它們就這麼閃現，彷彿沙林毒氣那樣滲進來，摧毀我體內每條神經，以自我厭惡來麻醉自己。

我這才意識到自己已對強納森．費爾放了信任，雖然他不過是個名字，加上說話聲音和網頁上的介紹。我讓這些訊息在腦中打轉，形塑出真正的人物。小孩的想像朋友就是這樣的，瘋狂且絕望——我怎麼又來了呢？我沒有遵守指示，這不是好兆頭。

我感到一隻手搭上肩頭，轉過身。

「洛菈？」他說。這位就是……強納森．費爾。雖然他並不知情，不過他拯救了我，也救了他自己，沒讓我傷害我和他。

他長得很好看，好看到我差點要倒抽一口氣（而且我這時可是連一杯酒都還沒喝）。

藍色眼珠，深色頭髮，跟他的照片一樣。只是五官有著照片捕捉不到的氣質——他的顴骨襯托出完美的鼻子，微笑起來有一邊的嘴角扯得比較高，看起來挺討喜，而非高傲。他的身材苗條且結實，一舉一動散發優雅的男人味。

這些訊息匆匆湧入，席捲我的意識。

「是、是強納森嗎？」此刻的我非常鎮定。我不知道自己怎麼辦到的，畢竟情緒在短時間內變化太大，弄得我差點崩潰，恨不得爬進蘿絲的閣樓，消失在這世上。

他用眼睛上下打量我。說實話，感覺有點奇怪。不過，假使他的感受跟我有相似之處，一點也不奇怪。激增的腎上腺素讓我有點茫，我完全不知道自己在做什麼。

接著他開口。

「抱歉，那個……嗯，妳真的很漂亮。」

我聽著這些字句，試圖理解他在說什麼。我振作精神，掃去血管中的沙林毒氣，腎上腺素也跟著退下。過了一會兒，我聽懂了。他聽起來很誠懇。打勾。這個說法也解釋了他為何眼神游移。打勾。沒問題。

我微笑——我逼自己微笑，並聽到有聲音在遠處迴響。我姊姊的聲音，以及存在於我過去的幽影，它們說我不該在這兒。

回家去、躲起來。

他看看店裡，眼神在後方的桌子區停頓了一下。有那麼一瞬間，笑容消失。

「嘿！」他說：「這裡有點擠。我比較想去安靜點的地方，這樣可以好好聊聊、了解彼此。」

他說得沒錯。這裡很吵，聞起來還有不新鮮的啤酒味。大家笑得太用力，因為在週四晚上七點四十五分就喝開了。他想聊聊，這是個好現象。我從混亂的情緒暗礁上往回撤。

「當然好。」我說，又露出微笑。

他先碰了我的手臂，讓我走在他前面，往門口移動。我們往外走，經過蕩婦、蠢蛋，與棉花糖色刷手服。我想我好像聽見有人叫他的名字，聲音是從桌子那區傳來，我試著回應，不過他走到我前方對著我揮手，要我跟上。他走到門口開門，帶我離開，往里奇蒙和楓樹街角移動。我們一直走到一間便利商店的停車場才停下腳步。

我跟著他，沒有問要去哪裡。

我也不知道為什麼。

這個嘛……這麼說也不太對。

有點起風了。他轉身面對我，看著我後方，又帶著笑意看我。

「剛剛抱歉。在那裡吵得我沒辦法思考，偶爾就是會這樣。」

我很清楚該說什麼。

「沒關係，我也有這種時候。你接下來想做什麼？」我好體貼。都看你，強納森．費爾。

他指向隔著一條街的建築物。

「我住在那裡，車停在車庫。想坐我的車去海邊嗎？那一帶有很多地方可以去。」

「當然！」我熱情地說。你想要怎樣都行，強納森．費爾。

我們開始往前走。

「我希望妳不要誤會，但我看見妳時鬆了好大一口氣。」

這下我懂了。他是躲在後面，等到認出我才出現。

「那要是我又老又肥又醜，你會怎樣？」我的語氣聽來老練，我又因此討厭起自己。

我聽見蘿絲的聲音。沒有那麼難的——看在老天的分上，對別人好一點！好一點！對人好一點！不要老練。不要無禮。

不過他接著就笑出來，覺得我的無禮很有意思。我努力叫自己不要亂假設、亂做結論。或許他只是緊張。人在緊張的時候會笑，這不表示他看到了從前的我、真正的我，而且還覺得喜歡。這不代表什麼。我們才剛認識，別擅自編造他的模樣。

再說——該緊張的人是我才對。我正要走進地下停車場，單獨一人跟著這個男的，這個陌生人，而且我沒在這裡看到其他人。

他掏出鑰匙、按了按鈕，一輛豐田轎車的車燈亮起。在銀行業工作又不需要養小孩的四十歲男子在我想像中不是開這種款式的車。這不是他跟我說過的黑色ＢＭＷ。

我不是很在乎錢。我愛過各種男人：老師、學生、做工的。我只是覺得情況有出入。不過又是離婚又是贍養費，外加打理一棟房子與公寓的成本……我又知道什麼呢？我一無所知。嗯，或許一些些吧。這又不是發射火箭，搞不好他的ＢＭＷ是在店裡呢。我太會編故事了。

反正一切已經太遲。他打開了副駕駛座的門，我坐上車，車門關起。我的胃部一緊。應該很簡單才對。今晚的我應該是全新的我——只是個穿上洋裝約會去的女生。我的腦袋陣陣抽痛，過去十五分鐘來的情緒起伏太大，我好累。各項事實不停打轉。這輛車、他的故事……

酒吧後頭傳來那女人的聲音。她呼喚他，此時我們正匆忙離開。

拜託了，強納森·費爾，希望這次真是我搞錯！

拜託，希望你跟你說的一模一樣。拜託、拜託、拜託。

因為如果不是，我真的不曉得我會做出什麼事。

6

蘿絲
現在，星期五早上五點三十分，康乃狄克州，布蘭斯頓

蘿絲眼前的床鋪空盪盪。她雙手摀住嘴巴，掌心壓緊嘴脣，不讓自己的恐懼發出聲響。她想轉身跑回樓下，她想告訴喬說洛菈昨天晚上真的沒回家。不過她隨即停下。他只會重複同一個說法，說她昏了頭，說洛菈只是在做自己。

於是她開始尋找妹妹，自己一個人找。

被洛菈的物品包圍感覺很怪。所以她頓了一下，思索著自己的行動。她的所作所為就是侵犯隱私，沒什麼好說。她了解妹妹的本質，但那個本質在過去十年中覆上層層外殼——這些她都一無所知。只曉得一些無關緊要的事實：她大學主修什麼、分析師大概在做什麼，外加簡單介紹過的工作環境與同事：潑辣的貝蒂、性感的亨利。她在辦公室最好的朋友是個叫吉兒的女生，她們幫其他人都想了綽號。這很有趣，但都與她無關。蘿絲甚至不知道她上班上得開不開心。

蘿絲打給她的那些電話，就連帶梅森去她的公寓找她的那幾次，兩人也只聊三明治店、政界醜聞、梅森怎麼不睡自己的床，媽媽，還有班上那些超完美嬌妻，從來不聊那層層外殼。她們不聊洛菈，也不聊她自己。蘿絲甚至沒見過她的室友。她週末似乎永遠都不在。她男友在紐澤西，而且有自己的房子。

讓洛菈住在她家感覺比較像在接待朋友。她像訪客，不像家裡的一分子，也因此，待在她房裡翻她的私人物品就變得很怪。

話又說回來，她的確是家人，而且蘿絲很擔心她。就因為是家人，因為有那些共有的經歷，因為知道發生過什麼，也清楚她對此的感受，才會這麼擔心。母熊永遠會保護自家的小熊。

情況不對勁。

她很熟悉這種感覺。從自己頭上還紮著辮子、穿格子裙那時就開始能感受到。她會在房裡找到洛菈，而她正躲在床底下哭。蘿絲也在樹上找到過妹妹，只是這份恐懼超越了一開始令她往上爬的決心。

沒人記得蘿絲跟著她爬上去不只一次。她壓下自己的恐懼，幫妹妹回到地面。事實就是如此。

洛菈，真相到底是怎樣？妳到底在哪裡？

她甩開顧慮，視線重新掃過房間，用前從未有的方式審視這裡。即便她來這房間找過妹妹，給她拿吃的來、帶梅森來跳她的床，問她想不想去散步或兜風，或在喬到家後溜出去喝一杯。她來過這房間十幾次，眼中卻只看見洛菈，只把這裡當成一個場景或布幕。而今，此處因她的缺席變得不同。

她仔細查看四周。房裡有四個咖啡杯，有些空了，有些裝著擺了好幾天的咖啡。三個用過的點心盤，四個水杯。蘿絲緩緩地收拾杯盤、堆疊整齊，擺到門外的走廊地板上。接著她看向沒整理的床鋪。枕頭上印到了黑色的眼影，床包和被單因為主人不得安睡而糾結成團。她可能一直在做夢。或許是噩夢。

洛菈，妳會在晚上夢到過去嗎？妳是因為這樣才夜不成眠嗎？

她抖開被單、整理床鋪，擺好掉在地上的抱枕。洛菈在這房裡無所不在。每件家具都布滿她的味道和衣物。椅子、床邊桌上，連地板都有。因為沒有摺好，也沒好好分類，衣櫃中的衣物垂在那兒。蘿絲發現自己正一邊檢查衣物的口袋，一邊整理衣服，收拾這團混亂，彷彿這樣就能令時光倒回，讓洛菈平安回家。

她坐到洛菈的桌前。現在剛過五點半，筆電沒有蓋上，螢幕暗著。桌上疊放紙張和書本，還有記事本、幾隻筆，與紙上的筆記。

蘿絲檢視著，起初動作緩慢且小心，彷彿洛菈會就這麼走進來看見她。這麼想太荒謬。她當然要找，她要翻出任何能讓她知道妹妹上哪兒去的東西。再怎麼說，她都開走了蘿絲的車，還保證早上前開回來。

筆記一頁翻過一頁，上面只寫了公事，都是各間公司的筆記與資料。她說過她要密切追蹤市況，不過蘿絲沒有全盤接受這說法。

接下來她開始翻抽屜，發現多半空無一物。她找到一個釘書機，不過那是喬的。之前這張桌子是他在用。幾支筆、迴紋針，沒有私人物品，連支票本都沒有。

她關起最後一個抽屜，靠回椅背，看著那臺筆電。她的手指在觸控板上慢慢畫圈，等待螢幕亮起。這臺筆電沒有鎖定登入密碼。

她往後靠，盯著螢幕，某張照片的色彩填滿畫面。

蘿絲嚇了一跳——她看見十歲的自己回望。她正跟洛菈站在一起。洛菈一定大概八歲，她們身後是家後方的小溪，溪邊有兩個小男孩。她立刻就認出來了。

其中一個是喬，強壯黝黑，略長的黑髮蓋住耳朵。看見他還是男孩的模樣好奇怪。這張照片提醒她，他們打從出生就是朋友，而且曾經這麼不羈自由又年輕。

另一個男孩當然是蓋柏，他跟喬剛好相反。高高瘦瘦，短短平頭。他們幾個是如此不同，彷彿電視節目裡那種分配好的角色。他們形影不離，就算有其他小孩加入或離開，他們仍一直在一起，直到中學畢業，喬一家人搬到市區附近。自從她們的母親搬到加州，蘿絲已經好幾年沒看過這張照片了。洛菈一定是翻拍、掃描了照片。不過這是什麼時候的事？又是為什麼？洛菈痛恨跟過去有關的一切。

他們那天正忙著收集青蛙蛋。那是一堆灰色果凍狀物中的小黑點。他們以前會把青蛙蛋放在一小桶水裡等蝌蚪孵化，不過好幾年來只發生過一次。他們年紀太小，不知道青蛙下蛋後還需要受精。可是也沒關係，尋覓和等待就夠刺激了，外加這些與探險一同增進的友情。

蘿絲穿著糖果條紋的短褲和粉色上衣，領口滾著褶邊。洛菈穿得像個小男孩，髒兮兮的牛仔褲配破掉的上衣。她們晒得很黑，頭髮被陽光烤得泛白。蘿絲露出正對鏡頭的燦爛微笑。其實洛菈的表情也不算空洞，只是好像在尋覓著什麼，她的視線並非對著鏡頭，而是看著拿相機的人：她看著她們的父親。她的影像糊掉了，因為她並非鏡頭或者攝影師的焦點。儘管她以眼神懇求鏡頭轉向她、關注她，但蘿絲才是主角，不是洛菈。老天，她猛然意識到這一點，這好像是她第一次留意到。

她往前靠，仔細看著妹妹。

這是多久之前開始的？

那個滿懷怒氣的孩子，難以控制的憤怒拳頭。蘿絲努力去回憶。從以前就是這樣，她們一直是如此，甚至在她還穿得一身粉嫩的時候，洛菈就總要讓自己的拳頭染上鮮血，去狂揍牆壁或劈開水泥。蘿絲閉上眼，她想看得更清楚。鮮血順著雪白手臂滴落，眼淚滑過雀斑點點的臉頰。她一定還不到六歲。

其他人會特意看她嗎？附近的大人都有自己的生活。情侶在露臺上啜飲雞尾酒、幾個太太在廚房喝咖啡，週日下午，男人喝啤酒，除草機停在一塊兒。

一陣罪惡感令她閉上雙眼。

那天，她們的母親在廚房告訴華勒斯太太洛菈總是握著拳，內心充滿憤怒，說她是個不太討人喜歡的小女孩。不過那股憤怒或許是他們造成的，他們都有份。直到有了自己的孩子，她才明白摧毀一個小孩有多容易。只要寥寥數語，只要漠不關心。

不過這都不重要。*時間只進不退。*

蘿絲點擊圖示。

兩個小時後，她聽見地板的嘎吱聲。先是丈夫緩慢沉重的腳步，然後是兒子快速卻拖著腳的步子。

她聽見有人呼喚她的名字。

先是喬：「蘿絲？」

再是梅森：「媽媽？」

早上了，儘管她很想否認。即便黑色的天空開始轉灰、接著變橘。床邊桌上的時鐘持續滴答前進。先是數分鐘，而後數小時。然而車道上還是不見汽車頭燈出現。

「蘿絲？」喬站在門外輕輕敲門。

「我在這兒。」她回答。

門板嘎吱打開，喬抱著梅森站在門口。他跟平常一樣，只穿尿布。梅森討厭穿衣服。

「妳在幹啥？」喬問道。

蘿絲用狂亂的眼神望著他。她感覺得到自己的表情應該很瘋狂，即使是從喬的反應她也看得出來。

「她沒回家。」

喬點點頭。他放下扭動的小孩，孩子跑向洛菈的床，接著爬上被單。洛菈有條鬆軟的安全毯，梅森很喜歡那張毯子的觸感。

「好吧。」喬冷靜地說。「妳從剛剛就在這兒？妳是什麼時候來叫我的？」

蘿絲沒有回答。她看著兒子，又看丈夫。忽然間，她覺得自己的確跟他眼中所見一樣瘋狂。

「打給醫院了嗎？」喬問道。

「打了四次。」

「她的手機……」

「每隔十五分鐘打一次，直接轉語音信箱。為什麼她不接電話？」

「因為沒電。妳看，」他指著牆壁上的插座。「她忘了帶充電器——又來了，她每次都這樣。」

蘿絲點點頭。「我試著從網路上找這個人，不過實在太多！而且都用暱稱……除非我有她的密碼，不然沒辦法登入她的帳號。但我得先收得到她的郵件才能改密碼啊……我什麼都試過了：她的生日、名字縮寫……而且這些玩意兒裡面什麼都沒有，只有公事——老天，喬，我甚至試了『鹿丘巷』三個字。」

「她絕對不會用那個當密碼……那件事之後就不可能了。」

「我知道！我真是瘋了……」

喬走到蘿絲一團亂的桌邊，她抬頭看他，怕他看見自己的模樣，也怕他看見在她腦中亂轉的念頭。

「我不知道該怎麼想，我不知道該相信什麼。」

「聽我說：妳妹妹正躺在某張床上，被某個老傢伙毛茸茸的手臂卡住。她嚴重宿醉，滿心希望能不用再跟他打一炮就直接溜走。因為要是他醒來就會想再幹一次。妳等著看吧。」

喬伸手揉揉她的頭髮，等她露出微笑，但她做不到。

「妳有找到什麼證據嗎？能證明我說錯的證據？」

「情況不對勁。」蘿絲說。「你看……」蘿絲在搜尋引擎輸入**強納森・費爾**這名字。

「沒有離婚紀錄，至少在康乃狄克州。」

喬在桌邊的床沿坐下，把筆電轉向他。「或許他是在紐約離的婚，或者紐澤西，或者任何地方。洛菈說過他住哪裡嗎？」

「我以為他是這裡的人……」

喬很快搖搖頭。「不，不是……妳看，我就是這個意思：只要開車到得了，他住哪裡都有可能。」

「那我們就永遠找不到他了啊！」

梅森爬上父親大腿，翻過身，頭上腳下地掛在他腿上。

「深呼吸。時間還早，妳至少先洗個澡、喝點咖啡。妳現在看起來有點像是精神錯亂。」

「還真是謝謝你喔，我就希望這樣呢。」

喬搔著兒子的肚皮，逗得他哈哈大笑。

「寶貝，過來。」梅森找到母親的手臂。她抱過他，努力露出笑容。

——不過沒什麼說服力。

「我會沖個澡。」

喬起身，把梅森撈回懷抱。「我會準備點咖啡，接著餵飽這小子。我今天可以晚點上班。」

時間從七點來到八點，八點再到九點。

到了九點半，什麼都無法安撫蘿絲了。

而且她還執著於強納森・費爾。

她正在廚房裡，桌上擺了洛菈的筆電。蘿絲盯著螢幕，瀏覽Google搜尋到的照片，那些擁有相同名字的男人。不過這個姓名實在太普通，她不可能找到他的。

喬和蓋柏站在廚房中島，一手抱著梅森，另一手提著蘿絲的包包。

他們一打給蓋柏他就過來了。

「打算怎麼做？」蓋柏問道。

「我會開車去繞繞，找那輛車。梅森可以用平板看電視。」

「里奇蒙街，還有主幹道上的停車場。」

「對呀，加上港邊。不過她要去的地方只需開車十五分鐘，所以市區比較有可能。」

蘿絲聽見了他們說的話，字字句句都聽得清楚。她也聽見隨之而來的沉默，感受到他們落在她背後的目光。但她放不下那些照片。

喬走向她，跨開兩步站到她身後。

他輕吻她的頭頂。

「我出門囉，」他說。

蘿絲往後伸手，摸索他的臉，喬把她的手壓在自己臉頰上，吻了她的掌心。

「要是找到什麼，我會打電話。妳也一樣。」

她無法轉身，她不想看見潛伏在他眼底的憂慮。要是昨晚一切正常，這個人（不管他真實身分是誰）此刻應該在上班才對。

蓋柏代他們兩個回答了。「沒問題。」

蘿絲聽見通往車庫的門開啟又關上，蓋柏拉了張椅子坐到她身邊。

「嘿。」他說。

「嘿。」

「妳還可以嗎？」

蘿絲搖搖頭。不可以。

「我們會找到她的。」

她想辦法點了頭，不過蓋柏沒有輕易放下這個話題。

「嘿……聽我說。」

蘿絲轉頭面向他。

「不管洛菈是正在這人床上宿醉，還是跟妳腦中的場景一樣，這兩者之間也許有上百種可能，而且多數屬於『洛菈就是這性格』的情況。她回來之後一直滿焦慮的。」

蘿絲點點頭。

「不叫警察？」他問道。

「——不行！你知道的，除非真的出事，否則我不能叫警察。老天……洛菈．洛克納十年後返鄉，與一名陌生男子出門約會，據傳失蹤……」

蓋柏伸出雙手往後靠。「好！我懂我懂，除非很確定，不然不叫警察。」

「你覺得這樣是錯的嗎？不通知他們？」

「輪不到我來多嘴。」

沒錯，蘿絲想著，這件事由她負責。當她發現床鋪空著的那一秒，就開始考慮起要不要通知警察。但要是她搞錯了呢？——要是他們搞錯了呢？要是這不過是「洛菈就是這性格」的情況呢？他們都知道這會怎麼發展。過往將從闇影中發出尖叫、現身降臨，然後變成這個小鎮的頭條新聞。

螢幕畫面回到那張照片，他們站在樹林中的小溪旁。這個畫面引起蓋柏的注意。

「喔我的老天。看看我們……」

接著他微微一笑，那是一個回憶過往的笑。他們在這共同的童年故事中各有各的角色。喬是他們強壯俊帥的老大，每回莽撞的野丫頭洛菈惹上某些麻煩，蘿絲就擔任冷眼旁觀的漂亮女孩，而蓋柏——他是每次行動的首腦。

此時她正需要這個。一個不被混亂影響、能保持專注的人。他可以好好思考，並釐清一切。蓋柏做的是資訊鑑識，有些時候就是負責幫客戶取得其他人不希望被找出來的資訊。

「我們可以做什麼呢？」蘿絲問，把他拖出回憶。

他拉過筆電，喚醒螢幕。

「這些約會網站，尤其是那些個人檔案和規則是很複雜的——而這其實更容易作假，更容易開假帳號。男人可以在網站上找女人約會，不讓特定的人——比方會看這些網站的老婆或女友——抓包。手機應用程式、利用臉書崛起的應用程式，那些就沒辦法。大多數人懶得費事弄假臉書帳號，就算他們真的有，看起來也真的很假。」

「我們有辦法登入洛菈的帳號嗎？就是看看她聯絡過哪些男人？」蘿絲問道。

「沒有密碼也無法登入她的信箱，所以不行。妳說妳已經找過這個網站了，是嗎？」

蘿絲點開圖示，裡面存了她查詢的結果。「我都找距離這裡二十英里內的地點。你看，可能就在這些傢伙之中。我們沒有照片，也沒有暱稱，所以沒辦法縮小範圍。」

蓋柏仔細檢視那些頁面，看著那些可能是強納森．費爾的男人，接著開始打字。

「我打算把搜索範圍放大到三十英里……妳可以把這幾頁印出來嗎？」

「好啊！不過為什麼？」

蓋柏已經滑起了手機。「我在威訊通訊[7]有門路。我可以找到她電話的所在地，或者至少知道最後的發訊位置。我們可以去那附近找找，拍幾張照片回來。搞不好運氣不錯。」

「就這樣？」蘿絲問道。「我們沒辦法駭進她的信箱或拿到她的通聯紀錄嗎？我知道她跟他聯絡過，討論約會的事。」

「警方可以。」蓋柏說。他又從螢幕抬起頭，手機壓在耳邊。「但那會需要搜索票，網站也一樣。他們不喜歡背叛客戶，因為會影響生意。」

蓋柏打電話時，蘿絲就在一旁看著他，聽他說話。電話另一頭聽起來是個女的。他閒聊兩句，輕笑出聲。在請她幫忙時語調就變得比較嚴肅。

拜託，請讓她平安無事……

蘿絲的手機響起，她接起擺在桌上的手機。蓋柏的視線跟著她穿過廚房。是喬打來的。

「嘿。」蘿絲輕聲說。

喬在路邊的嘈雜聲中大喊著，不過聲音很大，也很清楚。

「我找到那輛車了！停在里奇蒙街。我找到了！」

感謝老天！

「她在那兒嗎？車子裡有什麼嗎？」

蓋柏露出一臉好奇。

喬聽起來上氣不接下氣。「只有她另外那個包包，車裡除了垃圾外什麼都沒有。她拿了一張傍晚七點四十五分的停車單，另一張是今天早上十點，都夾在雨刷下，車子整晚停在這兒。妳有什麼打算？」

蘿絲沒有回答。她拿開手機，對著蓋柏搖搖頭。他似乎看懂了她的意思。

「蘿絲？」喬又喊了一次。

「蓋柏可能有情報……」

蘿絲的電話靜下來，此時蓋柏的手機正好響起。他起身，一邊來回踱步一邊聽電話。

「妳確定嗎？」他問著電話另一頭的女子。

喬的聲音再次於蘿絲的耳邊響起。「他查到什麼了？」

7 Verizon：威訊，美國電信服務公司

「等等，」她說，然後走到蓋柏身邊。「他們怎麼說？」

「電話關機了，最後發訊地點在海邊，時間是晚上十一點過後不久。」

「但那裡距離里奇蒙街很遠，喬剛剛才在那條街上找到車。」蘿絲說，這些線索不太合理。

「蘿絲？」喬正在大喊，她也對著話筒喊回去。「等一下……她不在那裡……她不在里奇蒙……她去了港口！喔我的天！他媽的到底發生了什麼事？」

蓋柏走到蘿絲身邊拿走她手上的電話。

他現在靠她很近。深藍色西裝，配上一派嚴肅的表情。他跟喬簡單講了幾句，約在車子那兒碰面。喬有備份鑰匙，他把車開回家。蘿絲則開他的車跟蓋柏去港口邊，他們在那裡尋找洛菈。忽然之間，他們又回到過往故事中的角色設定。蓋柏出謀劃策，喬領頭進行。

「我們該怎麼做？」蘿絲無助地等待指示。

「我們需要那些照片。印表機在哪兒？」

蘿絲指著樓梯。「閣樓裡，蘿絲的房間。」

她看著他離開，感到喉嚨倏地一縮，無法呼吸。真的發生了！洛菈失蹤了。由她混亂的思緒散出的憂慮影響到她的丈夫，接著輪到蓋柏。

洛菈……

昨晚的她看起來不像個莽撞的野丫頭。她穿著那件洋裝、那雙鞋子，頭髮披下來，在肩上飄盪。

洛菈……

不過，他們小時候的那張照片——那份憂傷、那股渴望，以及那雙染上血的小拳頭。

蓋柏回到廚房，站在她面前，伸手抱住她。

「我保證一切都會好好的。」他說。

蘿絲哭了，淚水沾溼他襯衫，她不再是那個無助的女孩。而只有她清楚，他錯了，不可能好好的。

7

洛菈
第二次療程，四個月前，紐約市

布洛迪醫生：妳為什麼要赤手空拳捶牆壁？妳才六歲……

洛菈：可能不是什麼大事。我的父母說我老是小題大作。如果有人給我五彩繽紛的顏料，我會把它們混成黑的。

布洛迪醫生：妳看……妳的手……妳指節都發白了。

洛菈：抱歉……有時我還是聞得到石膏的味道，感覺到骨頭腫脹。

布洛迪醫生：如果小孩總是身處危險之中，感知能力會變得很敏銳。對於自己的所見所聞，有時他們的看法是對的，有時是錯的。但是他們什麼都看在眼裡。

洛菈：我不是真的在野外長大的好嗎？

布洛迪醫生：我指的是情感層面的危險，情感忽視就會造成這種結果。

洛菈：我不懂你意思。我為什麼被忽視？

布洛迪醫生：我不知道，這是妳的故事。

8

洛菈

前一晚，星期四晚上八點，康乃狄克州，布蘭斯頓

強納森．費爾的車非常不對勁。沒錯，這是一輛豐田，不是BMW。但不對勁的還不只如此。

「妳喜歡聽音樂嗎？」停在紅綠燈時，他問，然後笑了。我想他應該是在笑自己。「這問題太蠢了，妳當然喜歡，我要問的是音樂類型，這樣可以轉廣播來聽。」

就是這個。這輛車有廣播，貨真價實的廣播，還有旋鈕和按鍵。調整音量的旋鈕得左右轉動，調整頻道的則是上下推。大大的白色箭頭指著頻道。這是AM、FM，沒有衛星廣播，沒有iPhone轉接頭、藍芽或硬碟。但這輛車不舊，它聞起來很新，非常新。

強納森按下按鈕搜尋廣播頻道，停在某個播放前四十名暢銷金曲的電台，我覺得自己好像又回到四年級，坐在祖母的車子裡。

「不如這個頻道？」他問，笑著瞥了我一眼。綠燈了，他從謝弗大道右轉上格蘭街。

我有點遲疑，但阻止不了自己的胡思亂想：如果我們要去海邊，格蘭街方向相反，而且老實說，這條路上的景致不是特別好。每次景氣變差，鎮上受影響最大的區域就是這裡。

「你知道什麼祕密捷徑嗎？」我問道。這個問題問得不是很好，但總好過「你他媽的在做啥？」說實在我腦中想的是這句，想講的也是這句。

這下他似乎緊張了。

「不知道。」他說。他回答的語調聽起來像問句。

於是我便告訴他我的答案。

「捷徑就是——謝弗一路開下去，經過鐵路和高速公路下方就行了。」我指著身後的正確方向，也就是我們剛剛離開的路線。

「我開這邊，紅綠燈比較少。」他說。這次回得很高明。不過呢，這條路上也是有紅綠燈——而且你還得開慢一點。因為晚上會有迷途青少年在路邊徘徊，毫不在乎地走到你眼前嗆聲。他們住這附近，因此為所欲為。我們之前來這裡買過大麻。外觀看起來似乎沒什麼改變。你要不是住在這裡，或者想弄點大麻，否則沒道理繞到這兒。

我想或許就是那樣吧。或許他只是抽了不少大麻，所以下意識右轉。我可以接受這個解釋。

廣播傳出愛黛兒的歌聲。我發現自己又看了一眼儀表板。不只那個收音機，整個控制板都很老派：類比式儀表板、紅白指針。需要按壓或扭轉的按鍵與旋鈕。收音機、暖氣、雨刷、重設里程表等等都一樣。相比之下，我姊姊的廂型車看起來簡直像是太空梭。他不可能是自己挑這輛車的，強納森．費爾不會開這種車。

我們進行著詭異的閒聊。這種感覺其實很痛苦，我意識到我們還得走多遠才能熟悉彼此，這也同時提醒了我，我多麼渴望能與某人結伴，什麼人都好。這一切令人好絕望。或許只是因為愛黛兒吧。*媽的，愛黛兒，到底要怎麼做才能讓妳開心點？*我敲下搜尋鈕，關掉她的聲音。

「妳說妳才剛搬回這裡。」他說道。

「嗯哼。」

「從大城市嗎？」

我們已經在電話上聊過這件事了。

「嗯哼。」我知道自己很不成熟。這種說話方式是過去的我用的，全新的我正在叫她閉上那該死的嘴。她，以及愛黛兒，全都給我安靜點，不要再透過廣播放送絕望，好好跟人聊聊天。我告訴自己，要是乖乖遵照指示與規則，就能完成這漫長的旅程。一切就從好好回答問題開始。

「我之前是研究分析員，不過不想再進辦公室上班。我的工作可以在家裡進行，而且目前獨立的研究分析也有市場。」

他假裝對話題感興趣。

「我主要研究化工產業以及從事化工的公司，不過也研究其他會影響化工的產業，經濟、貿易政策與匯率……天啊，你是不是被我弄得很無聊？」

「不，一點也不。我是說，我在投資業做的也是類似的工作。」他說。「我之前通勤去市區上班，不過公司在這裡有間辦公室，所以調來這裡比較合理，妳也知道，我那時打算結婚，以為會有家庭。」

「結果你就困在這裡了？他們不讓你調回市區嗎？」我的問題很明顯吧？我超不會閒聊。

「我還沒想過，我只是想趕快振作起來。妳懂吧？」

我點點頭，一副感同身受。不過說真的，他離婚已經超過一年，而且沒有孩子。我不禁懷疑他是不是還愛著妻子——就是那位前妻。

「妳姊姊還住在這裡啊！這裡沒那麼糟。」他說。

「蘿絲在哪裡都能過得很開心。」我俏皮地應道。蘿絲跟喬在一起過得很開心，因為我們一起長大。而且他可是喬啊。她開開心心跟著他進了康乃狄克大學，開開心心回家鄉當行政助理（也就是祕書），然後幫忙支付他念法律學位。現在則開開心心地跟梅森一起待在家裡。她一直都是這樣。

有時我會希望自己是蘿絲；我希望能擁有她保持愉快的神奇魔藥。我也希望世上存在這個配方。不過話又說回來，我搞不好會弄錯劑量。

強納森．費爾往左轉，我們終於來到鐵路高速公路的高架橋下，現在必須再次左轉回謝弗大道，也就是出發處。我們剛剛四四方方繞了一大圈，不過我什麼都沒說。他開起車似乎不太熟悉，不像在市區住了一年，比較像才剛搬過來。

海邊一整排酒吧和餐廳，我們把車停在四個路口之外。這裡是長島海灘的入海口，不算真正的海邊，比較像河邊。不過有船、夕陽那些的，聞得到大海的氣息，聽得見浪濤聲，再加上距離小鎮很遠，遠離了像我姊姊那類人住的地方，因此對年輕又單身的人很有吸引力。

這附近每個離婚男人都想找人睡，所以他不曉得來港口邊的最快路徑或許是好事。如果他很清楚怎麼走，我會更擔心。

強納森．費爾穿著黑色訂製牛仔褲，寬鬆的前釦襯衫紮進皮帶。樂福鞋、紳士襪，襯衫最上面兩顆釦子沒扣，剛好露出一綹胸毛。沒有珠寶飾品。感謝老天。

我很喜歡胸毛，那很陽剛，很有男人味。我不懂人為什麼要做蜜蠟和雷射除毛。我喜歡有男人味的男人，那會讓我覺得即使放下自己的武器和防禦，也可以安全，我不會因為附近有人鬼鬼祟祟就認為晚上可能遭人攻擊。就算只是個小團體，但能夠成為團體的一分子，感覺也很好。

混帳也會有胸毛。我以前會用手指梳過它們——我突然好想他，想得受不了。我想著他的名字（他真正的名字），感受他的擁抱。我感覺到他的皮膚緊貼著我，手臂和腿交纏，身體靠在一起；我感到溫暖的氣息吹拂我的脖子，他的嘴一路探尋我的脣，然後是一枚深吻、一聲嘆息。

我們躺下後，他說：我愛妳。

我信了他。就這麼一次，我任憑自己相信。

可是我弄錯了，這不會再發生。

至於現在……我必須重新來過，踏上另一段從陌生人到戀人的漫長旅程。強納森．費爾。還沒開始，我甚至已感到疲憊。

他拔出鑰匙，微笑著看向我，說了句老套的臺詞，像是這邊請之類的。這些訊息互相矛盾，我的腦袋彷彿電線短路。這輛車、這邊請，牛仔褲和胸毛。我很困惑，所以只是笑著打開車門。我需要點新鮮空氣。

「我們該往哪邊走？」我問道。我之前沒有真的來這裡吃過東西。我跟蘿絲和梅森有來看過船。這裡有座大型遊樂園，不過從她家要開很久的車——具備出門玩耍所需的一切特質。蘿絲喜歡出門。我想起蘿絲、梅森和喬，我的工作與未來，感到一陣暖意湧遍全身。我身邊有那麼多美好。

我聽見梅森喊著我的名字：菈菈！

我聽見蘿絲在我腦中說：妳不需要男人。

我看著強納森．費爾走路的模樣，心想：但是我想要男人。

「我知道有個地方。」強納森說道。他等著我走在他前面，我感到他的手放上我後腰，溫柔地帶我走進一間酒吧，他的動作讓我渾身一顫。不過這陣顫抖既刺痛又不舒服，沖走了暖意。如果兩人還沒好好聊過天，實在不該這樣碰別人，至少也先喝一杯吧。還是說大家都是這樣？只有我不知道他媽的自己在搞什麼……

後面的角落有張桌子，他坐走了面對人群的那張，所以我對著牆壁坐下。有人跟我說，若是紳士就會這麼做。好像是為了維持注意力吧，注意背後情況那類的。不過說真的，我們還是誠實一點吧。我們現在人在一間酒吧，裡面有一大堆魅力無窮的年輕人。他想面對人群的理由，我可以想到很多別的。

或許他是想留神觀察四周，搞不好會有些認出他並大叫他名字的女人冒出來，就是當我們想快步離開時會追在後面的人。

他離座去點飲料。我就跟魚需要水一樣，很需要喝一杯。

我曾經以為自己想太多，以為自己沒事找事。我想找出答案，好回答那沒人問起的問題；我想找到方法，以解決根本不存在的難題。就像我母親說的：我就是愛小題大作。媽和迪克都這麼說過。

後來我不再想那麼多了，我不再猜想發生了什麼，直接一頭衝過去。

說真的，就給我一顆萬靈丹讓我忘掉這一切吧。

——或者來杯雞尾酒也行——比方我眼前出現的這杯。

「謝囉。」我對坐回位子的強納森・費爾說。我喝下一大口雞尾酒，不著痕跡地抬頭看了一眼，等他是否看見某個更年輕、更火辣或更性感的人——不過他沒有。強納森・費爾看著我，只看著我。

我忽然好想變成那種女人——就是我認為他想要的女人。嶄新的我。

「好。」他邊說邊靠上椅背。他現在一派自在，不像在車上或者頭一間酒吧那樣，一副剛結束一整天的辛苦工作回到家，踢掉腳上的鞋子。

「我們重來一次！我真的不擅長第一次約會，永遠搞不清楚該聊什麼、該問什麼，跟走過地雷區沒兩樣。」

就是這樣，一點也沒錯。於是我也踢掉了我的鞋。

「我懂。」我對他說。表情盡力展現出自己有多麼如釋重負。「很可怕吧？」

他熱烈地搖頭，接著往前靠。「妳知道嗎，最糟的就是在網路上認識人。如果你是跟工作或某個地方認識的人出去，至少有個起點，知道該怎麼做。如果是在酒吧認識，那就只要調情之類的就好。這些事都有規則或說明書——妳懂我意思吧？」

「我懂！」我說。「這是我頭一次這麼做，覺得好糟！啊不是在說你……我的說法錯了，你不糟，但就是很難找到切入點。」強納森．費爾，跟你說的一樣，但又不完全是那樣，因為我不知道有什麼更容易的方式。這向來不容易，就連跟混帳在一起也一樣。

我留著他傳給我的最後一則訊息。裡面寫著一切都結束了，永遠別再跟他聯絡。我有時會看看這封訊息，提醒自己曾經那樣一頭撞上牆。

「好。」他又說了一次，他很喜歡這字。「那就隨便問我點問題吧。妳想知道什麼？」

「真的嗎？」我問他。

「真的，問什麼都可以！」他又往後靠，伸手去拿啤酒，這次視線迅速掃過整間酒吧。

這很正常，我提醒自己。他面對外側，這動作是想保護我，免得有什麼野獸突然撲過來。他的眼神沒有什麼停留，也沒有在某人身上徘徊。於是乎，一切又回到我和我的問題上。

「好。」我開口，要是強納森喜歡這個字，那這個新的我也要喜歡。如果你順應他們的模式和語言，大家通常會比較自在。因此人類看起來才會那麼像狗。這是我在一堂心理學課上學到的。

「我真的很好奇你的離婚。你怎麼認識太太的？為什麼結婚？出了什麼問題？這些會太私人嗎？如果會的話不回答沒關係。但老實說……這就是我最想知道的事。」

這當然是謊話。我最想知道是他的ＢＭＷ出了什麼狀況，以及他如果沒有ＢＭＷ，為什麼要跟我說他有。就算他真的為了讓我印象深刻而撒謊，想釣我跟他出門，但如果沒有人逼他，他絕對不可能選擇那輛車。

外加第一間酒吧那個叫了他名字的女人……我們來港口的路線……

「好。」他的回答是用從他最愛的那個字當開場白。「我們在大學認識，都念斯沃斯莫爾學院，那時是大二。不過過程可能跟妳想的不太一樣，我們不是就這麼交往、結婚。其實我們畢業後就分手了。我搬回波士頓——我是波士頓人。說起來滿可悲，但我找工作時跟父母住了一年。而她來了這裡——或說搬去紐約。過了幾年，我們大概二十八歲，才在臉書重新聯絡上！」

他的語氣好像在說這就是奇蹟，所以我的表情亮了起來。

「不可思議！」我說。*這是奇蹟！*

「就是說啊。我們開始聊天，然後我去找她，接著換她來找我，我們在波士頓住了一陣子，又回到這裡，真心以為可以組成一個家。」

現在他似乎難過了起來，所以我也變得黯然。「我很抱歉。」我說。「能問問發生了什麼事嗎？」

接下來整整十分鐘他都在講他們進行的生育治療，以及太太子宮內膜異位症……等等。實在太多又太具體了。可是我提醒自己，我們正在以光速展開一次長途旅行。我同情他們，真的，我真的很同情。

不過我想知道那輛車的事，還有為什麼他不搬回紐約。

我有些惱怒。但這對強納森．費爾不公平。他不過是在回答我的問題。

等他終於說完，給我們又點了一輪酒，我看著他走開，心想我很喜歡他走路的模樣，想著他是好人，深愛他的老婆，而且想要小孩。他的父母很愛他，大學畢業後還願意讓他住在他們的地下室；他是好人，我會努力找出方法讓他進入我心中。

然後我就想到了這件事。我想著姊姊，想著如果我是今天才認識她，就不會跟她變成朋友。我不會討厭她，但我們太不一樣，只會惹惱彼此。她會批判我，我也會評斷她，我們會吵起來，然後永不相往來。可她是家人，我們有血緣關係，所以我絕對不會離開她，永遠不會。她可能會惹惱我的那些特質，反而讓我更喜愛她。我不知道她對我是否也有同樣感受……但我認為是的。就算我又搬走，有一部分的我也會永遠屬於她，有一部分的她則永遠屬於我。

要是真有大難來臨，我頭一個就會打給她。就像兩個月前，而她會像閃電那樣飛速趕來。

那麼，陌生人之間的愛又是如何？是什麼讓不是家人亦沒有血緣關係的人選擇留下、並不再分離？只要下定決心就好嗎？他們會選擇嚥下自己的苦楚，選擇待在一起而不是分開嗎？我一定會留在蘿絲身邊，我一定會愛著蘿絲。

我又想到強納森．費爾和他太太，想到他們一起度過的那些年。她就這麼下定決心、轉身離開嗎？就這樣？還是不只這樣？或許我還不清楚故事的全貌，我還在思考。

「好，」他說。「現在換我了。」他放下剛點的飲料。

我露出不好意思的微笑：「好，那說吧。」

「紐約那個人，妳在電話上提過……你們很認真嗎？那次分手很痛苦嗎？」

我試圖釐清他到底是想問什麼。是想知道我有沒有辦法維持長久關係呢？或者我是不是還愛著別人？又或許他只是想要知道我為什麼回老家？

還有我為什麼離開。

「是也不是。」我開口。「我們還沒約會太久，不過我真的很喜歡他——沒錯，他提分手時我很痛苦，我猜我們的處境很類似，我們在類似的船上。不過我的顯然比較小艘。」

他仔細觀察我。「妳電話上提到他傳簡訊分手，然後就這麼消失無蹤。沒再打來也沒傳過簡訊。妳有想過要找出原因嗎？」

我搖搖頭。「我沒有——我是說，如果有人用簡訊甩掉你，消失無蹤，我覺得這是一種徵兆，因為他下次還是可能這麼做。就這樣逃跑是個很糟的習慣，但積習難改。」

我以為他會針對我的擅自觀察發表意見，但他卻專注在我的行為上。

「但妳完全沒去找他？沒試一下社群媒體？或問問他朋友？」

現在我感到走投無路了。我無法回答這個問題，因為這一定會透露出我沒在使用社群媒體，以及我其實不算真的認識他朋友。我們總是單獨兩個人。這段感情才剛起步，新鮮又完美。

於是我只對他聳聳肩。

「好，妳知道嗎？」他說。「這不重要。我們都乘著自己的船前進，最棒的是我們現在在這兒。我知道這聽起來是老生常談，但我真的這樣相信。重要的是此時此刻，以及即將到來的明天，而此刻我看到一個了不起的女人，美麗、聰明。就是因為那傢伙是個混帳，我才有這種好運，所以妳才會在這裡，不在他身邊。」

他誠心誠意地說。就連我這訓練精良的覺察技巧都嗅不到任何鬼扯的跡象。

剛剛感受到的暖意再次出現。看來他找到了破口。

我們又聊了一下。聊關於生活、關於錯誤，往前看，以及活在當下是多麼困難。他也提到他在波士頓的家人。他母親一年前才剛過世，父母已經結婚四十五年了。他提到自己的姊姊全家搬去科羅拉多州，我則聊起我的姊姊、喬和梅森。他沒問我想不想要小孩，所以我不需要說謊。我們的對話進行順暢，就像河流一路蜿蜒入海。我不知道我們在聊什麼，但我很喜歡。我喜歡我們每一個話題。

談話間，他的眼神一直盯著我。他湊上前，啜飲啤酒，我能聞到他皮膚的氣息，然後他靠回位子，我聞到了啤酒味。這一切氣味，加上我的伏特加，混合出絕佳的吸引力。

我努力維持這種感受，努力忘記鑽進腦海、躍上介意清單的那些小事。那張單子列出各種會令我小題大作的事項，那些我雖察覺到卻兜不攏的情況。他大學時期與搬回這裡的時間線。他的公司聽起來不像會在康乃狄克州設立辦公室。他說那是避險基金，不過比較大的都離開了布蘭斯頓。我很清楚，因為他和我是在同一個業界。

我還注意到更多不對勁：他的表情、針對我的過去，以及我童年問的問題。我無法確定這一切正不正常——因為我並不正常。我的覺察力，我小題大作的能力，以及我緊握拳頭的雙手。

我逼得爸媽發了瘋，我知道，他們說我就是這樣。他們說很難愛我，或許我無法被愛，或許我現在還是如此。

可是我不去想這些。強納森．費爾是個好人，他湊上前喝啤酒，但我知道其實他是想靠我近一點。這些想法都是錯的，這些擔憂沒有意義。我注意這個是因為，這麼一來我就能推開強納森．費爾這樣想愛我的好人，才能繼續尋找那些不愛我的人，找那些錯誤的對象。

我好想哭。我感到眼淚湧上，但我把它們忍住。

知識就是力量，對吧？我會阻止這一切發生。就是因為這樣，我才回家。這是我目前的任務：阻止過去的我毀了現在的生活。

我去了趟洗手間，用冷水潑臉，振作起來，回到座位上。

強納森．費爾對我燦爛一笑。他又開啟了個新話題，只不過聊的不是新鮮事，而是他整晚一直想討論的事。

「好，」他說。「所以為什麼妳沒有早點回來？」

現在是怎麼回事？

他為什麼要對我的過去這麼感興趣？

他似乎知道我那張介意清單。或許他試著要阻止我把單子越列越長，可是這麼做反而讓狀況越變越糟。

「這樣吧，」他說。「我們出去，去河邊。」

我告訴自己這沒什麼，都是小事，沒什麼大不了。我不能相信自己的直覺，不能依賴自己的洞察力，只能下定決心。

我張開嘴，說出他非常喜歡的那個字。

「好。」

9

蘿絲

現在，星期五早上十一點，康乃狄克州，布蘭斯頓

很快又過了一小時，蘿絲和蓋柏開他的車跟喬在里奇蒙街會合。他們慌亂地討論下一步該怎麼做，以及到底該不該通知警察。蓋柏沒有插手。這是他們的決定——嚴格說是蘿絲的決定。無論如何，之後都是她妹妹要面對這些後果。

要是他們挖出洛菈的過去，逼她失去隱姓埋名帶來的保護，對她會有什麼影響？她的情緒又會受到多大衝擊？這些不用喬說出口，大家都明白。

蓋柏是他們之中唯一沒有滿心恐懼的人。蘿絲可以從他的臉上看到某種更恐怖的情緒：聽天由命。時間似乎非常寶貴，不過也只是這樣。因為對情況無知的驚慌催生出急迫。就算有什麼不妙，那也已經發生了。他們早就太遲。

蘿絲下定了決心。雖然沒有一小時前還在廚房的那分確信，不過他們會再等等。

喬把她的廂型車開回家，開他自己的車跟著蓋柏去了海邊，前往洛菈手機最後的發訊地點。確切位置是座停車場，位於辦公大樓和健身房之間。不過那也不代表什麼，來這一帶吃飯喝酒的人都會停在這些停車場或路邊。

於是他們走過街道巷弄，在公寓大樓前問人，想知道有沒有人認得他們從覓愛網站找到的那些男人。他們已經把照片縮減到二十七張。洛菈講過很多跟這個人有關的事，讓他們得以排除其他的照片（頭髮茂密、鬍子刮得很乾淨、標準身材）。不過仍像是海底撈針。他們沒能問到有用的消息，只好回到停車的地方。

蓋柏把照片攤在引擎蓋上，仔細研究那些臉孔。

「你認得這裡面的任何人嗎？」蘿絲問道。蓋柏有時會聊到他的案子。大部分都比較無聊，不過是找出公司電腦系統哪裡故障。但他另一份工作就不一樣了。他運用資訊技術調查配偶，僱主通常是女性，而且往往會讓蘿絲想到自己的媽媽。

「說起來還滿有趣，」蓋柏回答。「上回我得把這些狗屁網站搞清楚，就是受到梅莉莎的委託。她的丈夫用假資料釣年輕妞。」

「抱歉……」蘿絲說。蓋柏和梅莉莎其實很想忘了他們相遇的過程。

「不用抱歉。妳也知道，只要最後結了婚，跟客戶上床就沒什麼關係了。」蓋柏對她眨眨眼，蘿絲勉強露出微笑，但這輕鬆的氣氛迅速消逝。

「這裡面有些人已經出現在這網站好幾年。比方這個……」蓋柏指著某個臉上掛著撩人笑容的男子。他手上的釣魚線尾端勾著一條魚。「他兩、三年前就在上這個網站，那是在梅莉莎的委託之前。我記得這條蠢魚。」

蘿絲看著那張照片。「我們應該把他從名單上刪除。如果是他，洛菈一定會提到那條魚。她會覺得很荒謬。」

蓋柏拿筆在照片上打了個叉。

「對。」他表示贊成。「她會對他進行徹底的精神分析——意圖展現自我成就、男子氣概，以及掌控全局的能力。可悲。」

「真是幸也不幸，她什麼都能看穿，誰都能看透。」

蓋柏又是露出一臉聽天由命。「除了她自己。」他說：「她從來不明白自己為什麼做出那些事。」

蘿絲雙手抱胸在人行道上踱步。她瞇著眼睛看著幾乎掛上頭頂的太陽，瞄一眼手機。十一點整。

「那些餐廳現在應該開門了。」蓋柏說。「它們大多有賣午餐，店員會開始準備營業。」

蓋柏知道她在想什麼。

蘿絲沒說話。她看著河邊那些複合式建物。「我只去過那個遊樂園，梅森沒耐性坐在餐廳裡。」

蓋柏指著他們右邊的一條街。

「我們來過這裡——我是說我和梅莉莎。年輕人……比我們年輕的人和那些離了婚的男人會來這裡消費，就像去糖果店的小孩。他們多半都在那區，過兩個路口就是了。」

蓋柏往前走。「我們該出發了。」

他們跑了三個地方才有線索。那是間有供餐的酒吧（就是那種非常糟的酒吧食物），不過足以讓又醉又餓的顧客待下來。氣氛很陰沉，聞起來像走味啤酒。他們跟剛開門的酒保聊起天。

酒保瞥向那些照片。一開始似乎不太情願，是聽到蘿絲說妹妹失蹤才定睛檢視每張照片上的男人。

接著，他臉上閃過一抹笑意。

「有啦，」他指著其中一名男子。「這個傢伙——他是常客。」

那張照片的網路暱稱是**為妳2來**。

「你看到他為什麼要笑？有什麼好笑？」蓋柏問。

酒保頓了一下，看了蘿絲一眼，然後別開視線，好像不是很想知道自己的回答會讓她露出什麼表情。他只看著蓋柏。

「這傢伙……他平常日會上門一或兩次，從來不在週末出現。他最愛的日子是星期四。」

「那他昨天晚上在這裡嗎？」蘿絲問，瞪大眼睛看著蓋柏，接著又看向那個酒保。

「每週四都在。」

蘿絲手忙腳亂地拿出手機，找到洛菈的照片。裡面的她在他們家後院推梅森盪鞦韆。

「他曾跟這個女人在一起嗎？你認得她嗎？」

酒保靠過來看照片，但搖搖頭。「我不知道……這裡每天晚上來來去去那麼多人……可能有吧。」

蓋柏一時有點氣餒，用兩手撐著吧檯，一副信心滿滿的模樣。「要是來來去去那麼多人，你又怎麼確定你看到了這傢伙？」

酒保後退，露出警戒的神情。「我會認出這傢伙是因為他很常來，都坐在後面那裡。他會來吧檯邊點飲料，付現，小費少得要命。」

「他帶女人進來過嗎？像是約會對象？」蓋柏問道。

「有呀——我剛就是這麼說的。他都在平常日上門，通常都帶不一樣的女人。」

「每次都帶不一樣的女人？」蘿絲問。

酒保點頭。「對啊。每個都不一樣，年紀啦、種族啦、瘦的啦、沒那麼瘦的啦，短頭髮長頭髮都有。他沒有特別喜歡的類型，看起來也不太挑。」

蘿絲倒抽了口氣。「天啊，就是他！一定是！」她說。

「等等。」蓋柏再次指著那個人的照片。「你確定嗎？是這個人嗎？」

「對呀。看到那個洋洋得意的笑容沒有？嘴角一邊勾得比另一邊高，他每次來都是那副笑容。」他說：「小氣的王八蛋，每次都只點一份薯條。」

「你知道他叫什麼嗎？」蓋柏問道。

「不知道。我說過他是付現，而且總是坐在後面。不過……等等喔……」他搔起頭，彷彿想喚起某段回憶。「幾個禮拜前他去洗手間，跟他在一起的妞叫了服務生，用她自己的信用卡叫了一輪飲料。我們把這件事當笑話講。不過，這是我們頭一次從他那桌拿到很棒的小費——因為是另一個女人付的錢。」

「那位服務生在嗎？」蘿絲掃視店面，不過這裡空空盪盪。

酒保搖頭。「她上夜班，我可以聯絡她。你們要留個電話或名片那類的嗎？要是她還記得是哪天晚上、他們點了什麼飲料，或許可以找到收據。這樣至少可以拿到他其中一個約會對象的名字。」

蓋柏從皮夾抽出名片，在背面寫下蘿絲的手機號碼，遞給酒保。

「打給我們，我們兩個都可以。」他說道。「從她那邊收到消息就聯絡我們。」

「會的。」酒保說道。「也把妳妹妹的照片傳給我，我會問問昨晚上班的人。我是真心希望你們能找到她。他看起來是沒有什麼攻擊性，只是那種遊戲人間的混帳……不知道這樣有沒有安慰到你們？」

「謝囉。」蓋柏握了他的手。但是蘿絲等不了，她迅速走回停在路邊的車。蓋柏抓住她的手臂，拉她停下腳步。

「嘿！」他說。「這是好消息。手機紀錄告訴我們洛菈昨天晚上在這兒，所以這個人就是我們要找的人。這下我們就可以去找他……接著就可以找到洛菈。」

「我知道你跟我想的一樣。」蘿絲邊說邊抽回自己的手。「就是因為這樣我才還沒報警。就是因為這樣，你才還沒叫我報警。」

「蘿絲……」

「不行！我們必須停下來，我們得好好想想。」

「沒有什麼好想。我們找到了強納森・費爾，他就是個無害的色鬼。」

「蓋柏……」她一臉驚訝地看著他。他不可能忘記吧？「她沒有把我的車開回來，那兩張停車繳費單，其中一張就在她剛到里奇蒙街之後，另一張是今天早上。所以昨天晚上發生的事只有兩種可能……」

「蘿絲，我懂。妳認為我不懂嗎？我們一直有保持聯絡，但要幫她說話並不容易，那些痛苦從未消失——還有梅莉莎，就連她都很清楚。光是她聽說的那些事以及發生在洛菈周圍的一切……她根本不希望我接近妳妹妹。」

蓋柏在發脾氣，這相當令人不安。他在她眼前失去冷靜的次數用一隻手都數得出來。他先冷靜下來才繼續說：「我幾乎可以看見她昨晚的模樣，例如她為他傾倒的神色。我也能想見她發現這個人是騙子有多憤怒。我太了解這些表情——我了解她臉上所有的表情，我知道這會讓她做出些什麼事。」

「那麼你就會知道……」蘿絲語帶乞求。「要是這人是個玩咖、騙子，要是洛菈發現，無論他有多麼無害……」

但是蓋柏沒有在聽。「她老是提起『愛』這個字，好像把那當成某種實體，是抓得住、碰得著的東西。她說得一副自己沒有被愛包圍，妳和喬、梅森對她的愛，我們所有人對她的愛，以及那些試著愛她的男人給她的愛，好像這些都不存在——不是這樣的。我努力要告訴她這些。我認識梅莉莎時……愛情就這麼發生，超越了一切。我努力要讓她了解。」

蘿絲很想發出尖叫。「我也是——我跟她說過幾百萬次這到底是怎麼運作——很可能妳並沒有為這個人神魂顛倒。只是每天睜開眼睛，下定決心愛著他。她這輩子似乎都以絕望的態度在尋找，就像電腦桌面上那張照片——她的表情就像這樣——就連那時候……」

蓋柏甩掉氣餒，緊緊閉上眼睛。有那麼一瞬間，蘿絲完全明白他的感受。

「你看看後來發生了什麼——看看她第一個男友出了什麼事。」蘿絲說道。「要是又發生了怎麼辦？發生在這個強納森・費爾身上？」

她頓了下，接著把剩下的句子說完。她的思緒先是混亂，接著變得簡單且清晰。

「蓋柏，重點在於，我不擔心他會對她做什麼，我比較擔心她會對他做什麼。」

蓋柏點頭，表情漸漸嚴肅起來。

「我們回家去吧。」他說。「我知道該怎麼找到這個人，這是我們目前唯一能做的事。」

他們上了車，離開路邊，駛離港口。

10

洛菈

第七次療程，三個月前，紐約市

洛菈：……或許我就是戀愛運不好。這是不是一首歌還是一句歌詞啊？還有另外一種說法對吧？……「隨心所欲」[8]。

布洛迪醫生：但要是心靈受到傷害，就會想要不對的東西。

洛菈：這很好啊。不過……你是在說我嗎？說我的心壞掉了？

布洛迪醫生：洛菈，這只是一種說法。心不會壞掉的。

洛菈：很顯然。不過人類是會壞掉的吧？

布洛迪醫生：不如說說妳什麼時候想談談那件事？

洛菈：哪件事？我什麼都告訴你了。

布洛迪醫生：談談那天晚上森林裡真正發生的事……

11

洛菈

前一晚，星期四晚上九點，康乃狄克州，布蘭斯頓

我們沿著水邊散步。氣溫非常完美，不會太熱也不會太冷。空氣中帶著海草味、鹹味與海洋的氣息。一片至福之景。

這卻讓我滿心絕望。

我試著向心理醫生解釋那完美的夜晚是如何快又猛烈地激起渴望，彷彿下一刻就要從我心上爆開。完美的夜晚應專屬情侶所有。

我們隨處逛著，我和強納森．費爾享受這完美的夜晚，吸納宜人的氣息與味道。我渴望能夠跳過此刻，也想跳過接下來那些時刻。這麼一來，或許我們就能像對情侶那樣散

---

8 "The Heart wants what it wants"，席琳娜．戈梅茲二〇一四年發行的歌曲。

步——而不是兩個陌生人。這完美的夜晚需要情侶成雙，我渴望在這樣的夜晚墜入愛河，幾乎壓不下這分欲求。

我屏住呼吸，忍住心中渴望。

他注意到我紅了臉頰，不過我們繼續往前走。我叫自己先吐口氣再吸口氣，這分感受終於退去。

強納森・費爾，我喜歡他散步的模樣：雙手插進牛仔褲口袋，前扣式襯衫紮進褲頭。他捲起袖子，我可以看見他前臂上淡棕色的汗毛。他看起來不是粗獷路線，只是很有男人味。我不清楚自己為什麼會那麼喜歡這一點，蘿絲也很愛，就是因為這樣她才愛上喬。他從一出生就很男人，有氣概。我很好奇迪克以前是不是也像那樣，或許，我們就是這樣才受同一種男人吸引。可是我想不起來，我什麼都不記得。我不記得我們的父親手臂或胸口有沒有毛，也不記得他散步時像不像眼前的強納森・費爾，有點大搖大擺，外加滿不在乎。或許是自信，也許是驕傲自大。

我們就這麼走了一陣，看看路上的人，只要看到似乎是第一次約會的情侶，我們就會笑出來，彷彿能看穿他們之間荒謬而詭異的氣氛，就比他們厲害許多。我們呼吸著海邊的空氣與期盼，期待著下一步要去哪裡、要做什麼。我看得出他在想這些。他的表情會隨心中念頭變換，不過我不認為他有意識到。

不過我有。我什麼都注意到了。

我沒有忘記那輛車，也沒忘記酒吧裡的女人，以及他故事裡的漏洞。我沒有忘記我們不是情侶，不是這完美的夜晚渴盼的人。

我變得沉默。

「妳還好嗎？」他問道。

我笑著點頭。

然後，他做了一件不可思議的事。他似乎知道我在想什麼。

「我太太和我——我們很愛這片海灘。」他說。

是前妻吧，我心裡想著，不過沒有糾正他。這是習慣，只是這樣。

是吧？

「拚命想懷上小孩後我們就不來這裡了。因為忽然之間，海邊到處都看得到小孩。他們跟父親一起衝浪，海浪把他們甩向天際；他們堆沙堡，追著海鷗跑。我知道他們其實一直都在，不過當我們懷不上孩子，海邊看起來越棒，對我們來說就越難忍受，因為我們知道自己在海灘上少了什麼。」

我再次打起精神。他的故事令我冷靜下來，因為那聽起來就跟我自己的狀況一樣。缺了小孩的海灘，少了愛人的完美夜晚。

「我從來沒跟小孩親近過。」我說。「直到我外甥出生後情況才有改變。儘管如此，我還是在他認得我後才了解小孩擁有多大力量。」

強納森看著我，因為某個疑問，他瞇起眼睛。不過我沒辦法像他那樣，我不知道他在想什麼。

「我以為妳不常回來？」他問道。

又來了，又是跟我過去有關的問題。搞什麼鬼？

可我還是回答了。

「我會回來度假。通常只待一晚或者一個下午，我姊姊有時會帶梅森進城，他認得我，真的認得。」

我只說了這些，因為他不該聽到其他事。像是梅森學會叫爸爸之前就會說菈菈。菈菈姨姨。他給了我專屬於我的名字。而且他看到我時臉上會閃著愉快的光芒。我知道他喜歡別人搔他哪裡，知道該用多大的力氣把他丟上我的床，丟到那團鬆軟的安撫巾中。我知道只要追著他跑，過多久他的笑聲會變成打嗝，我會親親他的臉頰，所以也知道他的皮膚多柔軟。

去你的強納森．費爾，我的外甥認得我好嗎？

「這會讓妳認真考慮嗎？」他接著問，我感覺得出來他想把我拉回正題。

「考慮什麼？生小孩嗎？」

「對呀，當然是生小孩。」

我就在等這個問題。

我搖搖頭。「對我來說，這件事反而更嚇人。」我說。

「嚇人？怎說？」他問。

「因為他們是那麼容易受傷。蘿絲總是這麼說。她說這讓她害怕，所以當然也讓我害怕。」

現在他安靜下來，我不知道他是否正想像著這畫面：我拎起小孩，把他折成兩半。不過我不是那個意思。

「成為父母是重責大任，你得知道什麼該說、什麼不該說。小孩是片空白的畫布，我們畫上去的每一筆都會永遠留下痕跡。」

他的嗯聽起來蘊藏著好奇，彷彿從來沒有這麼想過，彷彿這麼多年來雖然很想要小孩，卻從沒思考真的生了小孩後該怎麼做。

我認為他這樣很正常，我才不正常。不過仔細想想，我的確還能在身上看到小時候那些畫筆留下的痕跡。緊握拳頭的雙手、很難喜歡她。無論我滿懷渴望地看了多久，那些眼神從來沒有低頭看我。

強納森．費爾停下腳步。我太激動，他可以感到我的情緒來來去去，就像遠方傳來的潮汐聲。

「我們離開第一間酒吧後妳就一直記掛著什麼，對吧？」

他媽的強納森．費爾，你是我肚子裡的蛔蟲嗎？

我記掛著的事太多，不過我懂他的意思，我們離開第一間酒吧後，從這個說法，我就知道他在問什麼。於是我直接回答：

「那個女人——我是說里奇蒙街上那間酒吧裡的那個。我們離開時她喊了你的名字。」

他早料到我會問，所以回答得非常順暢。

「我幾個禮拜前跟她約過會。」

我心裡一沉，漸漸被淹沒。聽見有個女人喊自己的名字什麼人會想逃跑呢？而且明明是他約過會的女人？總之這人就是個混帳。

「你跟她也是在**覓愛**上認識的嗎？」我努力問出這句話。當你的心快溺斃，是很難開口說什麼的。

他點點頭。「我們出門約會過三次。」

「三次。」我說。這是個魔法數字、業界標準。第三次約會的性行為算是得體，而且要是那部分不夠美好，也可避免浪費寶貴的時間。

我都好好研究過了。

此時他也尷尬地別開視線。「對呀……約會三次。她又跑回我公寓附近，這感覺起來很怪……不過我覺得講這些不好，畢竟那是另一個女人的事。私事別亂傳，妳說是不是？」

我無法回答。我還是需要他先把話說完。

「我那時已經跟她說過我覺得我們不太適合。」

此時他正看著我，神情中帶著奇異的熱切感。在我非常希望其他人能理解的時候，常會做出那樣的神情。

「我以為那麼做是對的。就是別讓她誤會，讓她去跟其他人約會……媽的！外面那些約會網站、應用程式還有其他那些社群多的是我這樣的人……」

他嘆口氣，手肘倚著人行道邊的金屬欄杆，看起來活像是以防大家在「這種時刻」往外一跳。

我總算是找到對的句子了。

「所以發生了什麼事？」

他搖搖頭，雙手一拍。

「她不停傳簡訊、打電話，我回覆了一週左右，後來就跟她說我不會再回，可是她還是天天傳來憤怒的訊息。妳進門之後我就看到她，所以我知道我們他媽的一定得離開那兒。」

我思考著這個訊息。嚴格說，我不喜歡，不過這的確讓我感覺挺好。雖然我為了追尋愛情做過那麼多事，卻從沒有把自己搞成跟蹤狂。我沒有傳簡訊、打電話、發郵件，什麼都沒做——雖然這麼講很可悲，但我感到高興。

他抓到我露出的微笑。

「怎麼了？」他問道。

我大笑起來，因為我是真的相信他，並且覺得鬆了口氣。我的心臟從那個塌陷的坑裡爬了出來。

「我一直在想那個第三次約會。在你公寓裡到底發生了什麼事，竟然讓你注意到你們『不適合』……這樣會不會很糟？」我用手指在空中比出引號，此時情緒一百八十度大轉彎。

這下他也笑了。

「有時就只是沒有火花，妳肯定有因為類似理由離開過某人吧？」

他又關注了我的過去。不過我們不會繼續探索下去的。

「就像一間超大糖果店，對不對？」我用問句回答問句。「只是啊，你買東西之前一定要每個都試吃看看。咬一口——好吃但不太完美——再挑一款，咬一口——好像比較好吃……或者比較難吃，似乎第一款好一點。」

他點點頭。「就是這樣的。而且這是第二次，心裡難免害怕。」

「因為你知道有搞錯的可能？在店裡試起來很好吃，帶回家就沒有那麼棒？」我問。

「而且，」他像福爾摩斯那樣搭起指尖，「如果你是糖果那一方，就會更害怕。」

「喔！」我說：「沒錯。」我看著他，試著思考這件事。他就是那粒糖，我則是挑選糖果口味的人。但不對，這不過是說說罷了。他很清楚男人從來不會是糖果，從來不是，絕對不是，肯定不是。

我們又邁開腳步。他帶著我回到停車的那條路，那輛到處都不對勁的車也在我的介意清單上。不過至少我先劃掉了酒吧裡的女人。他的故事說服了我。

「話說妳姊姊跟她老公是怎麼認識的呀？」這時他問。

因為我是糖果，所以試著讓自己甜蜜又貼心，回答了他的問題。

「我們一起長大，」我用這句話當開場白，然後一路說下去。我聊到蘿絲、喬、蓋柏．華勒斯，以及我爬過的那棵樹，與發出臭鼬味的臭菘和青蛙蛋。我口中湧出字句與故事——那已經不只是為了讓他開心，而是因為這些事件留存在我心中，漂浮在一彎愉快與憂傷組成的河裡。彷若岩漿般炙熱，如同河水般沁涼。我想到溼透的髒衣服，太陽晒過的皮膚；我想到那些歡笑與自由。我想到染了血的拳頭與眼淚，界線清楚分明。我們小時候不存在任何灰色調，世上只有黑與白。後來我們才懂，其實一切都是灰的。

我沒再說下去。我沒告訴他初戀男友的事，也沒說他後來死了。

「所以妳姊姊和她先生從小就是朋友囉？那真的很棒。」他說。「不過我必須承認這讓我滿難過。」

「怎麼說？」我問道。

「我會想起我和我太太。我們從大學就是朋友。如果這麼年輕的時候就認識，感覺會不太一樣，因為那時還沒學會隱瞞自己。」

我們走到他的車旁，他按開門鎖。

他站在我身邊，幫我打開車門。

「那麼你隱瞞了什麼？」我忍不住問他，他也打開自己那邊的車門。

他回答：「我也想問妳一樣的問題。」

他聲音中有點什麼，令我又一次頓住。他想知道我的過去。為什麼呢？

我的美夢和噩夢交互閃現。

我看著他，兩人都沒說話。我不知道什麼才是真的，事實又是什麼？這是美夢？還是噩夢？

我也想知道需要多久才能分辨兩者？我們的母親弄不懂她丈夫的心，也不知道他在想什麼。他們在一起十八年，睡在同張床上，共用一間浴室。一起吃過那麼多頓飯，度過那麼多假，還生了小孩。我不可能知道才剛認識的人在想什麼，但也無法確定時間是不是關鍵因素。

我應該害怕，因為這有可能是場噩夢。我也不該再次坐上這輛車，這車沒一個地方對勁。

但我也沒辦法就這麼放下希望。因為，或許這是美夢成真，而且我知道時間不會給我解答。就算我們成為情侶，還是可能對彼此一無所知。

「來吧，」他說。「我們回市區。」

你隱瞞了什麼？

他一直沒有回答。

我依舊讓強納森·費爾關上了車門。

12

蘿絲

現在，星期五中午十二點，康乃狄克州，布蘭斯頓

回到蘿絲家，蓋柏在覓愛網站註冊了新帳號。暱稱是**9為你2來**。檔案照取自強納森・費爾的照片——就是酒保認出來的那張。帳號中午就開通。

他們挑選類似洛菈的女生。年紀在二十幾到三十出頭，沒結過婚、沒有小孩，住處距離布蘭斯頓十英里內——而且長得漂亮。他們給六十幾個帳號寄了電子郵件，主旨寫：**妳認識這個男人嗎？**

信件內文則是一名女子對其他女性的懇求：我在網路上認識了這傢伙，擔心他好像不大對勁。他跟妳聯絡過嗎？蓋柏留了他和蘿絲的手機號碼。

「這個網站裡的一百個檔案裡就有一個是假的。假身分，假照片，還有吸引人的訊息。做這些事的幾乎全是女人。她們用假身分跟約會對象聯絡，有時甚至找上她們的老公或男友。她們想知道對方是否會回應、想不想碰面。這能知道他是不是有偷吃、有沒有說謊……總之妳知道我的意思。」

蘿絲點頭，阻止自己陷入焦慮。他們有個計畫，也會等待回音。等待的同時，蓋柏會再檢視一次洛菈房裡找到的文件，看能不能找到什麼有用訊息。蘿絲負責打電話，聯絡洛菈生活中她認識的人——她發現實在少得不得了。這令她既不安又充滿罪惡感。梅森出生後她太專注在自己的生活了。

她打算先聯繫洛菈的同事，問候一下那位叫吉兒的女生，以及洛菈多年的室友凱瑟琳，那一位週末總往紐澤西跑、她從沒見過的室友。蓋柏知道該怎麼找到她們的電話。她會聯繫紐約市的那個混帳——前提是她要先弄清楚他到底是誰。她也會小心不啟人疑竇，免得事實證明是虛驚一場。這樣一來，洛菈之後就不必解釋這些瘋狂行徑，告訴大家為什麼她姊姊會驚慌失措地打電話找她。

她弄了杯咖啡，擺在手機和洛菈的電腦旁。

兩點半時，她聽見開門的聲音。

「我們回來了！」

喬放下梅森，他跑向媽媽。蘿絲將他一把撈起、緊緊抱住。

「寶貝啊，公園好玩嗎？」

她閉上眼睛，聞著他的味道，試著讓自己脫離當下的急迫。她知道他是感覺得到自己的情緒的。

他扭動身體掙脫她的臂彎，跑到擺放玩具的角落，喬就這樣跟她一起站在廚房，視線從她飄到梅森身上，再轉向馬路，蓋柏的車就停在路邊。

「不走運？」喬問道。

蘿絲跟他說了強納森・費爾的事，以及洛菈的手機到過的酒吧。他們有他的照片、他的暱稱，還還有那個跟他約會並刷卡的女人，所以他們可能找得到她，或許她會知道更多他的事。

喬很快瞥了一眼水槽上方的時鐘。

「快要三點了。」

「我知道。」

「我們應該打給……」

樓梯傳來腳步聲，蓋柏空手進來。

「我知道她的社會安全號碼了。我只找到這個，有張報銷的表格填了這一項。」

蘿絲起身離開桌子，走到廚房中島旁加入他們。

「我認為我們應該叫警察。」喬又說了一次，填滿短暫的寂靜。

但就在那時，蓋柏臉上閃過另一種情緒。她看不出那是什麼，像罪惡感，也可能是羞愧，而且一點都不適合他。

「我必須跟你們兩個說一件事，但我不知道這件事重不重要。」

「蓋柏，我的天，到底是什麼事？」蘿絲握著手機。喬說得沒錯，是時候了。可是現在又是怎麼搞的？

「這可能沒什麼，可能我只是想弄清楚這一切才把回憶湊在一起——我好幾年沒想起來了，不過你們今天早上打給我後我就一直在想這件事。」

「回憶？什麼回憶？我們小時候的回憶嗎？你到底在說什麼？」喬問道。

蓋柏閉上眼睛、低下頭。老天——他是想要回憶得更清楚，還是他想了半天終於決定開口，卻不想直視他們的臉？蘿絲沒了耐性。

「蓋柏！快點告訴我們！你到底知道些什麼？」

「跟我哥有關。」

喬馬上回話。「瑞克？」

「對啊，在他離家之前。」

「去念軍校之前嗎？但那是很久之前的事了——洛菈那時候幾歲啊？十一歲嗎？」蘿絲記得蓋柏的哥哥，那個到處惹事生非的瑞克。他比蓋柏大兩歲，比洛菈大四歲，他跟他們從來不是朋友。瑞克．華勒斯像頭惡犬，如果你經過他家，一定會希望他沒看到你。喬跟他槓上過好幾次，他們都還是小男孩，卻已打得不可開交。華勒斯太太跟她們的母親哭訴過兒子的事。她制止不了他，必須把他送走。

喬立刻警覺。「瑞克怎麼樣？」

蓋柏講起那個故事。

「你們還記得嗎？洛菈在森林裡看見萊納爾．凱西。」

「幹！蓋柏！你為什麼要提萊納爾．凱西？」喬講這句話時看著蘿絲，而她也在想著同一件事。現在情況變成這樣，誰不好提……先是瑞克，又是萊納爾．凱西——住在自然保護區的遊民。那個人後來被發現躲在洛菈那個死去男友的車上，最後在精神機構度過餘生。

「聽我說，」蓋柏繼續說道。「我知道你們不想聽見這個名字，不過你們還記得嗎？

我們小的時候，那個人會穿著披肩，在池塘那裡的石牆上走來走去？洛菈說他看起來像吸血鬼。」

蘿絲勉強點點頭。那個隱居在自然保護區森林深處的老人……要不是後來事情變成那樣，要不是萊納爾．凱西牽扯到洛菈男友的死，能在長大後再聽到他的故事應該是很有趣的。

「我們當然記得，」蘿絲說道。洛菈總是要他們跑回房子裡拿大蒜和十字架，她喜歡追查這個人，認為自己能在地上發現他的足跡。「在那之前他已經很久沒那麼做了……」

「我知道。不過有一次只有我和洛菈，我不知道為什麼，也不知道其他的小孩上哪兒去了。我不知道你們兩個在哪裡，但她跑來我家，跑來敲我的房門，說他又在外面，在池塘那邊的石牆穿著披肩走來走去。天啊，那時我肯定是十三歲了，真的對這件事沒興趣。我們都長大了，十幾歲了啊，你們知道的吧？不過洛菈還是個小孩，還想探險。」

「我記得，」蘿絲說道。「她之前會求我們陪她玩。她不喜歡不一樣，她覺得自己被丟下。」

「所以我跟她出門。我們沿著小路走到池塘邊，牆上沒有人。她說我們應該分頭前進，我走一邊，她走另外一邊，我們都沿著池塘前進，走到再次碰頭為止。然後我開始懷疑萊納爾．凱西跑出來是她編的，不過我還是同意。我跟她說，找過池塘旁邊之後我就要回家。

「她說好，所以我就開始往前走，但是走了半圈卻沒看見她，我還以為是自己走得比較快，所以就繼續往同樣的方向前進，結果卻回到了出發的地方。洛菈不見人影。那天非常安靜，樹枝還光禿禿的。我喊了她的名字，然後開始等。接著我又叫了一次，還是沒有回應。我不知道該從哪邊開始找，我記得現場只有我踏過乾枯樹葉的聲音。我在想，他搞不好也在，畢竟他可能不只是個無害的老遊民。」

蓋柏停下來，廚房好靜，幾乎跟他剛剛形容的森林一樣安靜。萊納爾·凱西不是無害的老遊民，他們在森林裡玩了那麼多年，他一直都在。他們去過幾百次了。有時候結伴同行，有時候其他人先離開，所以會有獨自一人留下的情況。而他們從來沒注意到身邊的危險。

「我去了我覺得她會去的地方——那片田野、那塊高地，然後終於走到我們的堡壘。你們還記得我們蓋的那個堡壘嗎？卡在樹木間的一片三夾板。」

「記得——蓋柏，拜託你——快點告訴我們發生了什麼事，」喬說道。蘿絲則是說不出話，身體也動不了。只要一想到她妹妹跟萊納爾·凱西一起待在森林她就差點喘不過氣。

「她就在堡壘裡——只不過不是跟凱西在一起，是跟瑞克。他拿刀抵住她的喉嚨。」

蘿絲驚喘一聲，摀住嘴。

「什麼？」喬說，因怒氣提高了音量。

「雖然是他那把愚蠢的袖珍摺疊刀。但還是一樣，他拿著刀，手抓著她的頭髮……然後我就他媽的失控了。我哥一直都很難搞，但他之前沒有這麼超過。看到洛菈那樣……我忍不住……我們打了起來，在地上扭，彼此又踢又揍。然後忽然之間，他從我身上退開，抱著頭躺到旁邊。」

蓋柏一手放到頭上，彷彿在重演那一幕。此刻，他們都在想像那個畫面——也很清楚接下來發生了什麼。

「我一回過頭，」他繼續說。「就看到洛菈在那兒，雙手抓著一根樹枝。指節用力到都發白了，溼溼的臉頰黏著頭髮，混了泥巴和眼淚，看起來像頭野生動物。她又走向他，而我跳起來抓住樹枝尾端，從她手上拿開。我哥站起來對我們兩個罵髒話，然後就跑掉了。他跑回我家。我當然跟我媽說了，我說他拿著那把刀想對洛菈不軌，他說他只是想嚇唬她，因為她自以為很強。他後來就離開了。」

「那學年還沒結束就離開。」蘿絲說道。「我一直很好奇你爸媽為什麼不等到學期結束……我的天……蓋柏，你想說什麼？你認為這段往事是什麼意思？」

「我不知道，就只是段往事。可是我腦中一直出現這畫面，一直想到洛菈像頭野生動物那樣拿那段枝幹揮向我哥的頭……要是我沒阻止她……」

「夠了。」喬抬起一手。「夠了。這只發生過一次嗎？你那個瘋鬼老哥還有傷害過她嗎？」

「老實說——我不知道。瑞克現在不在，而蘿拉完全不想聊這件事。天啊，她一直都那麼憤怒，我只要一想到就忍不住懷疑會不會是因為我哥。」

「才不是！」蘿絲不願再聽下去。「我不相信。如果那不是單一事件，那她就會告訴我們。她會採取行動。」

「或許吧。」蓋柏說：「我希望妳說得沒錯。重點在於，此時此刻正是關鍵。蘿絲，妳自己也說了，昨天晚上可能有兩種狀況——如果是我想的那個，或許我們得給她點時間。」

「給她時間做什麼？」喬問道。「你們兩個討論了什麼？」

蘿絲看著蓋柏，沒有回答。

「你們覺得她傷了這個傢伙，我們應該給她時間逃走嗎？像個罪犯一樣？你們認真的嗎？」

蓋柏正打算回答，卻聽見了那個聲音。洛菈的筆電發出叮一聲。

蘿絲衝回桌前，盯著螢幕看。喬就站在她身後。

「不！」

喬抓著她的肩膀，卻不知道該說什麼才能讓她冷靜下來。

訊息是一個暱稱叫**第二次機會**的女人傳來的。訊息很短，只有兩個字，全是粗體。

他們問的是：妳認識這個人嗎？

答案很簡短。

快逃。

13

洛菈

第九次療程，兩個月前，紐約市

布洛迪醫生：洛菈，我覺得很抱歉。這麼沉重的負擔一定非常難熬。

洛菈：你是指什麼？我心裡常常都壓著一些事。

布洛迪醫生：罪惡感。

洛菈：哎，是。你說那個啊。

14

洛菈

前一晚，星期四晚上九點三十分，康乃狄克州，布蘭斯頓

我們沒走多遠。

他開同一條路回去。我們在格蘭街等紅燈，右手邊是賣酒的商店，門口聚集著一群年輕人，褲子鬆垮垮垂在臀部位置。沒錯，布蘭斯頓市中心還是這副模樣。這些人似乎對流行一無所知。

左手邊有兩個老婦人坐在破舊小屋的門廊上。她們雖穿著裙子，膝蓋卻張得很開。不過除了老太太白色內褲之外沒什麼好看，而且她們才不會鳥你。

強納森又放起音樂。打從我們在海邊上車，他就一語不發。

然後他終於開口。

「我要承認一件事。」他說。

「是嗎？」

「是啊。」

「什麼事呢？」

我們真的需要來這套嗎？說出來就是了。

他嘆了口氣，說：「好。」果然是這個字。

接著他對我說：「我上網搜尋了妳。」

我聳聳肩。「我也上網搜尋了你——我覺得這很正常。」

「所以找到什麼了？」

焦點怎麼又是我？我沒要承認什麼啊，沒有什麼想開心承認的事。

不過我還是回答了。就當是在玩小遊戲。

「其實什麼都沒找到。沒有哪個強納森．費爾跟你長一樣。不過說實話，我也沒有認真比對，有太多個你了。」

他又嘆了氣。「好。」又來。「其實我不姓費爾。」

幹。

「那你姓什麼？」

「費爾汀。」

「你說謊是因為……？」我的心跳撞擊著胸口。

「因為那個女人。酒吧那個。她發現我的前妻用的是我的姓氏，就想在社群網站上跟她加朋友，像是臉書、Linkedin這種，還追蹤她的Instagrm。我們不常聊天，所以我不知道這回事，也沒能警告她。後來她們就開始互傳訊息。」

「真是瘋了。」我說，這真的很瘋。

「最開始沒有惡意，可是後來她就問起跟我有關的問題，等到我太太——不好意思，是我前妻——起了疑心，跟她斷了聯絡，她就開始說我有多混帳，她怎麼能跟我結婚，真是個白痴，我可能一直對她不忠。諸如此類。」

綠燈亮起，我思考著這件事。

「那你這時候為什麼要跟我說這些？」

「妳的意思是？」因為得開車，所以他沒有看我。

我的心跳慢了下來，跳動的強度減緩至尚可容忍的程度。在線上約會的世界裡，這一切聽起來都是合理的。

說實在我也不懂，然而這沒能阻止我將他的解釋聽進去。

「她是等到你們第三次約會、睡過沒再來往，才對你大發脾氣？我得承認，我還是很好奇房間裡到底發生了什麼讓你覺得怪，她卻對你上了癮，想更了解你，想知道你每天晚上在忙什麼。」

他因此露出微笑……甚至可以說是竊笑。

「妳不覺得這該換妳來告訴我嗎？妳還沒給我上場機會，讓我為妳瘋狂一下。」

他又笑了。我們再次碰上紅綠燈。這次一旁的街角沒有人，另一邊則是荒廢的公園。他把握機會，注視著我。

「這是我第一次謊報姓名，而且覺得很不對。要是我們後來有繼續約會，到那時告訴妳這些就太遲了，我會搞砸一切。」

我、的、老、天、爺。

他可能想再跟我出門約會呢。*真開心*。

可是說謊就結束了。*真難過*。

我好困惑，而我不太擅長處理困惑。

「所以說，」我掙扎開口：「你要承認的就是這件事嗎？」

綠燈了，車子沒有移動，他沒看燈號，因為他正閉著眼睛低下頭。

「不是。」他說。

我開始擔心了。是什麼事情這麼糟，糟到他甚至開不了車？

一輛酷炫的小卡車出現在我們後頭，燈光湧進這輛豐田汽車，亮得我們看不見。接著是一聲喇叭，強納森．費爾——不對——費爾汀通過路口，停在路邊。

「我上網搜尋了妳。」他又說了一次。

「我知道，你剛剛說過了。」

「而且我找到了。」

引擎怠速的嗡鳴聲響著。我們就在公園旁邊，這座公園沿路豎起圍牆，此刻一個人影都不見。那個穿著汗衫的人開車經過我們身旁，而我思考著自己有哪些選項。不過都不怎麼好。

他是故意停在這裡跟我說他找到我嗎？

我故作鎮定。

「好。」我說。

「我是說妳——真正的妳。不是洛菈．哈特，而是洛菈．洛克納。」

「所以我們兩個都謊報姓氏？你是這個意思嗎？」

他搖搖頭。我早知道他會搖頭，只是想爭取時間。想啊，快想想。門把在這側，外面的馬路、無人的街道、圍牆以及兩個路口之外賣酒的商店……

「我懂的，」他說。「我的意思是，要是我也會換名字……」

我阻止他繼續說下去。「你是怎麼發現我的真名的？」

最好的防守就是做一次好的進攻。

「所有洛菈．哈特都跟妳的照片搭不上，但哈特是妳的中間名，所以有張圖片跟著這三個字串一起出現。那是一組姓名，**洛菈．哈特．洛克納**，共三個。」

我不知道自己是否相信他的說法。我一直非常小心。展開這段翻船意外之前，我上網搜尋過自己，可是沒有看到任何照片跟著那三個名字一起出現。話又說回來，我也不是每張照片都看過。或許他比較有耐心吧，或許，他因為那個女人的緣故變得比較謹慎，或許，他還有其他需要小心謹慎的理由。

或者他是早就知道了。

「好。」我又說了一次，不過這次帶著點聽天由命的意味，我無處可逃。

「妳聽我說，」他說。「那些描述事情經過的文章……只要我能找到，每一篇都看完了。既然我還是來見妳……就是……」

我沒讓他說完。「你是記者之類的嗎？」

他很不爽，然而我分不出這是不是在演戲。記者都鬼祟得要命。

「不是！」他堅持道。「我告訴過妳，我只是想要確定自己招惹上什麼人。」

「我也可以這樣跟你說。」我拿出手機，準備上網搜尋強納森．費爾汀。不過我的手機沒電了，不知道什麼時候關機的，現在打不開。

他把自己的手機遞給我。「妳想要查查看嗎？很合理。」

我推開他的手。「不要，」我說。我有可能找到什麼嗎？這跟我的情況根本沒得比。我可是跟劊子手直接面對面。我覺得是他先吊起我的希望，好讓我眼睜睜看它在眼前破滅。以前執行最重大的懲罰就是這麼做的——每次只吊死一個犯人，讓其他人親眼看著。「你想知道什麼？你讀過的那些文章裡有全部的細節。那是十一年前的事，所以相關資料很多。」

他試著看我的眼睛，而我無法承受。

「好，」他說。我突然對那個字失去了耐性。「聽我說，我只是想讓妳知道『我知道了』。就像我的姓氏那樣，我喜歡妳，所以不希望是從謊言開始。」

我閉上眼睛，數到五——六——七。他再度開口時我還在數。

「我十幾歲時出過一些事，是會留下精神創傷的那種。我不是說我碰過一樣的狀況，我們類似的地方在於那件事並沒有過去。好幾年來徘徊流連，我認為我還受到那事情的影響。」

他等著我跟著話題一起聊，不過我還在數，還直直看著前方，手放在門把上。

他還講個不停。

「我跟幾個朋友去了海邊。我們以前很常去喝一杯、聚一聚。我長大的地方是個小鎮，條子對我們睜一隻眼、閉一隻眼。總之，我們看到了這個老傢伙，正泡在海裡繞圈游泳，在月光下游來游去。知道他在幹麼之後我們就沒再注意他了。反正他就只是在游泳。」

我努力要聽進去，專心聽強納森的故事，不過那座森林正將我慢慢拖回去。

「然後他突然就不動了，好像是太累或什麼的。他揮著手，對我們大叫。我脫掉鞋子跑向海邊，有個女生撥給一一九，其他人說了一些你在做什麼？他可能會害你淹死的話。我知道他們說得沒錯，不過不去救他感覺不太對。」

他停下來時我這才意識到自己應該做點反應，比方說喔我的天，那你怎麼辦？或者是接下來呢？不過我聽得不夠仔細。他好像講了一些跟海邊有關的事，還有游泳的男人……

他沒有等我回應就繼續說了下去。

「等警察趕到，他已經沉下去了。我永遠忘不了那個畫面：看著他的腦袋消失，最後沉入一片黑水……還有那隻揮舞求救的手。」

於是我說：「所以說，到底發生什麼事？」

「他淹死了，就這樣，就在我眼前，我卻什麼都沒做，甚至沒有試著幫助他。」

我努力找出更多字句。「你覺得自己可以做什麼？」

他搖搖頭，彷彿這句話已聽過上千次。我不知道他是不是跟每個覓愛網站的女人都講過同樣的故事，例如那個跟蹤他前妻的瘋狂女子，我在想，他是不是也跟她說過。我在想這到底是不是真的。

「我什麼都做不了。我很清楚，他距離太遠，我不可能游到他身邊，我也沒受過訓練或什麼的。他可能會抓住我，把我們兩個人一起拖下去。這些我都知道。但那個景象還是糾纏著我。那隻手就這麼消失不見。」

長長的停頓，重重的嘆氣。他在等我坦誠，可我是不會說的。

「我很遺憾。揹著那麼沉重的負擔一定很難熬吧。」我學起心理醫師講話。

「總之……」強納森．費爾汀說道。這是他的愛用語第二名（我討厭自己這樣挑東挑西）。如果之後結果很糟，我就可以拿這些說服自己。總之他不是對的人。

「所以我一讀到妳中學發生的意外，就覺得自己有點懂那種感覺，某些事件就是會影響妳一輩子。」

我露出微笑。臉上的笑容活像面具。

「我把找得到的資料全讀過了。其中一篇文章寫，他們在自然保留區的另一頭找到被人丟棄的車，那裡是森林深處，而且有個遊民睡在車上。」

「萊納爾．凱西。」我終於開口。反正現在都這樣了。

「沒錯，就是萊納爾．凱西，」他跟著我又講一次。「這人一直沒有受審，因為他被診斷為精神失能，死在精神病院裡，到死依然宣稱自己無辜。」

我搖搖頭。「沒錯。」我說。

過了好一陣子後，他開口。

「大家還認為是妳下的手嗎？就是因為這樣妳才不用真名嗎？」

我看著他，但不知道自己究竟看到了什麼。我的心思早已遠離，回到那片森林，回到那輛車，回到那一晚──而今，他也成為回憶的一部分，成為我心頭的重擔之一。我捏緊門把，卻沒有多想就下了車，沿公園邊的籬笆往前跑。

我聽見他喊我的名字。「洛菈！」

接著又聽見另一邊車門關上，還有我的名字。這次更大聲了。「洛菈！不要跑啊！」

我跑了又跑，直到找到入口、進了公園。這黑暗又髒亂的公園。我祈禱公園能一口把我吞下。

強納森．費爾汀跑得很快，比穿著高跟鞋的我速度還快。關於男人為什麼發明高跟鞋，如今我有了新看法。我感覺到他抓住我的手臂，把我往後扯，我就這麼摔到他身上。我們一起跌落在地。

「我的天啊！」他邊說邊站起來，拍拍自己身上的塵土。「妳是怎麼回事？」

我沒有站起來，也沒有拍掉身上的灰塵。我什麼都沒做，只是盯著這個陌生人。我甚至不知道這人叫什麼名字。

「我很抱歉，」他說。「我不應該那樣問妳，我不該問妳大家是不是還認為妳殺了那個男孩。拜託……」

他伸出一手，但我沒有接受他的幫助。

「我不是在暗示妳什麼……我只是……我只是想理解。我想理解妳是經歷了什麼掙扎才回到這裡，回到一切發生的地方。」

我又能聽見他說話了。他聽起來很合理，這令我回過神。

然後他看著我們四周。

這座公園很安靜，不過不知為何散發不祥氛圍，彷彿是我們令此地陷入寂靜，彷彿這裡正準備展現生命力，拿我們飽餐一頓。以前有人在這座公園因為車鑰匙和錢包被殺。

「我們不該待在這兒。至少讓我開車載妳回市區吧，拜託，洛菈。」

他再次伸出手，這一次，我拉著他的手站起來，然後拍掉蘿絲洋裝上的塵土。我們速速邁開步伐，走回公園入口。他不停地說話，解釋個沒完。

「大家也會講到我。他們說，我們那天晚上都在海邊，大家會問我們為什麼沒有試著救他。」

那不一樣，完全不一樣。不過我讓他繼續說。

我們回到車子旁邊，他打開我這邊的門，我上了車。

我三度上了他的車。

「我真的只是不希望我們之間打從一開始就存在謊言，只是這樣。所以我才想告訴妳我都知道，我想告訴妳我能理解，這樣妳才不會覺得我認為妳不好……天啊，我讓事情變得更糟了對不對？」

當他不愛我

強納森·費爾汀變得健談，他很清楚該說什麼，因為我真心相信他說的每個字。我已深陷於我們的故事中，我和強納森的故事。我只看見眼前所見。而我看不見的是：兩天前我從沒聽過他，他也完全不認識我。我看不見我們的故事此時不過才走幾個章節，滿是問句、藉口與暗中查探，挖掘我們還沒準備好揭露的人生故事。那個酒吧裡的女人、森林裡那晚、他故事裡的漏洞。

我是不是又來了？我在捏造一個假形象嗎？我是否刻意讓我們的故事切中我的渴望？我想問什麼都可以，但這裡沒有人可以回答我。我獨自一人，只有我和我那顆缺損的心。

獨自一人，這就是我一生的故事。雖然我還有很多事情搞不清楚，但這是我唯一想劃下句點的故事。

15

蘿絲

現在，星期五下午兩點四十五分，康乃狄克州，布蘭斯頓

第一封之後很快就收到了第二封信。是覓愛網站上的同一個女生，第一封信就是她寄的。那封信很短，只寫著：快逃！

第二封則是：他才不是他說的那個人。

蓋柏回了信，請對方提供更多訊息。他沒坦白說洛菈失蹤，因為不想嚇跑那個女人。他改成說這件事很重要。我需要知道是不是同一個人。他告訴妳的名字是什麼？妳有他的電話號碼或地址嗎？他們只需要這些資料，足以指認這傢伙就行。等了兩個多小時，沒有收到其他回應。蓋柏回家去了，他那位愛吃醋又缺乏安全感的太太召喚他回家，於是只剩蘿絲和喬輪流盯著螢幕。

蘿絲抱著梅森在房間踱步。他想要大家注意他，而且他可以感覺到情況不對勁，非常不對勁。

「她去了哪裡？」蘿絲問道。「說真的，她都講成那樣了，為什麼後來不見人影？」

喬聳聳肩。「我們不知道她到底是什麼意思，或許她只是感到受傷，或許她只是不爽，所以要我們好好想想對方是怎樣的人。但可能她的想法又變了……」

蘿絲不停繞著廚房中島走，眼神在喬、電腦以及門口之間移動。她仍暗自希望洛菈衝進門口，彷彿沒有任何不對勁。喬還在說話。

「蘿絲，已經五點多了，我知道蓋柏的意思，但是……」

「太誇張了，就是瑞克和洛菈。」

他們一起聽了來龍去脈，陷入蓋柏在廚房中留給他們的混亂。

「真不敢相信我們完全不曉得，她竟然沒告訴我們，他也沒說──妳有聽華勒斯太太跟妳媽說過或暗示過這事嗎？她什麼都跟妳媽說，結果妳媽一聲也沒吭。」

「你說得對，我們應該聯絡警察。」蘿絲說。她在自言自語。

喬走到她身邊，抱著他們的兒子。

「好吧……我去打給保母。他最喜歡柔依了，對嗎？」

蘿絲點頭，揉著梅森軟軟的髮絲，看著手機，撥了一一九。

她告訴他們地址，說明目前狀況。警方派出了一組人。

「幹，」她掛上電話後，喬說：「來吧。」

他從桌前站起，抱過她手中的梅森，打給保母，央求她過來一趟，就算只是帶梅森去公園一個小時也好。喬把他放進兒童安全座椅，打開卡通。他給了他幾片餅乾和牛奶，好讓他分心，接著重新整理電腦螢幕，不過還是什麼都沒有。沒有其他訊息。

蘿絲站在起居室窗邊看著馬路。

「你認為瑞克・華勒斯對她做了什麼嗎？蓋柏想告訴我們的是這個嗎？」她喃喃說道。

喬待在廚房裡，看她直視前方發呆。

「蘿絲，我真的不知道。」

警車就這麼出現——沒閃燈、沒鳴笛。車子停在路邊，車門開啟，然後又關上。蘿絲站在車道上等待。

「我妹妹昨晚沒有回家。」她在廚房裡解釋事情經過。

「我帶梅森上樓等柔依。他或許會睡個午覺，或許我可以再翻翻洛菈的東西，看是不是能找到其他線索。」喬找藉口離開廚房。梅森知道，警察叔叔只有在大事不妙的時候才會現身。

警官坐在桌子前做筆記。覓愛網站、強納森・費爾、酒保，他們用假帳號找到的女人——以及那兩個字：快逃。

蘿絲說了自己的名字：蘿絲・菲洛，接著是妹妹的名字，並描述她的長相。她找了張照片給他們看。

她的年紀、最近的通訊地址、身高、體重以及眼睛顏色。

十一年前的那一晚至今，蘿絲還沒跟警察說過話。

要是她搞錯呢？當她描述著自己妹妹，同時間，那一晚感覺如此逼近。

「請問妳妹妹的姓氏怎麼寫？」

那幾個字鯁在她口中，因為她想知道對方有沒有認出來。洛—克……

兩名警官中較年輕的是名女子，皮爾森警官。她看起來二十五歲左右，或許三十。蘿絲聽見洛菈尖叫聲的那晚，她可能也是個十幾歲的青少年。

比較年長的是名男性警員：康威警官。他年近四十，手上戴著戒指，腰際生了肥肉。那時候他應該就是警察了。

「她是幾點出門的？」

蘿絲回過神來。「抱歉——妳剛說什麼？」

「幾點？」皮爾森警官又問了一次。「妳妹妹是幾點出門的？」

她告訴他們時間、洛菈的電話號碼與電子郵件信箱。

「我們有個朋友弄到了她手機沒電的位置，他在電信公司有熟人。不過他只知道這些，之後手機就沒電了。」

康威警官把手上的記事本往後翻幾頁，假裝看了幾行字。「你們就是這樣找到這間酒吧的嗎？你們找了幾個可能使用這個網站的男人，然後酒吧裡有人認出其中一張照片？」

蘿絲點頭。「那是我們頭一個線索，後來又在網站上找到一個認識他的女生。」

接著輪皮爾森開口。「不過妳還不確定，不知道妹妹昨晚是不是真的跟這個人在一起，也不確定這張照片就是跟她聯絡的人。是這樣嗎？」

「我們什麼都不確定，所以才需要她的電話通聯紀錄和電子郵件，我們需要登入她在這個網站的帳號。她跟他是用電話聊天，這是事實，所以通聯紀錄裡會有他的電話號碼！」

再來換康威：「妳之所以知道，是她告訴妳的嗎？」

「是的，是因為她告訴我。她為了赴約精心打扮，只帶了小包包，其他什麼都沒帶。

她打算去見這個強納森．費爾——通聯紀錄裡有他的電話號碼！」

蘿絲看得出他們起了疑。畢竟洛菈失蹤還不到一天。

「你們需要搜索令對吧？有沒有辦法拿到呢？」蘿絲問道。

皮爾森和康威互看一眼。

「這得看法官裁決，很可能要等到早上。我們可以先定位妳的車。」皮爾森說。

蘿絲一拳捶在桌上。「不行！我跟你們說過我們找到那輛車了，就停在里奇蒙街！我們把車開回家！車子就在那裡！停在車道上！」

又換康威：「妳是說車子沒有失蹤，不見的只有妳妹妹？」

「沒錯！」

兩個警官重重嘆了兩口氣，站起身。

「我們有她的社會安全號碼，」蘿絲說，遞給康威一張紙條。「接下來呢？」

「我們會做申報。明天之前可能不會有太多進展——除非接下來這段時間出現更多消息，足以證明發生了犯罪行為。這類的案子大部分失蹤者都會自己出現。」康威努力讓自己做出深感同情的模樣，只是還是有一種高高在上的態度。

蘿絲站了起來，無助地看兩名警官走向門口。「就算我們知道她絕對不會突然消失，也不重要嗎？」她跟在他們身後問。

皮爾森回答時沒有停下腳步。「如我搭擋所說，他們通常會自己出現。」

聽不見承諾，感覺不到急迫。他們甚至不認得那名字，但是，只要他們輸入系統的那一刻就會發現。洛菈・洛克納。那個死掉男孩旁邊的女孩，她手上還拿著凶器。

打給警察的決定感覺十分重大──彷彿他們可以馬上找到洛菈──即使代價是要刨出過往。但是警車開走了，依舊沒有鳴笛、沒有閃燈，什麼都沒。

喬從樓上回來。他檢查電腦螢幕，接著抬頭看見蘿絲搖搖頭。沒有新訊息。

「狀況怎樣？」

喬靠得更近。他的動作很慢，感覺不祥，手上拿著幾張紙。

「怎麼了？」蘿絲問他。她不喜歡他臉上的表情。

他把紙遞給她。總共三張印了印刷字體的字條。

「我在她房裡找到的，藏在她大衣口袋。」

「她以前就這樣，」蘿絲說。十幾歲時，洛菈會把東西藏在口袋不讓媽媽知道。她會挑選不合季節的外套，塞到衣櫃深處。她什麼都可能藏：香菸、保險套、她的手機。雖然母親一點都不介意。

蘿絲打開第一張字條。

我知道妳做了什麼。

然後是第二張。

妳根本就不該回來。

以及第三張。

妳會付出代價。

蘿絲盯著那幾張字條，讀了一次又一次。喬站在她身邊，抱著她的手臂。她深深看進他眼中，想看出他眼裡有多少恐懼。「你知道這些嗎？」他就跟她一樣害怕，跟她看見這幾張字條一樣怕。這下情況完全不一樣了。

喬很憤怒。「妳這是什麼意思？」

「洛菈跟你說過這些事嗎？這是哪裡來的？有可能是誰寄來的？」

他放開她，走掉，又轉過身。「真不敢相信妳會這樣問。妳不覺得我一定會告訴妳嗎？就算我沒有馬上講，今天早上她沒回家時也一定會提啊？」

蘿絲沒有回答，她再也不知道該怎麼想了。蘿絲下樓梯或靠近時，他們好像常常處於講到一半停下來的狀態——洛菈、蓋柏和喬。有時只有洛菈和喬。

或許她有跟他講過這幾張字條，或許，她也跟他說過其他事。

「你知道嗎？」蘿絲終於問出口。

「知道什麼？」

她說不出那些句子。她永遠都說不出口，也永遠不會問那個問題。十一年來都不曾問過。

「蘿絲，到底是什麼？妳就說啊！」

她來不及控制，那些句子就這麼脫口而出。那些字眼，那個她從來不想聽見答案的問題。

「她跟你說是她殺了他嗎？」

這個問題一直都在，打從那晚就懸在他們之間。

他們只知道洛菈跟警方說的內容：她跟男朋友一起在車裡，駕駛座旁邊的車門被人打開，有個男人把他拖下車。洛菈聽見棒子砸在骨頭上的碎裂聲，接著是一聲哭喊，她從另外一邊爬出來，躲在路邊的灌木林中。那人又揮了兩棒，然後跳上車開走。

她被拘留了二十四小時，之後他們找到車——丟在森林深處，保留區的另一頭。萊納爾・凱西把車子變成自己的新家。

洛菈從未遭到起訴，但那個疑問一直都在——為什麼大家會看見她站在屍體旁邊？拿著那根棒子？衣服還沾了鮮血？

蘿絲再問一次。

「她跟你說是她殺了他嗎？」

喬搖頭。「沒有。」

於是她靜靜站在原地，想著她的丈夫、她的妹妹。那麼多年前，她到底在森林中對那男孩做了什麼。她的初戀情人，那個叫米契·艾德勒的男孩。

而今，她又可能對那個叫做強納森·費爾的男人做了什麼？

16

洛菈

第八次療程，三個月前，紐約市

布洛迪醫生：妳看不出他很殘忍嗎？

洛菈：你是說誰？米契，艾德勒嗎？「殘忍」這個詞很重。他只不過是個很吃得開的混帳中學生。

布洛迪醫生：他知道他造成了妳的痛苦，他故意做出這種自私的行為。這就是殘忍。

洛菈：我覺得他看起來有很多問題，我就是因此被他吸引。要是我可以撐下去——要是我夠愛他，就可以讓一切好轉。

布洛迪醫生：妳認為自己可以修復他，這樣他就有辦法愛妳？

洛菈：我知道這聽起來很荒謬。我明白了，他根本就不會愛上我。

布洛迪醫生：這有讓你想起某個人嗎？妳小時候認識的人？

洛菈：我沒想起誰耶。你到底是在說誰？

布洛迪醫生：有時我們會透過修復現在來處理過去。

洛菈：那很愚蠢。

布洛迪醫生：我們的腦子就是這麼運作的。這是潛意識，不愚蠢。

洛菈：這樣很危險。

布洛迪醫生：沒錯，這可能會非常危險。

17

洛菈

前一晚，星期四晚上十點，康乃狄克州，布蘭斯頓

我知道妳做了什麼。
妳根本就不該回來。
妳會付出代價。

這些字條分別出現在不同時間和不同地點。我開著蘿絲的廂型車去操場跑步，第一張對摺的字條就壓在車子雨刷下。我繞著操場跑了一圈又一圈，車停在旁邊稍微高起的小丘，那是隔壁鎮中學的停車場。這座小鎮的學校設施很棒，而且門口沒有警衛。為什麼需要警衛？大家就是為了這個才拿出大把鈔票在這裡買房子。如果他們知道那差勁的保全讓我這種傢伙也進了校園，不知道他們會做何感想。我這種傢伙搞不好殺過人啊！

我兩分鐘跑完一圈。無論是誰留下那張字條，都在緊盯著我，等著我轉彎，等著我的視線離開停車場。

第二張跟著亞馬遜的包裹一起送到。字條是從沒有封上膠帶的縫隙塞進去的。那是個裝睡衣的盒子，我線上下單之後送到蘿絲家中。

我在枕頭下面找到第三張。

內容都是印刷字體，白紙上的空白處被裁掉，像摺紙那樣摺了好幾次。

妳為什麼不鎖門？找到第三張字條那天，我問了蘿絲。妳不擔心會有人偷東西嗎？

蘿絲露出她那經典表情，彷彿在說「妳開啥玩笑？」我們站在廚房裡，她誇張地揮舞手臂。我倒希望他們來偷！這間屋子裡有一半是我們老家和喬的老家拿來的，每樣都很舊。拿走啊！全部拿走，記得留下那些酒就是了。

哈哈。我跟她一起大笑，接著上樓坐在閣樓的床上，盯著那扇門、窗戶和衣櫃。我剛把最後一張字條藏在這裡——或者該說是最近的那張。那是兩天前。說不定有更多字條等著我，說不定還不只如此。

我更該擔心的是那些字條，而非坐在旁邊的陌生人——或許我的確是，或許就是因為這樣，我收到第一張字條後睡不到兩個小時就醒來，身體和腦袋都感到深深疲憊。這名陌生人開車載我進入地下車庫，而我疲倦到無法好好思考。

我已經跟這個陌生人——這個強納森．費爾汀——聊起那晚，也就是那晚在森林中的派對。而我會繼續說下去。

他叫做米契．艾德勒，就讀公立中學。六個月前，我在一場派對上認識了他。

他不是個好男孩，不是個好男友，但我告訴自己，只有我能讓他變好。

「他帶了一個女生去參加那場派對，這你可能早就知道了。」我說。

強納森點點頭。他不想再嚇到我，不希望又得冒生命危險追著我穿過危險的公園。

然後他說：「他的父母說他已經跟那個女孩約會一年，也帶那個女生回家吃過了幾次晚飯。他們說，他們以為她就是他的女朋友。」

接著他繼續講：「他們說，那晚之前從來沒見過妳，也沒聽過妳的名字。」

強納森．費爾汀，你真是有認真做功課。

我替他的調查報告做補充。「她的名字是碧里妮。金髮藍眼，一年多來都是他的正牌女友，而我完全不知道，還以為自己才是他女友。他們一起去參加森林派對前，他跟她在車上做愛。」我說。那些都是實情。「車子就停在旁邊，跟其他車有點距離。」

「為什麼？」他問道。

「什麼為什麼？」

「為什麼他把車停這麼遠？」

我聳聳肩。「我不知道。或許他認為他可以把到另一個女生吧。」

這時他看著我。「不是同一個？不是碧里妮——那個才剛跟他做愛的女生？是妳？一個晚上搞兩個？」

去你的，強納森・費爾汀。不過你說的沒錯。

車子熄了火。我們坐在無窗的黑暗車庫中，此刻我的情緒也找不到出口。

「我不知道他在想什麼。」

他沒再開口，不過我倒是知道他在想什麼。只要有心，任何人都能找出全部事實，而我很確定他都看過了。

我非常戒備，感覺自己又回到十一年前的警察局，衣服上沾染血跡，手裡扎了碎片。

我把那根棒子握得太緊了。

眼淚淌過我骯髒的臉龐以及骯髒的靈魂。

「我沒打算在那輛車上跟他發生關係。我讓他以為我願意，不過我完全不想要這樣的初體驗——在車子後座，跟一個帶了別人參加派對的混球，而這個『別人』名叫碧里妮，正好是他正牌女友。」

強納森看著我微微一笑，然而笑容中毫無暖意。

「妳認為會發生什麼呢？」他問，不過這不是真正的疑問句。

「我不知道你是什麼意思。」其實我知道。

「妳想怎麼打發他？這情況感覺起來很危險。」他碰碰我的手臂，我在其中瞥見一抹安慰。「我不是在指責妳，只是不懂妳怎麼會跟他走，還上了他的車。」

我抹除臉上所有表情。

「我想我說得太過分了。」他停下來。我能看出他的同情。「所以到底發生了什麼事？」

我還是很介意他一直沒提到那根棒子。他的態度跟警方不一樣。當他們找到那輛車和萊納爾．凱西，就完全買帳我的說法。

「我一直在跟那傢伙約會，他是個爛人。他跟我提要求，那是最後通牒，只要達成這個條件就能留住他，而我太絕望。我以為，要是我們單獨相處……要是他知道我有多愛他，他就不會當個爛人。我不知道碧里妮的事，不知道他一整年都跟她在一起。我只知道他闖進我的生命好幾個月，而我覺得非常痛苦。我永遠不知道他會不會來，也永遠不清楚他什麼時候會消失不見。但是，只要他回眸一笑——那種感受令人陶醉、無可匹敵。你從來沒碰過能給你這種感覺的女人嗎？」

他想了一下，但沒有很認真。我的心理醫生說得沒錯，普通人不會掉入那種陷阱，壞掉的人才會。

「如果我不是那麼年輕就認識我太太，一定會有這種感覺。」他說，但這是在說謊，而這個謊言讓我了解他真的可以很體貼。這就是體貼。我整個人亂七八糟、一場糊塗。我就是那種人，大家都想幫這個人，可是當事人根本沒在聽。

接著他提起比較輕鬆的問題。「妳為什麼這麼喜歡他？那個豬頭給妳的都是一堆狗屁。」

我有答案，不過不是實話。

「我十二歲的時候父親離開了，他為了另一個家庭離開我們——可能跟那件事有關吧！一切就是從那時候開始的。我花了好幾年才了解自己，知道我有哪些部分受了傷，又是怎麼受的傷。等我終於理出頭緒，還真是鬆了好大一口氣。」

這個謊很棒：我的問題、我的憤怒，都始於迪克的離去。事實上，早在迪克離開我們前我就殘破不全了。

但是強納森吞下這個說法，並繼續追問。

「後來紐約那傢伙怎麼樣了？就是那個突然消失的人？」

強納森・費爾汀，你問得真好。

「老實說，我不知道。他是我頭一個真心覺得好的人。」我說。然後聳聳肩，一副很難過的模樣。實話、實話、實話。這都是真的，就連難過都是真的。

「這對妳來說肯定很困難。」他說，「如今妳終於又開始約會，一定會不停分析一切，包括我現在說的話。」

我舉手劃圈，像個魔術師。「要是我有魔法，能知道腦子裡在想什麼那就好了。」我笑出來，試著表現得輕鬆一點。

我們的談話不再糾結於過去，新的章節就此展開。

「這個嘛，」他說，「如果這能讓妳感覺好過點……我可以告訴妳這對我來說也不容易。」

沒錯，正是如此。不快樂的人愛訴苦，不快樂總能壓過同理心。

「怎麼說？」我問。我希望他狀況很糟，我想聽他如何受苦，這樣才不會讓我因為獨自承受痛苦而感到孤單。看來我待在蘿絲和喬身邊，被他們幸福美滿的婚姻生活同溫層太久了。

「我跟妳說過我母親去年過世，對吧？」

我點點頭，他是說過，不過我差點忘了。在這方面我很自私。我只聽進他父母有多愛他，只感受到一股嫉妒的火焰。

連續失眠令我疲倦，也變得自私。

「我離婚後不久母親就過世了，大概隔一個月吧。我太太也來參加葬禮——抱歉，我是說前妻。我不懂為什麼我一直沒改過來。」

我也不懂。

「那一定很艱難吧。」我說。我們兩個一直在重複這句話。我忍不住想他是不是跟我見的是同一個治療師……哈哈。

「他們把棺木擺進地底時，我看著前妻站在對面，不在我身邊。我彷彿眼睜睜看著此生所愛都跟她一起躺進地底。這個感覺沒有消逝，我覺得一切都如此脆弱。那些讓此生值得一活的事物可能轉瞬即逝，而你對此無能為力。」

他、媽、的。

我死盯著他。因為他閉上了眼，所以沒辦法看到我在瞪他——而且他哭了。不是淚如雨下那種，只是掉了兩、三滴淚。

他眨掉淚水，再次睜開眼睛，發現我正盯著他看。

我轉開視線。

「我很抱歉。」我說。「我不是故意盯著你看，可是你嚇了我一跳。」

他笑著搖頭。「我們聊了這麼多，還講到生命的意義，人生過去那些恐怖的經歷、痛苦的分手……我猜這應該不常出現在對話裡吧，所以我總是避而不提。就只是每天起床、出門上班……」

「……然後檢查覓愛網站上收到多少個喜歡和眨眼。」

「沒錯。」

我大吐一口氣，這樣他就知道我一直陪在他身邊，共同經歷這段情緒障礙賽跑。

「對不起，我想起太多事。從我回家以來就一直處在會令我想起過去的環境。都是我的錯。」

「妳知道嗎？有件很有意思的事。」他問。

我沒有概念。「什麼呢？」

「這感覺還不錯，像是情感淨化。」

他懂得如何結束糾結，而我緊緊跟隨著他。

「我懂。回家後我的對話總是離不開媽媽的八卦、運動賽事以及我們兒時的趣事。每次都是那些，從來沒有其他。」

「我也一樣。就算我去找父親或姊姊，也從來不會聊到母親，只會提到她以前很喜歡這個、很喜歡那個，或者她會說起新聞上發生了什麼事。我們都不會提起生命中出現的空洞，也不提那個空洞凸顯出的死亡與失去。我有時會覺得很寂寞。」

強納森．費爾汀，你完全不了解這到底有多寂寞。或許你明白——或許你明白這件事的另一面。你曾經擁有父母的愛，如此不可思議的愛，後來卻什麼都沒了。比起一輩子渴望父母的愛，或許曾經擁有、現在卻失去的感覺更糟。或許那樣的空洞也很巨大，就如意圖用其他事物填滿的強烈渴望那樣。

在這輛完全不對勁的車上，我想越過這廉價的塑膠儀表板摟住他。我想把臉埋在他的頸脖之間，聞他皮膚的氣息，感受他的溫暖。這個人明白，這個人理解。

我可以聽見蘿絲輕蔑的話語。妳看不出來嗎？這些人就像妳的藥。妳還沒搞懂嗎？他們填不滿那個洞，只是讓那個洞變得更大。

蘿絲，我明天就會戒的。我保證。只要再一個就好。

我得去試，或許這一個不會錯。他說的話、他的眼淚……我怎麼還是學不會分辨？我學著不去拒絕，不拒絕那些對的人。我學著看穿那些錯的對象。只看樣子就好，不幫他們加油添醋。我還學不會嗎？

我彷彿看見那混帳就站在對面。這樣做不對嗎？

強納森・費爾汀再次看穿我的想法。

「他叫什麼？」他問。

「你說誰？」

「紐約的那個男人。離開妳的人，那個消失不見的人。」

叫混帳。我正打算這麼說，不過這可能不是最好的答案。

「凱文。」我實話實說，不過這兩個字嘗起來苦苦的。

接下來我們都沒說話。一陣長長的停頓過去，他盯著我。復仇什麼的都是屁，我感到一條線緩緩滑落臉頰：就一滴眼淚，繞過下巴，掛在那裡等我擦去。

「老天！我很抱歉！」他的手越過這輛不對勁的車的廉價塑膠儀表板，抹過我的臉頰，他平滑柔軟的皮膚擦過我的淚痕。

「我們兩個竟然都哭了……我真不知道這次約會是怎麼回事。」

我這次甚至沒有勉力露出微笑。

「看來他真的傷妳很深？」

「顯然是這樣，」我嘴巴附近的肌肉打著顫，但我想辦法把話說出來。「我不懂是為什麼，這只持續了幾個月而已啊。」

我們還在這輛車裡。過了半個小時，至今還坐在黑暗之中。忽然之間，我覺得自己被困住，彷彿身在沒有出口的牢房。不過我是有出口的，車上有個門把，有出口的標示，接著是馬路，再來有蘿絲的車，回家路線，前門（當然沒鎖），尚未消散的蒜味，爬上嘎吱響的樓梯，沿狹窄的走廊前往閣樓和我的床。床上安撫用的小毛巾聞起來就跟我外甥一樣。我將撲進柔軟的安撫巾中，躺在那裡徹夜不眠……

然而那只是另一間牢房。此時此刻，跟陌生人待在這完全不對勁的車上，懷著盼望與這些眼淚，我突然意識到了這一點。在那間牢房中，我滿心害怕地盯著天花板，思考到底是誰寫給我那些可怕字條，我思考著凱文為什麼突然離開我，以及我到底什麼時候才能讓轉個不停的腦袋停下？每天每天，我的思緒都用不同的方式傷害我自己。

哪種牢房比較糟呢？

我決定不要離開。

「他是第一個讓妳覺得『就是他了！』的人嗎？」強納森問我。「在弄清楚妳的父親情結之後？」

我點頭如搗蒜。是的。

我聽見凱文的聲音在耳中響起。我愛妳。我感到他的皮膚貼著我，雙手穿過我的髮絲，溫暖的氣息吹拂我的臉頰。就算我對他坦承一切（那個恐怖的夜晚，我握緊拳頭的雙手，拋下我們的父親母親，以及母親的那些男人。蘿絲，還有喬……加上米契．艾德勒），他還是說了那句話。他不顧一切說了那句話。

「他用一條簡訊跟我分手。」我說。「我不懂為什麼。」啊，我聽起來好可悲。

「就那樣分手了？」強納森問。雖然我已經跟他提過這件事。

「就那樣分手了。」我大概得重複個好幾遍他才會相信。

強納森．費爾汀瞪大眼睛搖著頭，彷彿我剛剛對他說了某件難以置信的事。他不清楚我的過去，不知道我在茫茫人海裡遇過多少不對的人，也不知道那些人都是怎麼對待女性。但我想或許只有我吧，或許他們只會這麼對我。

「那樣不對，不該用簡訊分手。我才不管現在是什麼年代。我真的很希望我們能在一起，因為我不知道自己能不能應付這個現代化的世界。」

「你都被人跟蹤過了。經過那種歷練，我想你會沒事的。」我想跳過這個話題。我無法承受了，今晚不行，我太累了。

強納森抽出鑰匙，從廉價的塑膠儀表板上拿起錢包，打開他那邊的車門，車頂燈亮了，我們兩人都瞇起眼睛。

「何不上來喝一杯呢？我很想繼續跟妳聊天，坐在停進車庫的車裡感覺很好笑。我家的風景還挺不錯……」

該死！不行！我可沒那麼傻。

「我們可以回去里奇蒙街的酒吧，那個跟蹤狂可能已經不在了。」我建議道，像個規律上教堂的好女孩。

他下了車，走到我這邊打開車門，伸出一隻手。

「來嘛，」他說。在那一刻，他似乎變了個人，散發狂野又強烈的男人味。這種感受席捲而來，猶如海浪拍向海岸。

我朝他伸出手，下車，關上車門，站在他身邊。

他深深望著我。眼淚已乾，問題得解。

「來吧。」他又說了一次。「妳很安全的。還不到第三次約會。」

又翻過一頁，來到新一章。這章節的標題我很熟。**你鬧我，我鬧你**。我喜歡這個標題。過去的那個我很喜歡，而我拒絕不了那個我，畢竟我才剛讓她經歷這一切。

過去的我衝出那扇門，有如整天被關在屋裡的小狗。她自由自在地在草地上奔跑，陽光照耀她的臉龐。

「我可能很安全，」我跟他說，「但你可未必喔。」

哈哈。

18

蘿絲

現在，星期五晚上十一點，康乃狄克州，布蘭斯頓

房裡很安靜，這次換喬在床上陪梅森。他們沒有多費事讓梅森睡在他自己的房間。即使跟柔依在公園待了一小時，梅森也感覺得到家中不對勁。小孩這方面跟動物很像，但凡天上無雲，就能感到風暴將近。

喬躺在床上，可是沒睡著。他開著筆電，安靜地搜尋名叫強納森．費爾的男子。

蘿絲回到廚房，開著洛菈的筆電坐在桌前，盯著他們在覓愛的假帳號收到的訊息。沒有新的，那個**第二次機會**沒傳來，他們聯絡的其他人也沒有。收到訊息後直到此刻，她體內的細胞已改朝換代。只要一想到洛菈不在，而且可能永遠都不會回來，甚至死法駭人——那分震驚與恐懼已經改變。不太像她在蓋柏臉上看見的聽天由命，不像警察那樣假意擔憂。而是混合著疼痛與憂傷，恐懼與怒氣的馬賽克拼貼。她的思緒隨情境轉變，感受著每種不同的情緒。

洛菈失蹤了，他們永遠找不到她。找到洛菈了，可是她受了傷或情況更糟。她甚至不敢設想其他畫面。悲劇發展掌控全局、逐步蔓延。忽然之間，她明白失蹤兒童的父母親是什麼感受。他們每天坐立難安，日日滿懷期望，天天哀悼。她現在的處境可能就是這樣，這想法讓她難以承受。

她把頭埋進掌心，手肘撐著桌面。發生這樣的事情後，大家都是怎麼學會繼續生活的？

她想到米契．艾德勒的雙親，想著失去兒子他們要怎麼生活。米契是兩個女兒中間出生唯一的兒子，是扯開他家的巨大空洞。那個還不算成年的十幾歲男孩就這麼死去，蘿絲還可以清楚回憶他的模樣。雖然他不是個好孩子，但無論他之後會有怎樣的人生，這個男孩的生命早在這條石子路上終結。打碎的頭顱，周圍湧現的鮮血，以及站在一旁的洛菈。

後來他的家人沒待多久。因為在科羅拉多州有親戚，聖誕節之前就搬走了。蘿絲搜尋了他們，但找不到任何跟康乃狄克州有關的線索。不過，他們在這裡還有朋友，米契也有朋友，很多人可能會待在附近，或偶爾回來。這些人都可能看見洛菈出現在鎮上，都有可能送來這些字條。

蘿絲想，如果躺在那裡的人是洛菈，她會怎麼做。她會不會去追捕那個她覺得該負責的人？假如兇手是精神異常的隱居男子，他就無法為自己的所作所為負責，這個結果很難令人釋懷。對艾德勒一家來說，正義肯定極度空虛。

她聽見自己放在流理臺水槽邊的電話響起，立刻趕過去接。

「蓋柏？怎麼了？快告訴我……」

蓋柏的聲音聽起來很累。「那個女服務生打來了，就是在港口附近服務過強納森・費爾和他約會對象的那位。」他說，「她找到信用卡簽單了。」

「用自己的信用卡付了飲料錢的約會對象？」

「那是三個禮拜前的事，就跟那個酒保說的一樣。她叫希薇亞・艾密特。」

蘿絲伸手壓住胸口。

「蘿絲？」

「是，我在，我想跟她說話。你可以要到電話號碼嗎？」

「我要到了。我傳了簡訊，把我們兩個的電話號碼都給她。她可能已經睡了，現在很晚。」

蘿絲繞著廚房中島不停地走。「要是我們過去一趟呢——或者警方？他們可以跑一趟。我們不能等上一整晚啊蓋柏，我的老天——」

他打斷她。「警方？妳打給他們了？」

蘿絲停下腳步。「我打了。畢竟也是時候了……」

「警方怎麼說？他們有沒有……」

「他們什麼都沒說。他們似乎不知道她是誰，而且也不太關心。他們說早上會拿到電話通聯紀錄。」

電話那頭安靜了好長一段時間。「蘿絲，這個決定很好。妳說的沒錯，是該通報他們了。」

蘿絲冒出個突兀的想法。她不希望自己是對的，她希望蓋柏能告訴她是她反應過度，告訴她應該再等等，說她做錯了。

她想起喬在洛菈外套中找到的那幾張字條，那些威脅……蓋柏也不知道。

「還有另一件事……」她正要開口，卻又來了另一通電話。

「蘿絲？」蓋柏在等她繼續說。

「等等喔——我有電話——或許是那個女人……」

「快接起來！」

蘿絲接了第二通電話。「你好？」

「我是希薇亞．艾密特。」那個女生輕聲說道。她的語氣好像根本不想出現在電話另一頭。

蘿絲開著喬的車去了小鎮西邊。街道很安靜，不見人車。這裡只有工業建築：倉庫和汽車經銷商店。她經過一間家具暢貨中心，看見快餐店的霓虹燈。她彎進去，停好車，然後走進餐廳，坐進一個女生對面的位置。她的深棕色頭髮紮成馬尾，很年輕，跟洛菈差不多，而且長得很漂亮。

「妳是希薇亞嗎？」蘿絲問道。

那個女生示意她坐下。「對啊。」她說道。

蘿絲滑進座位。她們中間隔了張桌子。「我是蘿絲。謝謝妳回電。妳不知道——」

「我有男朋友了。」那個女生衝口而出。「這不能讓他知道……」

服務生來到她們身邊。希薇亞點了咖啡。

「我點一樣的。」蘿絲接著對那女人說：「我妹妹昨天晚上出門約會，但一直沒回家。」

希薇亞往後靠，瞪大了眼睛。「這跟我有什麼關係。」

「她的電話最後發訊地點在港邊的一間酒吧，酒保認出這個人……」蘿絲從皮包裡拿出那張照片放在桌上。她指著強納森．費爾，注視他洋洋得意的微笑。

「我妹妹跟這個網站上認識的人約會。那個檔案配的是這張照片，年紀跟描述都符合，而且他也在那間酒吧——就是她的號碼最後出現的位置。」

蘿絲看著那個女生吸收那些訊息。有部分的她希望對方能說點什麼，讓他們可以有新線索，讓他們知道這個花花公子不是她妹妹的約會對象。只是她不知道這種發展是更好還是更糟。

不過都無所謂，因為這個希望很快就煙消雲散。希薇亞的表情從震驚轉為理解。

「他很愛那地方。那裡總是擠滿人，很容易脫隊。」

「他說他叫強納森．費爾。」蘿絲說道。

希薇亞厭惡地搖搖頭。「他謊報姓名。我跟他是在另一間酒吧認識的，不是透過約會網站。我跟一些朋友跑吧，在那裡遇到他，他自己一個人——事實證明他是個白目。他說話很毒，但長得不錯。起先他告訴我他叫比利．拉森。但在我們第一次正式約會——就是在港邊的酒吧——他跟我說他謊報姓名，真正的名字是巴克．拉爾金。他用更多謊言掩飾謊言。坦承自己謊報姓名後，我以為就這樣了，他避而不談的只有這件事。他說他不喜歡女人在社群軟體上搜尋他，擔心那些女人可能會聯絡他的前妻，傷害到她。很可笑對吧？只是當時我不這麼認為。這個坐在我對面、中間隔了兩杯紅酒、長得這麼好看的比利、巴克或管他到底叫什麼……」

服務生回到桌邊放下兩杯咖啡。希薇亞雙手捧著她的那杯，轉動咖啡碟上的杯子。她想著那男人，強納森．費爾／比利．拉森／巴克．拉爾金。那個騙子。

蘿絲沒開口，她不想打斷這個故事，因為她怕故事會就此打住，卻依舊沒有關於她妹妹的線索。再加上希薇亞似乎很焦慮，想要盡快全部講完。

「我們總共約會三次，如果認識那天晚上也算的話。」希薇亞繼續說。「前兩次他都是完美的紳士。飲料由他買單，第二次約會的晚餐也是他付。他替我開門、傾聽我說話。妳知道嗎？就是他讓我對男友有所懷疑。他跟鄧恩完全不同。不過我去回顧這段時看得出來他很認真在聽我說的每件事。而且——沒有錯，我說謊了，我還跟鄧恩在一起，只是沒結婚，沒同居。我不知道……或許我就跟他一樣差勁。」

她停下來喝了口咖啡，暫停的時間彷彿永無止境。

「那到底發生了什麼事？」蘿絲終於問道。「為什麼妳願意在半夜跟我碰面？」

希薇亞抬起頭，突然一陣遲疑。

「拜託妳，」蘿絲說道。「我得知道昨天晚上發生了什麼事。」

「妳聽好，我不知道這樣能不能幫上妳妹妹。對我來說，聊這件事很困難……我覺得很難堪。」

「我認為，這輩子每個人多少都會碰上些難堪事。」

希薇亞輕柔一笑。她吐出氣，盯著自己的咖啡。

「我只是想要確定一下，妳懂嗎？我想趁著我們結婚或者有孩子之前……我想確定該不該選鄧恩。我從來沒這樣想過。但我在那間酒吧遇見了巴克。他那麼關心我……妳懂吧？至於鄧恩嘛……他不太會說話。這讓我心生疑慮，不確定自己是不是操之過急。我立刻就喜歡上了那個傢伙，他多情又聰明。他跟我講起他的離婚，甚至還掉了眼淚。」

「妳是說強納森．費爾……」蘿絲自言自語。「我是指巴克——或者隨便他叫什麼。這個人……（她又指著他的照片）……很健談？」

「妳都不知道他有多會聊天。他好像可以知道你心裡在想什麼。無論我講什麼話題，他都可以機伶地聊上兩句，或者講出深刻的見解。他好像永遠都不會無趣、不焦躁。像個知識分子、讀很多書的那種人，妳懂嗎？第三次約會的那個當下我愛上了他。那天晚上我們約在市區碰面……」

「在里奇蒙街上嗎？」蘿絲問道。

「很接近，不過是在主幹道，只隔一條街。」

「我們在里奇蒙街找到我妹妹開的車！妳去過他家嗎？」

希薇亞搖頭。「我沒去過，不過他有邀請我上去坐坐——三次約會都邀了。我們聊了好幾個小時。我告訴他，對我來說現在就去他家進展太快，或許下次吧。什麼第三次約會就發生關係太瞎，我才不買帳。於是他提議一起去散個步。他完全不想拖，或者說看起來也沒這種打算。我也真的很喜歡他。這讓我非常困惑，又充滿罪惡感。我已經好長一段時間沒有這種熱情，我滿腦子想的都是他。我不知道該怎麼講才好。

「我們沿著街道往前走，他說他想給我看點東西。那間店有點像畫廊——當然早關門了——而且路上都沒有人車。當時過了午夜，他帶我看窗邊的一幅畫，說那是他朋友畫的，而我發現他根本在胡說八道，那個畫家已經死了！不過那不是重點。」

希薇亞靠近我，壓低聲音。她的眼神掃過這小小的餐廳，這裡依舊跟蘿絲抵達時一樣空盪。

「畫廊和隔壁建築之間有條巷子，這就是他帶我去那裡的原因。他抓住我的手，把我拖進建築物之間的巷子，就在巷子往裡頭一點點的地方，我覺得在街上應該還是能看見人。他說他忍不住，現在就想吻我，然後他就那麼做了：他吻了我。一如他潛入我腦中、占據我思緒，在那條巷子裡，他也是這樣對待我的身體其他的部分。一切都是循序漸進，如此自然又完美，我甚至不知道到底發生了什麼事。我的臉被壓在那棟房子一側，而他在我體內……」

她停下來，閉上眼睛，迅速甩甩頭，彷彿想拋掉眼前的回憶。

等她睜開眼睛，立刻眨掉眼裡的淚水。

「我想澄清一點：他沒有性侵我，沒有強迫，只有高明的誘惑，他讓我想要他。他顯然期望第三次約會要包含性愛，他也成功了。」

蘿絲握住她的手。「我真的很抱歉。」她是真心的，但故事依舊不能停在這裡，不能只談到引誘和悔恨——除非她的恐懼成真，除非洛菈的悔恨轉為狂怒。

「我可以問一下後來發生了什麼事嗎？妳之後有再跟他見面嗎？」

希薇亞抽出手，兩手在大腿上交握。

「一切都不同了。他一把我的臉壓在牆上，所有的柔情蜜意都變了調。他開始對著我說話，對著耳邊說。他們都說這叫下流話，不過我從沒聽過這麼下流、骯髒又羞辱人的。他把我的耳垂咬到流血，粗暴又粗魯。我們做完之後，他迫不及待擺脫我——甚至沒等我整理好衣服，就這麼拉上褲子拉鍊走了，我得用跑的才跟得上。」

「我的天……」蘿絲想像著那個場景。

「聽好，我並不傻。我不是第一次面對這種……非正式交往關係。我不是那種女孩，不會以為睡過的每個男人都想跟自己結婚。」

希薇亞壓住那個男人的照片。「不過這個男人真的有病。我們走回餐廳的整趟路程，他都走在我前面，說了聲謝囉之類的話就這麼走掉。就這樣喔。他沒有陪我走回我的車旁，沒有給我晚安吻。他故意的，好像想要讓我覺得自己是個二手爛貨。我不認為這是性的問題，他是想傷害我，可是又不只這樣……」

她又笑了。那笑聲聽起來有點瘋，有如從身體深處爆發出來。

「我等了兩天才傳簡訊給他。那是我這輩子最糟的兩天。事實全攤在眼前，我也很清楚那些感受，不過還是死守著一絲希望，希望是我搞錯，他只是有點怪，或者有奇怪性癖之類的。其他像是我們的對話、他注視我的方式，他給我的感覺，都是真的。因為要是我錯看了他……我要是這麼容易被人擺布……感覺我的世界就天翻地覆了，沒有一件事是真的。」

蘿絲不知道該說什麼，所以沒開口。她想像洛菈和這個男人在一起的模樣，她不曉得洛菈能不能看穿這個人。除了那些說會愛她、給她希望的男人外，她算是非常會看人。

「妳可能以為我就是個傻瓜吧。」過了一會兒，希薇亞說道。

「不是！」蘿絲說。「我不是這麼想的。人生在世，不可能誰都不信，如果是那樣也未免太慘了。」

「嗯，或許是吧。但等到我決定傳簡訊給他，電話號碼已無法接通，不能用了。那應該是拋棄式手機吧，預付的TracFone免洗門號。他的名字什麼都是假的，這人跟我已經玩完了，也很確定我絕對找不到他。我什麼都試了，Google搜尋、臉書，其他社群應用程式。他不見蹤影，只剩我和我的罪惡感與羞恥。是說，妳知道還有什麼嗎？」

「還有什麼？」蘿絲問。

「還有感激。我好感激鄧恩，感激那些窩在沙發看足球比賽的無聊男子，他們聽不見我說什麼，但他們愛我，而且誠實又忠心，不會在做愛的時候叫我傻屄。那個比利或巴克或強納森——不論他到底是誰——真的有病，而且他會說謊。他從來就不是他說的那個人。但我現在試著把他當成某種禮物，因為他讓我看清外頭可能有些什麼怪物。」

「答應我。」她抓著蘿絲的手臂。「答應我妳絕對不會跟其他人講起這件事。我不能失去我現在擁有的一切——不能因為這種理由。拜託妳。」

「當然，」蘿絲跟她保證。「我一個字都不會說。但妳能不能再陪我多坐一會兒？多跟我講一點他的事。像是他說過的話，他提到的過去，什麼都可以。這或許可以幫助我找到他、找到我妹妹。」

希薇亞點頭。「好吧。」她說。「不過，妳得答應我另一件事。」

「說吧。」

「我不是有仇必報，也沒有很喜歡暴力。但是，如果妳真的找到他，我想知道他是誰。」她說。「而且，我要他付出代價。」

19

洛菈

第十一次療程，兩個月前，紐約市

布洛迪醫生：親密感和性、權力和性。這兩個非常容易搞混。

洛菈：你好像在講柯夢波丹的文章。

布洛迪醫生：我知道這已經講到爛了。妳還記得變得不一樣是從什麼時候開始嗎？妳過往的權力是來自別的：像是追那個吸血鬼啦，爬樹啊。學校，還有運動。

洛菈：可說經歷了千辛萬苦呢。

布洛迪醫生：或許吧。但後來變了，對嗎？是什麼改變了妳？

洛菈：你會覺得很荒唐。

布洛迪醫生：說來聽聽。

洛菈：一個吻。在那個吻之後，一切都不一樣了。

20

洛菈

前一晚，星期四晚上十點三十分，康乃狄克州，布蘭斯頓

強納森．費爾汀的住處是一棟漂亮的大樓，走廊是海軍藍地毯配米白色壁紙，到處都鑲著金邊，雅緻而豪華。或許有點老派，不過這個小鎮就是這樣。

我們一直沒有交談。在電梯裡沒有，走向他家門口時沒有。就連他拿出鑰匙、打開門鎖、轉動門把，走進他家——也沒有。

「到囉，」他終於開口，「我的溫馨小窩。」

只不過這裡一點都不溫馨，感覺也不像任何人的窩。這裡簡直是空屋。

他看穿了我的神情，先發制人開口解釋。

「我知道、我知道。」他雙手舉在身前，彷彿道歉一樣低下頭，謙遜又滿心懊悔。「我還沒有時間好好買點家具。」

還真是輕描淡寫呢。

我走進去環視整間屋子。廚房在左手邊，裡頭白亮乾淨，看起來很少使用。流理臺上只有外帶菜單和塑膠餐具，連個鹽罐都沒有，也沒看到他『還沒空』放進洗碗機的髒杯子。

屋子正中央是客廳，一張小沙發靠在牆邊，黑色皮製品，沒有抱枕。沙發正對另一面牆壁，地上擺了個非常大的電視，就這麼以臨時支架撐著，等著被掛上牆。旁邊是有線電視盒，以及幾條鑽進牆壁的電線。

此外就沒了。沒有茶几、沒有掛畫、沒有照片，連塊小地毯都沒有——真的是空無一物。

「好……」我滿心疑問地開口，思考著他剛透露的訊息及過去三個小時裡他告訴我的事。他說他離婚一年……他說自己之前就住在這裡，也在這裡上班……他說他一個月只會去市區幾次……

又有更多事情得加進我的介意清單，就列在那輛車和那女人底下（沒錯，我又把她加回清單了），而且事實上他是自願待在這個小鎮的。在這裡，他需要上網才能找人約會。

我開始盤問他。

「快說，你是不是在中情局兼差？」

他緊張地笑了，把鑰匙丟向空盪的廚房流理臺，鑰匙滑過檯面，發出巨響。流理臺上沒有東西可以擋住鑰匙串。

「妳在說什麼呀？」他問道。

「你在這裡待了一年，結果只有一張沙發？你沒有從舊家搬點東西過來嗎？我以為大家離婚的時候都會平分財產。」

眉毛一抬、微微側頭——他露出苦笑。那是個扭曲的笑容。那個笑容討喜嗎？還是我之前就搞錯了？還是說那是沾沾自喜？

「我知道，我只是……我什麼都不想要。所有家具都會讓我想起她和我們共度的生活。倒不是說我還愛著她，不過那代表美夢的終結，對吧？我夢想擁有的家，所有的一切。」

嗯……強納森．費爾汀，你可以表現得更好一點，不是嗎？

「可是在那之後你沒有衝去宜家買一堆東西嗎？你到底有沒有盤子啊？」

強納森．費爾汀打開一個櫥櫃，驕傲地指著整套白盤和玻璃杯。

「想喝一杯嗎？」他問，想換個主題。

「當然。」我說。不過我又拉回原來的主題。「說真的，你在這裡住了一年？就這樣生活？」

他拿了一瓶蘇格蘭威士忌，倒了兩杯。

「我知道這樣很可悲。或許我們下次約會可以去逛宜家……假如妳還想跟我出門的話。至少我是滿想的。」

他遞給我一杯蘇格蘭威士忌，帶我走到旁邊的沙發。

我們坐在沙發兩端。這張沙發很小，他只要盤起一腿，身體就不會靠我太近了。

「再跟我多說點趣事和美好往事吧。」他說。「妳的童年回憶聽起來很棒，有妳姊姊，還有她老公和附近鄰居的小孩作伴。成長過程中有那些森林感覺一定很不可思議。」

嗯，如果是從那個角度來講……

「我猜我過得算開心。」我這麼說，甚至還有點相信了。然而「開心」這個形容不太正確。我試圖再去釐清。

「雖然聽起來很怪，不過我可以立刻想起某幾段回憶，那些的確很愉快。比如說──老天！我們以前會用繩子綁住倒下的龐然巨樹，正下方就是泥巴坑和臭掉的甘藍菜組成的噁心水窪。我差點跌下去，但使盡全力用指甲扣住樹皮。我還可以掛在樹上晃到另外一邊……」

愉快。

「其他時候我只記得那個地方總是很混亂，每樣事物都罩著陰影。」

憤怒。

「妳是指妳爸對嗎？妳母親知道他偷吃，在廚房跟鄰居哭訴。那個鄰居叫什麼來著？」

「華勒斯太太，蓋柏的媽媽。」

「沒錯。妳當然會不安，妳整個人的核心根基就像流沙。」

我嚴肅地點頭。都是迪克的錯，一清二楚，沒有疑慮。

我的心情又變得喜悅。

「我的初吻就是在那片森林。」

「真的嗎！」他說，而我感覺到他稍微靠近了些。我沒有挑逗的意思，只不過現在說這個已經太遲。

「那一點都不浪漫——相信我！我們七、八個人在堡壘旁邊轉瓶子玩。那是我們用三夾板搭成的。」

「非常高科技呢。」

「沒錯，非常高科技。」我說，臉上掛著微笑。「蘿絲和喬不在，我帶了兩個同學回家。蓋柏在，他哥瑞克也在，不過他只是為了諾艾兒才來。她跟瑞克一樣大，當時也住在這條街上。我印象中她也帶了個朋友。」

強納森．費爾汀漫不經心地挪動位置，還是想辦法靠近了點。

「那時候妳幾歲？」

「十四歲吧。喬和蘿絲那時已經在一起了，他們是十六和十七歲。蓋柏也是十六歲，他哥十八歲左右。我不太確定，反正我們都是十幾歲的青少年。」

「一大團凶猛的賀爾蒙呢。」

「呃……」他的形容讓我皺起了臉。「總之，現場有三個男孩，其中之一我根本不認識，也不記得他的名字，你相信嗎？我這輩子第一次吻了個男生，但我甚至不知道他叫什麼。」

「那種遊戲在我看來一直都很怪。在大家面前親吻朋友，然後再看他們親吻其他人。」

「我只玩過那麼一次，但還好我沒很喜歡那幾個男生，而且感謝老天——瓶子從來沒指到蓋柏。他是我最好的朋友，那樣的話會超級詭異。」

這不完全是實話。如果喜歡等於渴望，那天之後我應該會喜歡上其中一個男孩。

「我只是想說，對男人而言可能就不只詭異能形容，因為他再也沒辦法用同樣的方式看待妳。」

「他就像我哥，所以我認為他絕對不會這麼做。那就像親吻喬一樣。你能想像他要是在場會怎樣嗎？天啊。」

他抬起另一腳，活動一下手肘，又趁機靠近了一些。

「妳家鄰居聽起來感覺怎麼有點亂倫。你們一起長大，結果蘿絲和喬結婚——他們那麼清楚彼此的一切。有時我覺得某些心事應該留給自己，或者只和無關緊要的人分享。那些人可能會客觀一點。」

「如果不小心為了丟垃圾吵架，就不會為了吵贏而翻舊帳。」

「沒錯！」

接著是一陣怪異的沉默。我又喝了些蘇格蘭威士忌（感謝老天創造蘇格蘭威士忌）。他拿走我的杯子，起身走到廚房。我聽見冰塊的聲音，聽見冰塊因為酒水而碎裂的聲響。

「所以妳吻了一個記不得名字的傢伙，但不是蓋柏。然後現場還有另一個人，就是蓋柏他哥？」

他走回客廳，遞了酒杯給我。坐下時靠我更近了點。太明顯了，我發現他去把飲料倒滿的目的就是這個。那個初吻之後我接過非常多吻，很清楚這是怎麼回事。

「對啊，瑞克也在，他是個壞孩子，壞到骨子裡。他一年有九個月都待在維吉尼亞州的軍校，夏天會回家一陣子。他母親曾經在廚房向我媽哭訴他的事，後來他入伍真的讓她鬆了口氣。」

「那時候妳非得吻另外那傢伙不可嗎？」

「對啊，這所謂的初吻有點算是被毀了。一個是我不認識的人，一個是我希望自己不認識的人。不過結束得很快，說實話，瑞克有點怕我。」

「怕妳？這怎麼說。」

「幾年前我……」我的心臟狂跳，腎上腺素激增，馬上產生了戰或逃的反射動作，身體調整到高能狀態。

這個故事我不能說，但既然起了頭——我稍微調整了一下。

「……他以前對我們很不好，我告過他的狀。我認為就是因為我，他才會被送去念軍校。」

「噢媽的，那他一定很恨妳。」

「我才不管呢。他無時無刻都在惹事生非、找人打架，就連他弟都照打不誤。有一次下手太狠……我看見他跟蓋柏在堡壘旁邊打架，所以我就開始嚷嚷，說要告訴他們的母親，於是瑞克揮了最後一拳就這麼跑掉了，還叫我去死——那時候我才十一歲。他真有禮貌呢。」

「結果幾年之後妳吻了他。」

我假裝那不是問句，繼續往下講。

「好。」我說，臉上帶著我能力所及最迷人的笑容。「輪到你。你的初吻呢？」

強納森・費爾汀說了個可愛的故事。那是他九年級喜歡的人，發生在放學之後。然而我思緒正翻騰，沒聽見他在講什麼。

瑞克・華勒斯。瓶子轉動、漸漸變慢。我看見瓶口晃過蓋柏和那個不知名男孩面前，不敢相信自己在想什麼。我恨瑞克・華勒斯。我恨他老愛恐嚇我們。瓶口通過諾艾兒後變得更慢。我還記得他臉上的表情。當時我拿樹枝痛打他，讓他感受到我憤怒的力量。

瓶子停下，指著瑞克・華勒斯。蓋柏想站起來，不過來不及阻止。我們走到圓圈中央。瑞克抓著我的後腦杓，給了我一個深吻。他帶著多年來的恨意和復仇的幻想吻了我，我在他灼熱的呼吸裡感受到這一切。不只如此，我還感覺到他對我的嘴唇和喘息有了反應，逼得那股恨意必須讓步。

那天我十四歲，生平第一次感覺到性欲強大的力量。在那之前，在那一刻之前，我一直都是個男孩子氣的女孩。我會緊握拳頭，我會爬樹，我會盪過我們家的房子，我會在牆壁上揍出洞，我會像卡車司機那樣罵髒話，薄薄的粉嫩嘴脣吐出不堪入耳的下流話語。此時的我既震驚又敬畏，因為我擁有一座火藥庫，可以對付任何膽敢與我為敵的人，對付我內心的敵人。那分騷亂、那股渴望。

沒有任何事物的力量能與之比擬。

我離開堡壘，離開森林，離開瑞克·華勒斯。我跑回家，雙腿能跑多快就跑多快。

但我沒能逃開。那晚我夢到瑞克·華勒斯。我夢見他親吻我，撫摸我的身體。我夢見他的身體釋出恨意——那是面對力量因應而生更強的渴望，恨意不情不願地投降。僅剩我唯一渴望的情緒：

愛。

我沒聽見強納森·費爾汀說話的聲音，他講完了他的故事。

「那個故事比我的更好。」雖然我半個字都沒聽見，還是這麼說了。這是一個安全的說法。

一陣沉默，只有渴望的凝視。

「我想吻妳。」強納森·費爾汀說。

我沒說好，也沒說不好。

當他不愛我

他越過沙發。強納森一手拿著酒，因此只剩一手可用。他推開我的酒杯，蘇格蘭威士忌灑上黑色皮革。他用另一隻手拿走我的酒杯，把我們的杯子放在什麼都沒有的地上。

他的雙手溫柔捧著我的頭，彷彿捧著雛鳥，把我拉向他。他閉上眼，但我眼睛還是睜著。

他的吐息輕撫我的臉頰，嘴唇壓著我的嘴唇，雙手捧著我的臉。

接著一切將我淹沒。像一道拍岸海浪，一股土石流。

我被吻過無數次，經歷過無數個吻，可是這個吻依舊帶走了我的理智，

我們經過數個階段，我很熟悉這一切：嘴唇交疊，先是輕柔的，幾乎不移動，接著吸氣、而後呼氣，身體發熱。我們再次靠近，這次雙唇微分，呼吸著同一口氣。一手從我的臉龐移到後腦杓，手指穿過髮絲，收攏掌心，將我抓住。他的舌頭掃過我的舌頭，渴望在眼前鼓譟，溫柔的吻變得急切而熱烈。

愛，含糊其詞的愛，愛總是從我身邊逃開。但現在這是真正的吻，其中寫滿承諾。

我閉上眼睛感受那股力量，這興奮感是如此熟悉。

我想到瑞克．華勒斯躺在地上。

我想到米契．艾德勒躺在地上。

強納森．費爾汀。你該拿這個吻怎麼辦呢？你該怎麼處理這個承諾？我甚至還不認識你，要承諾還嫌太早。

我知道我不該如此。

不過，因為你輕許承諾，我開始恨你了。

21

蘿絲

現在，星期六凌晨兩點，康乃狄克州，布蘭斯頓

洛菈會怎麼做？

蘿絲在開車回家的路上想著剛剛聽到的故事。她想著那個引誘，那技巧高超的引誘。他們聊了好幾小時，他闖入希薇亞．艾密特心中，讓她為自己著迷，只為了狠狠奪走一切。這樣一來，她會比較恨自己，而不是恨他。

洛菈將會成為那隻撲火的飛蛾。她會跟他聊不停，會打斷他說話，而這麼做更能滿足他的幻想。

然後他會吻她，故事總是這樣走。

為什麼妳不能點到為止呢？觀察一下情況，評估他是否值得。

站在道德的制高點對人指手畫腳再容易不過，批評別人也是一樣。她想著洛菈，以及她的狼群。

她轉上車道，熄了火，坐在車上思考。

洛菈會有什麼感受呢？

會有親吻落在她心頭，她的渴求會被發現；她會滿懷希望，她會為此忘情。

要是他就這麼冷漠走掉，而且還讓她知道他是在騙人呢？

要是喬就這麼離開，蘿絲會怎麼做呢？在他們當了一輩子的朋友後？在他們成了情侶後？要是哪天晚上他們做完愛，他告訴她自己完全沒把她放在心上，又會怎麼樣呢？如果他告訴她再也不想跟她在一起呢？

她試著想像那些場景。打從她頭一回盯著喬多看那麼一秒，他就堅貞不移。他們是從學校的走廊開始的。本來一如往常跟一群朋友聊天，卻發現他在看她，而且他也知道她會發現。一切是如此容易，她對上他的視線，四目交接令他面紅耳赤，那天晚上，他第一次吻了她。

但如果不是這樣呢？如果是另一種場景呢？她會怎麼做？

她可能會去找歷史課同班的男孩。那個男生總在跟她調情。她可能會回應，甚至跟他約出去，只為了讓喬知道她有得選，她可以活得很好。大家都是這麼做的，對吧？

洛菈需要的則不太一樣。如果她沒有失控爆炸，就會驕傲地離開。這個從網路上約到的離婚老男人……她絕不會讓這個怪人誤以為自己可以傷害她。等到他不見人影，而且她也完全找不到他後，她會越來越生氣，而且需要一個發洩管道，例如也傷害過她但還沒付出代價的人。

紐約那位，那個混帳。洛菈沒能解決此事就這麼離開紐約，她沒有得到答案。然而，那人跟強納森．費爾不同，因為她知道該上哪兒找這個人。

蘿絲衝進屋裡，衝向廚房角落的小桌，她的電腦就放在桌上。

她知道他的名字叫凱文，她只知道這個。他們之前找過他，但不怎麼走運。那兩個接到她電話的朋友（她同事吉兒和室友凱瑟琳）都不認識這個人。

她想到一件事，於是點進自己的信箱搜尋他。螢幕上出現七封讀過的郵件，全都來自洛菈。她知道自己要找的是五月的信件，那是事件的開端。他們在他辦公室對面的飯店，她把飯店名字告訴了蘿絲。

洛菈：猜猜我在哪兒。

蘿絲：辦公室嗎？現在是星期二下午三點。

洛菈：我在偉斯特飯店喝香檳。凱文只有一小時空檔。

蘿絲：我以為妳說他床上功夫很讚:)

洛菈：哈哈。他辦公室在對面，所以我們有一整個小時。

蘿絲：我嫉妒妳:(

她其實不是嫉妒，而是擔心。洛菈興致高昂，又寄郵件又傳簡訊，講的都是她跟這個新對象凱文的點點滴滴。她一直強調他不一樣，他對她很好，他很愛她。但洛菈似乎躁動又焦慮。她用了不同的形容詞，可是情緒狀態卻與她跟其他人在一起時一樣。

蘿絲登入**覓愛**，前往他們找到照片的頁面，也就是強納森·費爾的個人檔案。**離婚／三十五歲到四十歲／年收美金十五萬元以上**。之前她沒有注意，現在她發現強納森·費爾是這個頁面中長得最好看的男人，看起來不到四十，而且還不只這樣：一臉洋洋得意的微笑，側著頭的方式。他一派趾高氣昂。

他讓她想起洛菈其他的男友，這人跟蘿絲最後認識的那一個特別像。那個人跟洛菈同個中學，他叫米契·艾德勒，這人一整個夏天都在折磨洛菈，她就像被扔上漫長又曲折的雲霄飛車，就這麼一路來到派對那天，森林裡那晚。蘿絲看著故事這樣推展開來：他帶著別的女生一起出現，對方是公立中學的二年級學生，他的同學。他還故意讓洛菈看見他們兩個同進同出。那時蘿絲站在營火另一頭，身邊是朋友以及上了大學、年紀較大的孩子。她時不時會看洛菈一眼，確認她的狀況，她總是這樣。她看見米契來了，身後跟著那個新來的女生。洛菈裝沒看見，她在啤酒冰桶附近碰見了幾個朋友。

等到蘿絲再看過去，洛菈已經不見人影，米契也消失了。那個新來的女孩孤單地站在營火邊，現場正在玩遊戲，蘿絲那時就知道大事不妙。但她已經累了，不想再當洛菈的保母。她沒有再次張望，直到聽見那聲尖叫。

蘿絲看了下時間：凌晨四點。屋子裡頭靜悄悄，屋外則一片黑暗。整個世界都睡了，只剩時間還醒著。她聽見水槽上方的時鐘滴答前進，聽起來不甚情願。每過一秒，他們彷彿朝著永遠找不到洛菈的世界更進一步。

她站起來，抓起鑰匙和錢包，走回車上。

偉斯特飯店坐落第九大道，介於西二十三街和西二十二街之間。蘿絲在五點半抵達。她停在隔壁巷，走回那棟建築物前。她抬頭看向窗戶，想像著洛菈的模樣：她啜飲香檳，看著窗外，看著新任情人步出辦公室，朝她而來。

凱文。她連這人的姓氏都不知道。她轉身面向對街大樓，一輛計程車經過，接著是一輛送貨卡車，卡車輾過坑洞時，夾在側邊的金屬梯子匡噹作響。時間正在流逝。

她從這個街區的右半邊開始，順序念著住商混合大樓側邊的公司名稱。她竟沒有問他是做什麼的，也沒問他們怎麼認識，實在很不可思議。就像營火邊那晚，她已經太累，不想再顧著妹妹。

在這個街區上班的人少說也有兩百名，這裡有牙醫診所，也有快餐店。她不介意到底需要花上多少久，也不管她覺得這有多瘋狂，疲倦令她腦袋發脹。這裡有公寓和甜甜圈店，她走進店裡，買了杯咖啡。

「你看過這個女生嗎？」她問櫃檯後的人，給他看手機裡洛菈的照片。他搖搖頭。

「那你認識凱文嗎？他在這一帶上班。」

不行，她沒有對方的照片——她怎麼會有？她甚至沒有費事跟她要張照片。她不想知道，不想眼睜睜看火車脫軌。

她喝了一大口咖啡，「啪」一聲扣上蓋子。

她回到街上，經過影印店和更多的公寓，還有一間乾洗店。

她聽著自己問那些問題：你認識叫做凱文的人嗎？妳認識這個女生嗎？有些人臉上的表情透露出這行為有多荒謬，其他人則跟她一樣擔心，問她妳還好嗎？其餘的人則迅速回答完，接著閃人。誰知道她是誰？搞不好很危險。

每棟大樓、每個門口（有幾棟大樓高聳入雲，每層樓有幾十間辦公室）。她攔下路過者，問他們問題。蘿絲小心翼翼，不放過任何細節。一個小時過去，又過了一小時，天色已然大亮，她擴大搜索範圍，往南北各跨兩個路口，目前還有很多大樓關著門。

她正打算通過下一個路口，此時回過頭，瞥到有個女生打開大樓的門。之前經過時門還沒開。她跑過去，趁著門再次闔上之前溜了進去。

這棟大樓就在兩條巷道中間，正對著對面的飯店，如洛菈說過。蘿絲看著掛在電梯旁的方向指示尋找名字。她在找凱文。這棟全是醫療保健機構，裡頭包羅萬象，從按摩治療到骨科診所都有——然後她就找到了！她一整個早上都在尋找的名字。凱文．布洛迪醫生，臨床心理學博士。

天啊洛菈。她還以為會是銀行家或律師，某個洛菈工作上認識的人。但醫生？而且是心理醫生？

接著更糟的念頭一閃而過：難道是她的心理醫生？

蘿絲按下電鈴。她早知道不會有人應門，此時根本還不到八點，而且今天是星期六。可是那間飯店……

她衝到對街，穿過旋轉門。

有個年輕男子就站在櫃檯邊。

「請問你看過這個女生嗎？我想她今年夏天來住過幾次。」蘿絲問道。她拿起自己的手機，畫面上是洛菈的照片。

那個人接過手機細看。

「可能吧，我不太清楚。我是上晚班，那段時間真的沒什麼事，我很少碰到客人。」

「她上週四晚上很晚的時候來過。」

「絕對不是那個時間。那天晚上我有上班，而且她長得這麼漂亮，我一定會記得。她怎麼了嗎？」

蘿絲回頭看著馬路，看著凱文·布洛迪醫生的辦公室。她能看見自己映在玻璃上的倒影：運動褲配T恤，將近兩天沒梳頭，也沒有沖澡。而真正嚇人的是她臉上痛苦萬分的表情。

「她可能碰上了麻煩。她失蹤了。」蘿絲說。「我認為她男朋友在對面上班。」

「妳有他的照片嗎？」那個人問道。

蘿絲抓起手機搜尋凱文·布洛迪醫生、紐約市。搜尋網站跳出一張來自專業網站的照片，她正要放大拿給櫃檯邊的人看，卻瞄到其他東西。下方是《郵報》的一篇報導。

本地醫生遇劫身亡。

蘿絲搗著嘴，點下那篇文章，快速掃過內文，報導只有一段：受害者在健身房外被搶，錢包和手機都被偷走，帶去健身的包包也不見。他因這次攻擊中所受的傷過世。

蘿絲看到最後一句，覺得好像被狠狠揍了一拳。

這位人緣頗佳的醫生身後有遺孀與兩個小孩。

22

洛菈

第十三次療程，兩個月前，紐約市

布洛迪醫生：先了解自己的弱點，才能有所改變。即便受到某人吸引，但還是看得出事情不太對勁，這就是改變的開始。

洛菈：你是在說他們對吧？那些我迷上的男人？頭一個就是米契・艾德勒。

布洛迪醫生：回想一下他對妳的要求和對待妳的方式。這關乎權力，妳卻一直拱手相讓。妳看不出他永遠無法滿足，而且也給不了妳想要的東西。

洛菈：但我以為他總有一天可以。

布洛迪醫生：因為他對妳拿捏得宜，所以妳相信他。而且他只要這麼做妳就會覺得自己很強。妳說這種感覺就像嗑藥，令人上癮。妳看出其中的模式了嗎？

洛菈：凱文，那現在呢？我是在重蹈覆轍嗎？

布洛迪醫生：洛菈，我們必須小心。界線已經開始模糊了。

23

洛菈

前一晚，星期四晚上十一點，康乃狄克州，布蘭斯頓

「住手。」我不知道自己是否曾講過這兩個字。

黑色皮質沙發聞起來有蘇格蘭威士忌的味道。我們躺在沙發上，在這趟由陌生人晉升情侶的凶險之旅中相互依偎。

我推開他，坐起身，試圖整理自己的頭髮。但是糾結的髮絲卡住了我的手指。

「怎麼了嗎？」他問道。

「我不應該來的。」

他坐到我身旁，撈起地上的酒杯。他自以為知道這是怎麼一回事。

「好，」他說，「來……」他把酒遞給我，我喝了一口。

「我不應該上傳那些東西的。」

「妳是說哪些？」他也有點緊張了。

「就是……全部吧。那幾張照片和今晚都不該發生，我不該穿這件洋裝、不該穿這雙鞋。我也從來不擦紅色脣膏。」

「可是妳看起來很棒。我不確定妳想說什麼，不過我知道妳不是無時無刻做這種打扮化妝，穿得漂漂亮亮。我畢竟過了六年的婚姻生活。」他說。

這話讓我轉頭看了看他。

「那你呢？你隱瞞了什麼嗎？」我問他。

他聳聳肩，露出讓我目不轉睛的笑容。「我真的沒什麼好準備的。我會把鬍子刮乾淨，穿件好襯衫。」

「我不是這個意思。」

「我知道。」

接著他起身走進廚房，抓起流理臺上的鑰匙。

「走吧。」他說。「我送妳回車上，我不希望妳在這裡感到不自在。」

我沒有動作，我一點都不想動，我不想離開。

蘿絲永遠不會明白。我彷彿聽見同段對話不停重播，那是她的聲音，她告訴我說這一切沒那麼複雜：你們兩個出門約會，先聊一些不著邊際的事，接下來每次見面再多聊一點，多講一點自己。就這樣一點接著一點，之後妳就能踏入水中，也知道水溫不會太燙或太冷，河水不太深，也沒有太多爛泥巴。

時間會揭露一切真相。她說。

只不過她這說法是錯的。

迪克離開我們那天來我們的房間說再見。他先來找我，站在我門邊，而我坐在床上。

我要搬出去，妳媽跟妳說過了嗎？

我點點頭。母親哭著跟我們說這件事，她胡言亂語，極度絕望，就連我們緊抱著她也無法讓她冷靜下來。她站在走廊，身邊堆著行李箱，我們兩個人都伸手過去抱她。

我們週末再見。

我又點點頭。我很清楚這是在撒謊。他巴不得早點離開我房間。

接著他去找蘿絲。我聽見他敲了她的門，聽見門開了又關。我一聽到門關上馬上跑出房門，耳朵壓上空心的木板。蘿絲在哭，而他卻發出那種哄小嬰兒的聲音安慰她。噓～噓～他跟她說了週末見面的事，還有為什麼這是最好的安排。

蘿絲當場對他大吼大叫。我真不敢相信那個貼心又聽話的蘿絲竟然吼了迪克。

你為什麼非得跟那個女人住？

迪克張開他那張蠢嘴，說了他那些蠢話。

因為我愛她。有一天妳會墜入愛河，妳就會明白。

愚蠢、自私的迪克。蘿絲又哭了起來，迪克又說噓～噓～接著又說了些別的，是出乎我們意料之外的話。

妳們的媽媽也沒那麼無辜。

蘿絲不再哭，我聽見腳步聲響起，便跑回房間、關上門。迪克丟下在床上紅著眼睛、淚溼雙頰的蘿絲，經過走廊，下了樓。蘿絲和我走出房間，兩人一起在走廊上聽著屋裡的動靜，那是我們的父親在此最後的聲響，與母親最終的懇求。

別走……別離開我們！

聽著我媽的聲音，我知道蘿絲在那一刻跟我有相同感受，那聲音就像指甲刮過黑板那麼刺耳。

迪克說我們的媽媽沒那麼無辜，這話是什麼意思？我從沒問過蘿絲，蘿絲也沒問我。而今我們都長大了，我們認識了媽媽一輩子。可是關於父親母親，時間有揭露什麼真相嗎？

那麼我們呢？

什麼都沒有，就是這樣。

「我不想回家。」我說。

我讓他沮喪。我看得出他神經緊繃，因此想改變這個狀況。我想暫停一下目前的氣氛。

看得出來就是改變的開始。

但是我不在乎我為什麼有這種感受，也不在意我多麼殘破，也不管我錯得多離譜。這個男人就站在眼前，我無法回到蘿絲的閣樓等電話響起。

我想起自己最後一次見到凱文，感覺得到我愛你這句話淪肌浹髓，一點一點改變了我，讓我鬆開拳頭。我躁動不安的一生終於得以照見平靜的曙光。那天晚上，我回到家，哄著自己，因我想相信這就是我的歸處。

而後發生的一切將我撕裂。

我沒辦法就這樣回家等待第二次機會。我沒辦法再承受一次了。

於是我讓他得償所願，或者至少滿足他的次要目標。我給了他自己最黑暗的祕密。

「那晚你讀到的事件……那天晚上有個男生被殺。那是我的錯。」

沮喪消失無蹤。

「好。」他放下鑰匙，抓起蘇格蘭威士忌，回到空盪的客廳，貼著我坐下。

「那陣子我跟米契・艾德勒約會。他不是好人，可是這卻只讓我更拚命。」我說。我的手在發抖，他扶著我的手，為我倒滿酒杯。

「是其中一匹狼嗎？」他問道。因為想起那個天主教學校的笑話，他笑了出來。我都忘了自己跟他說過這些，我跟他說太多了。畢竟跟陌生人聊三個小時算是滿久的。

「我還以為自己找到了個領頭羊，但現在才明白那不過是中學時代的愚蠢遊戲。當時這段關係讓我緊張又焦慮。」

「我有個朋友總是愛上那種男人──我們甚至是大學生呢。所以別太難過。」大家都有那樣的朋友，他們大多能從他人的錯誤中學習。

「那天晚上我去參加派對，我知道他也會去。他已經好幾個禮拜沒打電話給我，我傳給他的訊息也沒有回。」

「妳不認為你們之間已經結束？」

我別開臉，沒有回答。

「現在講起這個故事感覺滿可笑的。身為成年女性，我腦中那些句子光想就知道我絕對不想說出口。」

他晃晃酒杯，喝了一口。「我懂，我們都當過中學生啊。所以趕快告訴我發生什麼事吧！」

我一陣尷尬，最終還是把那荒謬的故事說出來。

「他跟女友一起參加派對，而且那晚之前我根本不知道碧里妮這個女生的存在。這部分我有講過。」

「妳一定很不開心吧。」他鼓勵我繼續說下去。這是他盼了一整晚的故事，不過我已不在乎其中緣由。關於又加一筆這間空盪公寓的介意清單，我也懶得管了。他似乎能碰觸到我的內心，因此我不想放手。

「我很崩潰，但當然不會表現出來。我假裝沒看見他，想再去拿罐啤酒。不過我感到有人搭了我手臂。」

「啊，所以說冷戰有用啊。」

「那是整場戲的一部分。他問我這個夏天過得如何，我說非常好，接著就轉頭假裝跟身邊的人說話，然後感覺到他撥開我頸後的頭髮。他來靠近我，在我耳邊輕聲呢喃，說需要跟我獨處一下。我在想，那個女孩子可能只是朋友，是我反應過度。我們走到樹幹後面，親吻談笑。他說他很想念我。」

講到這裡，我應該要稍停片刻，因為那晚的記憶太痛苦，也因為回到現場對我來說很煎熬。

然而這故事周圍築起一道牆。這道牆並非應我要求而生，卻自顧自地佇立在那兒，既不需要維護，也沒請求許可。我還滿喜歡這道牆的。

我不需要停下，因此帶著裝出來的情緒繼續說。

「這時，他往後退，雙手抱胸，面帶笑容，汲取從我身上湧出的愛。彷彿他正將閥門微微左轉，愛就這麼從我體內淌流而出。我以為他笑是因為高興，因為我愛他，也因為我們共度此刻，但他接下來卻跟我講起那個和他一起來的女孩子。」

講到這裡，我真的停了下來。我一手揑緊酒杯，另一手握著拳，彎著手指抵著掌心。

營火的氣息和森林深處溼潤的灌木，我們在樹幹後偷偷接吻，然後他退開，溫柔地注視著我。有一瞬間，我相信自己終於成功了，終於付出得夠多、做得夠好。他才要開口，我就在心中想著那些他還沒說出口的話。

然而他說的不是過去的我想聽的句子。我心中的孩子瞪大雙眼，扯著袖口，眼中充滿懇求。他說出的話讓我怒火中燒，我從沒想過自己可以如此憤怒。

強納森都猜到了。

「他告訴妳那個女生是他女友，」他說道。

我點頭。「他說他得回她身邊。問題是，我不是那種一哭二鬧三上吊的女生，我媽就是那副德性，所以我清楚那麼做沒用。而且就算我當下感到很脆弱，也不允許自己示弱。於是我就只是聳聳肩，告訴他說，如果是這樣，你最好快點離開，免得她生氣。」

我可以從手中的蘇格蘭威士忌看見我們的倒影，我還看見米契，想起那糾結纏繞的溫暖，帶著強烈欲望的幸福感與熱燙的狂怒。危機意識喚醒了我，告訴我身邊一切不過是安全的假象。我在身側握起拳，臉上還掛著微笑。我很清楚該如何打贏這一仗——或至少我以為自己很清楚。

「於是他換了個說法：我可以叫她回家。從某個角度來看，他的確是個厲害的對手。米契發現我沒有阻止他的意思，決定下點猛藥。我說過，他想做什麼就都會去做，於是他說他左右為難。」

我彷彿又聽見他說的話，重回那片森林。

我左右為難……

怎麼個左右為難……？

我知道她愛我，不過我不認為妳愛我。

「他說我得證明給他看。」

「這人他媽的到底是什麼意思？」強納森問，似乎真的很替我不平。

「就是你想的那個意思。」我說。「他要我跟他睡。」

「好吧，我希望妳知道這是個什麼情形！」強納森真是貼心。這已是十一年前的事，但他還是為我擔心。

我當然知道這是什麼情形。我愛的那個男孩提出條件：我得跟他做愛，他才會留在我身邊，才會愛我。還真算不上什麼驚天動地的大事。

「然後妳怎麼做？」強納森問道。他睜大眼睛，眉頭緊皺。

「我笑了，好像這一點也沒什麼。我告訴他我整個夏天都跟別人在一起，所以他已經錯失良機，不會成為我的初體驗。我告訴他，我擔心他技術不夠好，但很高興有機會能一探究竟。來吧！我這樣說——說實話，我的故事不是應該會讓你走回廚房拿鑰匙，直接把我送回我車上嗎？」

強納森搭上我的肩。「為什麼？因為妳年紀輕輕墜入愛河，無法做出好決定？」

「不只那樣。大部分的女孩子會哭著跑掉，去找朋友哭訴，會喝個爛醉，然後大吐一場，繼續生活。蘿絲的話就會這樣。」

我並不是想得到同情，也沒想過要找人幫我脫離這種自虐循環。我痛恨這部分的自己，打從以前就討厭，今日依然，此生的每分每秒都是如此。沒有必要同情那種人。

我看著強納森·費爾汀，不確定自己是否因此被他吸引。我讓他闖進我的思緒，直接走進我心中。

我停下來喝酒，並且仔細思考。強納森急著想知道結局，而他什麼都沒說，只是用嚴肅的表情盯著我。

「我跟其他女孩不一樣——我跟姊姊不一樣。我呢，直截了當地把我可以跟他一起幹的事全講出來，而且用詞不堪入耳。我還問他知不知道自己在做什麼。如果他不知道，我也不想浪費這晚。」

「老天，」強納森說道。他笑了。「真有膽量。」

「那時我們會在奇怪的事情上較勁。我在等他忍不住眨眼睛，他也在等我忍不住眨眼睛，但是我們兩個都沒眨眼睛。」

「他回答那個問題了嗎？」

「沒有，他只是笑笑，說了些油腔滑調的話，例如『別擔心，妳會喜歡的』。」

「妳就是因為這樣上他的車？因為他覺得妳不敢？」

強納森謹慎地進行試探，他想知道故事結局，而我想結束我與他之間的故事：我，以及強納森．費爾汀。我想停止這趟旅途，我實在太累了，蘇格蘭威士忌令我頭暈目眩。

「剩下的妳可以不用告訴我。」他說。

然而他只是說說。我正要張嘴、正打算自白。我不想打破這個親密的魔咒，我們是因此才湊到一塊兒。

我憂傷一笑，別開視線。突然間，我想起那幾張字條和那些威脅字眼。如果有人要我為那晚付出代價，為什麼我還在這裡？為什麼我不在牢裡，或是躺在病床上？為什麼我還沒死，還沒被埋在六尺之下？他們在等什麼？等著要折磨我嗎？

「洛菈，」他邊說邊以雙手扶著我的臉，把我轉過來面對他，動作如此輕柔。「我不在意那晚。我可以看出妳還是為此悶悶不樂。」

你說謊，我想。傻子才會不在意那晚。而強納森．費爾汀才不傻。

字條、字條、字條。

我已經回家五個禮拜，收到三張字條。而今我正在跟陌生人約會，而且他一直問我那

當他不愛我

天晚上在森林的事。

我從沙發上起身，蘇格蘭威士忌和困惑令我頭暈目眩。

「怎麼了嗎？」他問道。

我真的不知道，所以我沒有回答。只不過……或許……是有件小事。

「洛菈？告訴我是不是有些事情不對勁……」我轉身要走，他卻抓住我的手。

我看著他，心想：不對，是很多事情不對勁。

24

蘿絲

現在，星期六早上八點三十分，紐約州

蘿絲面前有張小餐桌，桌上擺著剛泡好的咖啡。

「妳要加牛奶嗎？」

蘿拉的室友凱瑟琳是平面設計師，任職於市中心的行銷公司。洛菈透過廣告找上她。她們兩個稱不上朋友，但對彼此也沒有怨言。兩人同住在少女街上的兩房公寓。洛菈工時很長，很少在家；凱瑟琳的男友住在紐澤西州，所以週末大多不在。洛菈只跟她提過這些。蘿絲來過紐約找妹妹，所以到訪這間公寓幾次，而每次她的室友都出門不在。

「好的，謝謝。」蘿絲回答。

「抱歉我昨天沒回妳電話。訊息看起來不是很急。」凱瑟琳走回廚房，同時帶著歉意說道。

「我不知道到底發生了什麼事，所以我不確定……而且我不清楚妳跟我妹妹有多熟。我什麼都不曉得——現在這樣一想似乎也是挺怪的。我來找過她，卻從來沒見過妳。」

蘿絲就坐在廚房旁邊，這個小小的起居室可以看見洛菈的臥室。房門開著，房間是空的。

「她離開時東西全搬空了嗎？」蘿絲問。她來接蘿絲的那天箱子已經打包妥當，搬到路邊。

凱瑟琳帶著一小罐牛奶回來坐下。她順著蘿絲的視線，看向旁邊的房間與敞開的門。

「她都搬走了，」凱瑟琳回答，「所以我知道她不會再回來。家具都是我的，只有一張床和一張書桌，衣櫃有附梳妝臺，所以她不需要另外準備。妳想看的話沒有問題，不過她搬走沒幾天我就看過一遍了。我又登了招租廣告。」

「我想進去看一回——如果妳不介意。」

蘿絲拿起咖啡的手在抖。她放下咖啡，雙手摸向自己的臉。

凱瑟琳警戒地看著她，似乎不想被拖進暴風圈。「是說……到底發生了什麼事？」

「問題就在於我不知道發生了什麼事。她跟網路上認識的男人去約會，卻一直沒回家。」

「她出門多久了？」凱瑟琳問。「她之前會一次離開個幾天。我永遠不知道她什麼時候在家、什麼時候回來。她工時很長，到處出差。她說自己負責化工產業，她會搭火車去賓州、紐約上州，有時則搭飛機。她不是那種會……」凱瑟琳找不到恰當的字眼，所以蘿絲替她說完。

「我懂——她不是那種會考慮其他人的人。她沒想過別人可能會擔心，或想知道她上哪兒去。」

凱瑟琳看著蘿絲，點點頭。「後來我習慣了，就沒再為她操過心。」

「這次不一樣。」蘿絲說道。「她開走我的車，如果她沒回家，或是連通電話也不打，她知道我一定會擔心。」

「妳說得對，」凱瑟琳說道。「我不是說她不會為別人著想，不是這樣。如果她知道我會擔心她的行蹤，就會告訴我她去了哪裡。只要是我在意的事：比方碗盤放在水槽沒洗，或者拿回收垃圾出去倒，這些她從來沒忘。我們不算朋友，但相處得不錯——希望這聽起來不會太奇怪。」

這一點也不奇怪，而且非常合理。洛菈不習慣有人關心，甚至擔心。

「妳認識她男友嗎？她搬走之前交往的那個？」

「不算認識。」她說。

可蘿絲看得出她有話想說。

「她跟妳說過發生什麼事嗎？她為什麼要丟下工作離開紐約？」

「她只說她需要改變一下。」凱瑟琳回頭看向洛菈的房間。「我記得有個星期天晚上，我到家時發現她在房裡，坐在床上，眼睛盯著窗外。她就這樣坐在黑暗之中，整間公寓一盞燈都沒開。因為家裡實在太靜、太暗，我還被她嚇了一跳。我走到她房門口，敲敲門邊的牆。如果她打算獨處，我也不想打擾。她就這麼坐著，兩腳踩在地面，手上的酒杯靠著膝蓋，散落的髮絲圈住她臉龐。雖然我也說不準……不過我認為她在哭。」

「我問她發生什麼事，她只說跟那個人已經結束了。她從來沒告訴我他的名字。我問她我能幫什麼忙嗎，她想不想聊聊，她很有禮貌地謝謝我，但說自己沒事，只是需要一點時間。我問她想把門開著還是把門帶上，她請我關門。於是我就關門開燈，沖了澡，弄了點東西吃。她一直沒有走出房間，我以為她睡了。但她一定是立刻收拾打包，因為隔天下午她就搬走了，房間全部清空。她留給我一張支票，面額有兩個月租金與一張字條，上面寫著她要搬回家一陣子。事情就是這樣。」

蘿絲盯著洛菈的室友想像那一幕，那場景是如此熟悉。他們還住在鹿丘巷時蘿絲就看過她這樣，次數多得數也數不清：洛菈坐在床邊，在黑暗中盯著窗外。

「我試過打電話給她，」凱瑟琳急切地說。「她沒有接，也沒回電。就像我說的，我們不是朋友，所以我不認為自己應該採取更多行動。」

蘿絲憂傷一笑。「別這樣，不要自責，妳也沒辦法做些什麼。」

「可是她失蹤了。」凱瑟琳說道。「真希望那天晚上我能多問一點，搞不好幫得上忙。」

蘿絲站起來。「我可以看看那個房間嗎？」她問道。

「當然可以。」

她們離開廚房，經過客廳，來到洛菈房門口。凱瑟琳上前開燈。

「就這樣，」她說。「只有床和書桌。」

有那麼一會兒，蘿絲靜靜站著沒動。上回她進到這房間，洛菈還沒搬走，房裡充滿有人生活的氣息。那時正逢春天，窗戶沒關，少女街兩側樹木林立，一陣涼風帶來花開的氣味。洛菈有條亮橘色的毯子。梅森愛死那條毯子了。

「去年春天我兒子來過這裡，他在那張床上跳過。」蘿絲走到窗戶邊，看著底下的街道。「那是五月，她還沒愛上他。」

蘿絲試著回憶那天。「如果她有對象，我是不會忘記的。每次洛菈認識了新對象，總會顯得不太一樣。」

「抱歉，我也不知道是不是。她去年夏天提過他幾次，想叫他週末來，問我會不會介意。反正我也不在家，所以我說沒問題。」

「他結婚了。」蘿絲喊著。「那人有小孩。」

「喔，」凱瑟琳應道，看得出很驚訝。「我完全不知道這回事，這不像洛菈。曾經有一、兩次，我們多聊了兩句，不只是講公寓，我覺得她好像對感情很認真——唔，這個詞可能用得不好，不過我真的很驚訝。她知道嗎？」

「知道什麼？老婆和小孩嗎？」

「對啊。」

「她怎麼可能不知道？」

「或許網路上查不到呀，或許他很會說謊。這種故事我聽太多了。」

「但都好幾個月了，她沒起疑嗎？比方說為什麼他不帶她回家？」

凱瑟琳想了想。「搞不好他有另一間公寓？只是這很不像洛菈，至少我認識的她不是這樣。她對妳們的爸爸有點意見，提過他的外遇。我是不清楚事情的完整經過……不過她不就是因為這樣才疏遠他的嗎？」

蘿絲坐到床墊上看著凱瑟琳。「是啊，幾年來我只見過他幾次，他根本沒見過我兒子。不過說實話，我不確定這是否能阻止她跟有婦之夫交往。如果他話說得漂亮，告訴她自己的婚姻不快樂，或說愛她……」

「我想，如果被那樣一講，我們都可能被拐走。」凱瑟琳望著窗外的樣子彷彿想就這麼飛出去，遠離這段對話，遠離洛菈．洛克納帶來的麻煩。她本來要出城找男友，蘿拉已經拖到她的時間了。

無論如何，她還有事情需要說明。「反正這些都不重要了。那個凱文．布洛迪出了事。他被殺了。」

蘿絲以為會看到震驚、沉默，或者擔憂之類的反應。

「他在健身房外面碰到搶劫。洛菈完全沒提，只說他傳了一條訊息跟她分手，然後就像鬼魂一樣消失無蹤。不打電話，也不傳簡訊。」

「唉……他是哪時被殺的？」

蘿絲拿出手機，找到《郵報》的那篇報導。

「八月中旬，發生在一大清早。」這時，一個念頭閃過心中，她突然轉身望著凱瑟琳。「妳是哪時發現她在房裡掉淚的？」

「我忘了。我只記得那天是星期天晚上。」

「他是星期三被殺的。這是發生在妳看到她那樣之前還是之後？她是才剛感到絕望或已經醞釀了幾天？」

「妳是什麼意思？妳是說洛菈可能做了什麼嗎？」凱瑟琳很震驚。

蘿絲穩住情緒。「不是，當然不是這樣。我只是想說她可能不知道這件事，或許這可以解釋他為什麼不回電話。」

「結果她以為他是分手後刻意消失？天啊，這太可怕了。」

沒錯。蘿絲心想。只是另一個狀況更可怕。

蘿絲起身走向房間另一頭的小桌。她檢查桌子抽屜，留意表象之下的線索。她也打開衣櫃檢查了一遍，接著看看床底。什麼都沒有。

「她朋友會不會知道些什麼？我聯絡了她的公司，她提過一個叫吉兒的女生。可是她在這裡交的朋友我一個都不認識，大學就更不用說了。」

凱瑟琳搖頭。「我也都不認識。但是等等喔……有個男的。有天晚上我回家聽到她跟他在聊天。她邊煮飯邊講電話，開了擴音。她說要關掉，不過我看得出來她手沒空，而且我反正也要進房間……」

蘿絲停止尋覓，朝凱瑟琳看去。「男的？妳有聽見他們在聊什麼嗎？那是她男友嗎？」

「不是，我覺得不是。因為他們在聊『那個』男友，洛菈跟電話裡的男生講了他的事。等等，我可以把他的名字想起來。」

蘿絲站在她面前，一臉焦急。

「其實我覺得他應該來過這裡，我看過他站在公寓外頭。那天她找不到鑰匙，因為我在家工作，所以她沒帶鑰匙就出門了。我聽見門鈴聲，看了窗外。洛菈站在門口，身邊跟著一個男生。他穿著西裝，外套掛在手上。那天熱得要命，我很驚訝她這麼早就回家，她上班從來不曾早退。她住在這裡的時間我總覺得她一天病假都沒請過。」

「他長什麼模樣？」蘿絲問道。

「等一下——我想到他叫什麼名字了！」凱瑟琳說，眼睛亮了起來。「他叫喬。」

蘿絲盯著對方，說不出話，也動不了，只聽見自己丈夫的名字在耳中迴盪。

「妳還好嗎？」凱瑟琳問道。

蘿絲沒回。

喬。她只聽得到這個字，她丈夫的名字。

25

洛菈
第十四次療程，七週前，紐約市

布洛迪醫生：我覺得增加療程不太好，現在情況變得很複雜。我們打從一開始就不該這麼做……

洛菈：不！求求你，我就快要完成了，我可以感覺得到一切都不一樣了。

布洛迪醫生：洛菈……好吧，閉上眼睛……妳能把自己當成別人嗎？有另一個女人，她跟米契・艾德勒一起待在森林裡？

洛菈：我想可以吧。

布洛迪醫生：他把她拉到樹幹後，吻了她；她感覺得到他的渴望，這讓她相信自己終於成功，她終於給了他足夠的安全感，讓他能放心愛上她。她內心一陣狂喜……妳知道這是什麼，因為妳告訴過我。

洛菈：那是力量，一股力量……

布洛迪醫生：那個森林裡的女孩……妳想對她說什麼？

洛菈：告訴她這只是幻覺？他永遠不會愛上妳？

布洛迪醫生：別問，直接告訴我，妳才是那個看著一切的人。

洛菈：好好好，我會告訴她，他永遠不會愛上她的，所以別再嘗試了。

布洛迪醫生：沒錯，正是如此。他永遠不會愛上她，這股力量不過是場幻覺。

洛菈：我會叫她離開，不過我也知道她不會走，她絕對不會離開。為什麼會這樣呢？

布洛迪醫生：因為妳無法原諒她還去嘗試；妳想要她為此吃苦。

26

洛菈

前一晚，星期四晚上十一點三十分，康乃狄克州，布蘭斯頓

我在廚房找到包包，我想拿我的手機。

「洛菈……」強納森・費爾汀站在我身後，我知道他正扶著我的肩膀。於是我停下動作，不再想著手機，也不再想方設法離開這裡。

我的身體往後靠，貼上他的身體。我的身體脫離理智控制，不顧自我提醒，不管情況多麼不對勁。

「噓……」他低聲說道。「沒事，不要緊張，別忘了妳的手機已經死透了。」

我的身體竄過一股寒意。他的嗓音很輕柔，但這話說得……是不是有點不妙？他是想要提醒我什麼？此刻的我非常無助，困在流理臺和他的身體之間，而門在另外一頭。有另一隻手碰觸我的肩膀，在不經意間，我整個人都被困住了。

我們的手機廠牌不同，充電器也不一樣。這我們討論過了，也清楚對此我無能為力，只能等晚點回蘿絲家處理。於是寒意轉為一陣熱度。

我喜歡那熱度。

「妳想要我送妳回家嗎？」他這麼說，簡直是叫小孩把冰淇淋放下。

「那是黑色的雪佛蘭羚羊。」我說。忽然間，我感到自己必須說完那個故事，我必須知道他為什麼沒要我說完。如果他知道故事是怎麼結束，或許真相便會自己浮現，他就不用逼我開口。

我必須知道這是怎麼回事，目前狀態太不明不白，令我抓狂。在我眼中，這個男人是如此真誠。我觀察過他，仔細聽他說過話，條列出那些不對勁的小事，卻還是有那麼多事情感覺挺對的。

「我曾經拿他的車取笑他，說那是老人在開的。他爸換成凌志，那輛給他，所以還真的就是老人車。」

強納森的一雙手臂摟得更緊，雙手鎖在我胸口。我可以感覺到他身體的每一寸。他皮帶上的金屬釦抵著我後腰，兩人大腿緊緊相貼，他的胸膛碰到我的背，如此溫暖，如此強壯。

他再次低聲呢喃：「妳不需要這樣。」

但我沒有停。

「我之前就跟他一起待在那裡，在那輛車的後座，不只一次。他也問過我不只一次。他把我摟得好緊——不只一次。尺度很接近學校警告過我們的那一壘。」

然後我就笑出來，笑了之後才發現我剛剛哭了，溢出的眼淚沿著先前的路徑滑下臉頰。

「性教育啊……」他說著說著也笑了。「無法回頭的那一壘。」他用一種戲謔的低沉聲調說道，我感到他的身體隨腹中滾動的笑聲震顫。

「就是啊。」我不知道自己怎麼會笑得那麼用力，這根本就不好笑。我再多說幾個字就會有個男孩死去，然而我依舊能感到那無所不在的悲傷。

「我那時十七歲，還記得自己有多害怕，也記得有多興奮。我們沒趕上派對開始，不過沒人放在心上，至少一切都快結束了，你懂吧？這一切焦慮與期待……我覺得我之所以會等這麼久，都是為了他，我就只剩『這個』還沒給他。」

我仔細考慮接下來該說什麼。目前到嘴邊的字眼都不是我希望讓他聽見的：那時感覺跟現在好像……真的好像。

我們之間充滿熱烈的張力。手正到處游移，落在我的上腹，他的嘴唇也找到我的脖子。

我覺得他好似融化。

「下一刻，我們就上了那輛車，其餘一切都被擋在門外。我忘了另外那個女孩、忘記整個夏天他怎麼對我，也忘記我姊姊的警告。所有噪音都隔離在我們的世界外。我還記得關上門後有多靜謐，世界只剩我們的聲音。」

接著，我閉上嘴，也同樣傾聽著。我們的聲音。一呼、一吸。一手劃過柔軟的布面，另一手劃過漿過的棉布。一聲嘆息。

「妳真的不用告訴我……」

「我沒有打什麼壞主意。我只是想要試試他，想知道他是不是真的會做到底，在車上進行我們的第一次。我們還想繼續參加車門外那場派對，現場還有個女孩在等他。如果他沒停，那就由我來，由我來告訴他他是個混帳，然後一勞永逸。」

我的頭往後靠上強納森的胸口，閉上眼睛。

「我想那可能只是藉口。我允許自己跟他一起上了車，允許狀況變得那麼失控。一部分的我還沒準備放手，一部分的我還相信可以……我不知道，或許是認為可以突破重重阻礙吧！這對我來說不合理。如果他真的沒感覺，為什麼一直回來找我呢？」

記憶從藏身處湧出，我花了好幾個月的時間分析他的一舉一動、每字每句。我為他辯解，幫他找理由，請朋友提供建議。或許是這樣吧，或許是那樣吧。我希望我能早點遇上布洛迪醫生，我希望有人能告訴我事實。

一切都是幻覺，他永遠不會愛上妳。

不過我也希望自己從沒遇見布洛迪醫生，希望我還擁有那分幻覺。沒有任何事物能填補它們留下的空洞。

強納森抽回手臂，後退一步，靠上冰箱門。我轉身面對他。

「怎麼了？」我問。

「我不想太衝動。我很喜歡妳，可是我們才剛認識。」

這讓我心中又起波瀾。本來是如此輕而易舉，他卻就此收手。

「我不只十七歲了。」我說。

「我知道，我只是想要更尊重妳。妳好像有過幾次糟糕的經驗，我不想成為其中之一。」

我、的、老、天！這人難道看透我了嗎？他完全知道該怎麼闖進我心裡。

「車上發生了什麼事呢？」他問，這提醒了我接下來發生了什麼，關於那個死掉的男孩。

「我們兩個誰會先停我已經不會知道了。我不知道他會不會像你剛才那樣，還是我會按照自己的計畫——或是一心只想更討他歡心，再少都好，無論會造成多少傷害。」

「我沒忘記車外傳來的腳步聲。那是一條碎石路，走的時候會踢起小碎石的那種。」

「所以他們才沒找到鞋印？」他問。

「你真的很懂。」強納森．費爾汀，你真的都曉得。

「其中有一篇報導有提到。萊納爾．凱西的律師認為這件事很重要，遊民的律師則主張沒有證據顯示他在現場。」

「不過他們後來發現他在車裡，對吧？」

強納森點頭。「對。」

「你也知道他發了瘋，而且很危險。很多人聽說這件事後都跑來了。那些人在森林裡看過他，還被他嚇過。他追著女孩子跑了足足有半英里，還一邊叫嚷著要讓她下地獄。他曾經穿著吸血鬼的斗篷……」

「洛菈，我知道，我的意思不是說他不在，但是現場的所有細節……都影響了大家後來是怎麼看待妳……或者該說是『錯待』妳。」

錯待。當我想到那一晚，從來沒想過這個詞。沒有人用過這個字眼來描述發生在我身上的事。

「我猜我心裡還是有很多防備。」我試著解釋。「我還是覺得自己有責任。」

「我看不出妳有什麼責任。」

我看著自己光裸的腳掌和腳趾，想著穿上那雙鞋的一刻。後來我把鞋脫在他家門口，那不過是幾個小時前。當時我還在蘿絲的閣樓準備來見這個男人。我到底是在做什麼？

「因為我米契才會出現在那裡。」我說。

「不對！是因為他妳才會出現在那裡。」

「你應該去當律師的。」然後我想，或許他真是律師。很好笑的是，搞不好真是這樣，而我永遠不會曉得……但其實他真的不是。

「說真的，我不懂妳怎麼會覺得自己有責任。妳怎麼會有罪惡感？他也可能也會殺了妳啊。」

我不禁想，有沒有可能只有他這樣跟我說過：像是在事件餘波中我遭眾人錯待，像是我也可能成為受害者。

妳無法原諒她……妳想要她也吃點苦。

「事情發生得很快，」我繼續講。「我們都聽見碎石路上傳來腳步聲，所以抬起頭——抬頭的同時腳步聲就沒了。我們看見同一個景象：有個人影從駕駛座外看著前座，手擋著眼睛，彷彿想遮住那晚微弱的光線。米契開著收音機，鑰匙還插在原位。我很困惑。我本來以為那是參加派對的人或條子，所以一動也不動。米契一定也有同樣想法，因為他也沒有動。接著我聽見門把『喀噠』一聲，金屬彈開。他沒有想輕手輕腳偷偷溜到我們身邊，就只是看見我們，我們擋在他和這輛車之間。因為米契壓在我身上，腳很靠近門邊，萊納爾．凱西就直接抓著他的腳踝把他拖出去。」

寂靜降臨強納森空盪的廚房，我知道這個畫面嚇到他了。不過我還是縮在我這邊的牆壁。我去回憶當下的確切感受，感受著米契的身體從我身上被拖走。他那時全憑直覺行事，所以想抓住觸手可及的任何物品。結果造成我的臉、脖子和身體（因為上衣被撩起來）都刮傷。他們在他的指甲下找到我的皮膚以及我牛仔褲的布料。有人在碎石路上發現我一隻鞋，那是他絕望的雙手抓住的最後一樣東西。他拚了命不讓自己離開車子這個安全區域。

「我沒看見他——我是說萊納爾．凱西。那個從車窗往內看的人影就只是個人影，是一道黑暗。我想他應該穿著連帽上衣，或是有帽的外套，因為我看不出他的頭型。可我也不敢保證。米契被拖出去後，我注意力只放在他身上。我躺在後座，雙腳用力踢著椅子，想遠離敞開的車門。米契被拖出車外的當下，我真的只關心他而已。後來我感覺到他放開我的腳，順便也扯掉我的鞋，我便爬起來，躲到另一側的車門邊，接著打開門跑出去。我跑到路邊的灌木叢深處蹲著，躲起來偷聽。」

「我的天，」強納森說。我知道真正令他驚訝的地方在於，我敘述此事的同時竟沒有瑟縮發抖，沒有掉淚，完全沒有反應。

「我聽見他懇求對方。不！住手！求求你！聽起來上氣不接下氣，彷彿被恐懼癱瘓了聲帶。我沒聽見棒子打中他身體的聲音，大家都說我有，不過我聽見的是他的哀求被打斷，身體遭受重擊，所以一時之間出不了聲，任誰都聽得出來。他們還說我只聽見三下，但他的身體被打了四次。那根棒子揮了四次。可是我從沒說過我聽見三下，我說的是我聽見他的哀求中斷了三次。」

強納森瞪大眼睛盯著我。「第四下可能是在他死了或失去意識後發生的，所以妳才只聽見聲音中斷三次。」

我點頭說對，事情可能就是那樣。

「我聽見車門關上，引擎快速轉動，頭燈一直沒亮，我也聽見車子離開碎石路，我沒等到車子開走，就先偷偷溜出灌木叢，走到能看得比較清楚的地方。我不知道米契有沒有成功逃走，這個人是留在那兒等著抓我，還是偷了米契的車。因此我安靜又小心地移到可以看清楚的位置。

「接著我就看見了。我看見米契倒在地上，身體動也不動。我就是在那時尖叫著跑向他。我站在他的屍體旁邊，鮮血從他頭上、嘴裡冒出，越流越多，越來越大片。我不停尖叫，在原地繞，想找到那個瘋子——這個行為不合理，畢竟車都開走了。我只感到一波波的驚慌與恐懼，所以一直掃視森林，等看有沒有別人來幫忙。我看見棒子落在不遠處，心裡只想：那是武器，是我可以用來保護自己的武器。我沒想到什麼指紋或證據，只擔心自己的生命有危險。雖然我知道那個人早就離開，這個念頭一點都不合理，但恐懼沒有隨他而去，而是在此地將我包圍。我覺得自己就像曠野中的獵物，狂亂地看著四周，前方、後方、附近和遠處。每次轉頭，我就感到一陣恐懼，怕會有什麼東西從看不見的陰影中跳出……那股懼怕以及對安全的渴盼……我從沒忘記那種感受。

「後來他們終於來了，我姊姊，還有其他參加派對的人出現了。他們從森林裡冒出來，每個人都害怕地摀著嘴，因為他們看到米契躺在地上鮮血直流，也看到我拿著棒子站在旁邊，發了瘋似地尖叫。他們沒有跑向我，也沒有跑向米契，或者試圖幫助我們，他們沒有幫我冷靜下來，沒有幫忙止血，所以我當場就懂了。我知道他們每個人——包括我姊姊——都做出了相同的結論。他們站在原地愣愣地盯著我看，有如闖入犯罪現場。我被人群包圍，其中有我的朋友，甚至我的家人，而我痛苦地意識到，我是獨自一個。」

這時強納森也盯著我，皺起眉，嘴巴微張。我很熟悉這個表情。我似乎總讓其他人露出這種表情。

可是我受不了。現在不要，不要出現在強納森·費爾汀臉上。

我轉過身，這樣就不需要目睹一切。我看向包包，把它拉過來，伸手進去，又想著要拿出手機，也想找找可能藏在裡面某處的充電線，搞不好就在我從另外一個包包換到這裡的雜物中……

「洛菈……」他的嗓音低沉輕柔，站到我身後，回到我說完故事前的位置。他強壯的手臂摟著我，就像剛剛那樣。他吻著我的頭頂。這個吻不像蘿絲在梅森逃開前的匆匆一啄。他的嘴脣並不匆忙，我可以感覺到他的呼吸。

「妳經歷了這些，我感到抱歉。」他輕聲說，我感覺到他的臉頰貼著我。

我閉上眼，手還塞在包包裡。這下換我融化了。

他的脈搏加速，輕吻我的脖子。

融化、融化。

我是著了火的女人。

「如果妳要我停，我就會停……」他的手沿我腰側滑下，動作緩慢而堅定。一手摸向大腿前側，另一隻手往後遊走。

「說啊……」他又說了一次，近乎懇求。我正將他拖往險區，無法回頭的那一壘。

離開吧……這只是幻覺。我知道，但我還是很無助。

我感覺得到那股力量，那股足以宰制這男人的力量。

我是無人能擋的女人。

我是無助的孩子。只會扯著袖子，眼巴巴等別人看見我。那些對我視而不見的視線正在祟動，他們就要看見我了。

我就快要成功了，我可以感覺到。

我的手還放在皮包裡，但想要的已經不是充電器。我想要碰觸這個人，這個名叫強納森·費爾汀的男人。我抽出手，金屬拉鍊刮過指節，指尖卻撫過某個冰涼僵硬的東西。那是一張紙，我心上掠過一個恐怖的念頭。那是字條嗎？

他抓住我的臀部，讓我轉身，他的嘴唇貼上我的。忽然之間，我完全忘了皮包裡那張字條，也不記得刮手的拉鍊。我的手現在可以自由移動，可以碰觸他衣服下的身軀。

我的雙手攀上他的肩膀，他的頭，探進他髮中。

離開吧，我試著告訴那個女人，但她不會聽我的。她從來就不聽我的。

接下來不管發生什麼，都是她活該。

27

蘿絲

現在，星期六早上十點，康乃狄克州，布蘭斯頓

餐館中，蓋柏坐在蘿絲對面，她和酒吧的那名女子也約在這裡。她傳了封簡短的訊息給喬：還在紐約，有什麼消息就打給我，接著便關掉手機。

她給蓋柏看那幾張字條，然後告訴他紐約發生了什麼事，他仔細聽她說話，沒有錯過任何細節。

「她說自己正在接受心理治療，結果那個心理醫師就是她男友？」蓋柏問道。他捧著陶瓷馬克杯，看起來跟蘿絲一樣累。

「招惹自己的心理醫師——這很像她會做的事。」蘿絲說，但才剛說出口就希望能收回。「天啊，我好可怕，她都碰上了這麼大的麻煩，我怎麼可以這樣講她？」

蓋柏伸手抓住她的手掌，那溫暖的碰觸令她備感寬慰。她突然想到：她和喬已經不牽手了。

「蘿絲，無論妳此刻說了什麼、做了什麼，都沒有人可以責備妳，至少我不會。那的確很像洛菈會做的事。她總要挑戰最艱鉅的目標，去找看起來難以征服的傢伙，毫不在乎那些人可能有多爛。」

「——比方米契．艾德勒。」蘿絲脫口而出。

她以為蓋柏會嚇到，但他沒有。「沒錯——比方米契．艾德勒——還有這個凱文．布洛迪。不管從哪方面來看，他都是絕對不能碰的：他年紀比較大，已婚，有小孩——而且他還是她的心理醫師。這根本就是挑戰聖母峰。」

「天啊蓋柏，你知道嗎，我簡直可以在腦海裡看見她的模樣。她就坐在他辦公室裡，看起來脆弱又能言善道……大概還會掉眼淚。」

「我知道，我也能想像。她每次走過他身邊身體都會貼太近，她會擦過他肩膀，用一臉柔弱的表情往上看。」

蘿絲想到電腦桌面的照片。在某個時刻，洛菈有了這分體認：她明白，單是感到悲傷與渴望是得不到什麼的。於是她變得性感、變得誘人。

「她不知道自己在做什麼，」蓋柏說，「我是真的這麼想，那就像車子的自動換檔。」

「結果他就這麼死了。」蘿絲摀著臉。

蓋柏靠得更近，放低聲音。「等等……妳不會覺得她跟那件事有什麼關係吧？那只是搶劫啊……」他拿出手機，點開蘿絲寄給他的報導。「好……妳看一下：他從身後遭受重擊倒地，摔倒同時頭部再次撞上水泥地。他過了一個多小時才死掉。」

「遭受重擊、倒地……這聽起來真的不可能嗎？是你告訴我們你哥在堡壘那裡的事，沒忘吧？你說她拿樹幹打他，還說她看起來就像頭野生動物。」

「蘿絲……」蓋柏閉上嘴。蘿絲知道他也很清楚自己無法反駁，洛菈小小年紀就有暴力傾向。

「蓋柏，她可能比我們所知還要瘋狂。我愛她，但有時就是這樣的。你可以很愛某個人，自以為了解他們，可是突然間你就發現了一些事，一切在你眼中再也不同。」

他叫喬。蘿絲還是能聽見凱瑟琳說的那句話

「我們先別那麼急，」蓋柏說。「第一步先找到洛菈，就這樣。我們只需要找到她，就可以知道她到底出了什麼事。」

「好吧，」蘿絲暫時收兵。她想跟蓋柏說洛菈和喬的事，卻不知道該說什麼。這是外遇嗎？或只是調情？她老公打給自己的妹妹究竟是為什麼？為什麼在她搬回家之前他就去了她的公寓？那已經是好幾個禮拜之前了。如果這不是外遇……如果是因為她男友被殺，所以喬去幫她，想辦法替她出主意，那他就會告訴蘿絲。因為如果他瞞著她，他們就會大吵一架。他為什麼會這麼做？這下有得吵了。

「我是認為，」蓋柏說，「我們有三種可能。第一，洛菈發現這個人是個玩咖，無法面對她那晚做的事情——不管那是什麼事。第二，她發現事實真相時出了狀況，他們之中有人受傷。不過這下我們就還有第三種可能，跟那些字條有關。」

「我也想過這些，」蘿絲說，很感謝蓋柏沒有用上『死』這個字眼。儘管他們清楚這也是有可能的。

「如果這個人不只是個愛情玩咖，假使他是專業騙徒，就很可能因為米契．艾德勒的案件鎖定洛菈。」

「但是蓋柏，為什麼選在這個時間點？我的意思是，她之前又沒有一直躲躲藏藏。她住在紐約，距離這裡開車不過一小時。而且誰會願意花這麼多力氣搞這些？——這人甚至知道她註冊約會網站？」

「每個受到這起謀殺影響的人都可能。比方家人，比方朋友，以及萊納爾．凱西！他被迫在精神機構度過餘生，或許他也有家人，並因此心懷不滿。或許這些人本來都像平常一樣工作、生活，結果某天有某個人看見洛菈出現在鎮上，情緒就這麼潰堤。」

「還是說……」蘿絲的眼睛瞪得更大。「蓋柏，萬一那是發生在昨晚呢？有人跟米契．艾德勒或萊納爾．凱西很熟，認為洛菈該為那樁命案負責，又剛好看見昨晚出門約會的洛菈？萬一這跟強納森．費爾無關，洛菈也沒有被他的真面目嚇到？萬一我們查錯線索了呢？」

蓋柏同意上述都有可能。

「蘿絲，我們應該告訴警察那幾張字條的事，還有這起失蹤案件可能跟過去的事件有關。他們找人的速度比我們更快。」

蘿絲則不太確定該不該這麼做。這樣一來，所有的人都會重回那晚的森林。昨晚之後，她就沒有那兩位警官的消息。她猜想他們應該還沒拼湊出洛菈．洛克納這個名字。要是他們把過去跟現在搭上線，早聯絡她了。假使告訴他們那幾張字條的事，警察肯定會發現洛菈的過去。

「蘿絲，」蓋柏說道，「為什麼喬不趁警察還在時把字條拿給他們看？」

蘿絲肩膀一聳。「我認為他不希望他們只注意過去發生了什麼，不認真尋找洛菈。」

「好吧，」蓋柏點頭點得太用力。蘿絲知道他不接受這個說法。

蘿絲也沒有猜謎的耐心。「怎樣？你有什麼其他的想法嗎？」

「沒有……我只是……聽著，不要誤會我。但有幾次我在你們家……我們喝酒聊天，妳跟梅森在樓上。有時我先回家後他們兩個會再喝一輪。」

「你這是什麼意思？」

「有時他們兩個人會單獨繼續聊，我不知道他們在聊什麼，或許洛菈有跟他吐露什麼，或許是那些字條，或其他事，說不定喬不敢把這些告訴警方。」

他叫喬。

先是凱瑟琳，然後是蓋柏，他們都提到她老公和她妹妹。這不可能吧？不會發生在她自己的家吧？這些麻煩難道沒有結束的一天嗎？這些事會永遠如影隨形嗎？

「蓋柏，他去找了她。」蘿絲終於衝口而出。她無法獨自面對這件事。

「妳在說什麼？」蓋柏看起來很驚訝，甚至有點震驚，好像也有其他情緒，像是對自己地盤的保護欲。蘿絲發現蓋柏總是站在洛菈那邊，他一定沒有忘記他哥哥的事，無論瑞克・華勒斯造成了什麼傷害，似乎都使得他認為自己有責任守護她。

「洛菈的室友聽見他們講電話，看見喬和她一起出現在紐約的公寓。那時她還沒搬家，還沒跟那個心理醫生分手——如果那個醫生真的算男友。或許這只是調虎離山之計，用來分散注意。」

「這一點也不合理，」蓋柏允自思索，「妳不會認為……」

「蓋柏……我不知道。」蘿絲就這麼哭了出來。她無法應付這一切，他媽的，太多、太多了。

「絕不可能！」蓋柏搖著頭，彷彿這麼做就能把這個想法從腦中消除。「不會是喬，他這麼愛妳。他一直都這麼愛妳，一直都是。而且就算洛菈在這麼多年後喜歡上喬，她也絕對不會這麼對妳。」

蘿絲抹抹眼睛，收拾情緒。她正處於某個平行宇宙。那裡沒有已知、也沒有未知，只剩事實。喬瞞著她去找過洛菈，喬在家裡偷偷跟她聊天，而且喬找到那些字條的時機，剛好就在警察離開後。

喬還找到了那輛車。

最後一個事實忽然躍入腦海，分外顯眼。

「他找到了那輛車。」蘿絲說：「喬不到一個小時就找到車了。」

蓋柏沒說話，眼睛緊盯蘿絲。他又拉起她的手，吻了她的掌心，接著握緊她的手。蘿絲在想，他本來可能不信，不過現在他信了，他也會保護她，就算要對抗的人是他最好的朋友，是他從小就認識的人。

他的手機在他們手邊震動。蓋柏放開交握的手，拿起電話。

「有訊息，」他說，在螢幕上點開。「媽的！是**覓愛**傳來的，是那個**第二次機會**。」

蘿絲倒抽一口氣。是約會網站上那名女子，她叫他們快逃，接著就沒了消息。

「她說了什麼？」

「她給了我們一組電話號碼，說會跟我們談談。」

蘿絲看著他，因為疲倦和眼淚雙眼刺痛不已。她已經聽過這個強納森．費爾的故事：希薇亞．艾密特版本。他從酒吧挑中希薇亞，對她說謊，又以暴力待她。而他們在**覓愛**找到的這個女人會告訴他們什麼故事？蘿絲很怕知道事實。

「妳準備好了嗎？」他問，堅決地望著她。

這跟她有沒有準備好毫無關連，無論如何他們必須找到洛菈，這樣一來事情就會明朗。

她張開嘴，不過嘴巴非常乾，所以什麼也沒說。她看著蓋柏點頭。好。

28

洛菈
第三次療程，四個月前，紐約市

布洛迪醫生：待在這裡會讓妳擔憂嗎？跟我在一起會讓妳擔憂嗎？

洛菈：不會。

布洛迪醫生：妳不會猜想自己是否重蹈覆轍？又碰上錯誤的對象，永遠不會愛上妳的男人。

洛菈：這個嘛，現在我開始擔憂了。還真是謝謝你喔……

布洛迪醫生：我很抱歉，我並不打算影響妳的想法。

洛菈：凱文，這不正是你的工作嗎？

布洛迪醫生：我想是吧。我希望是正面的想法，或者該說，是正確的想法。

洛菈：只有一種狀況會讓我擔憂，就是我認為你會傷我的心。

洛菈：你不會傷我的心的，對吧？

29

洛菈

前一晚，星期五半夜十二點，康乃狄克州，布蘭斯頓

沒幾分鐘就結束了。

短短幾分鐘。

我之前就想過，猜想是否要花上好幾小時、好幾天或好幾週才能進行到這個階段。我們的衣服散落一地，手臂和雙腿糾纏，貌似傾圮森林中一堆已無生命跡象的樹幹。我能感覺到他的心臟抵著我的胸口狂跳，呼吸非常急促。我們喘著氣，赤裸的肌膚因乾掉的汗水黏在一起，餘下的熱度迅速變涼。

短短幾分鐘，彷彿一場龍捲風或一道海嘯。降臨前如此戲劇化，伴隨預料中的強大力量，而我們措手不及，滿心驚訝。接著風暴瞬間散去，我們卻不再相同。我們身體的樣貌，我們如何回應彼此、如何移動，這些親密的細節不再是祕密。

短短幾分鐘，一切結束。我震驚不已。

我閉上眼睛靠向他後頸。目前我還不想看見他的臉。

「剛剛真是太棒了。」他說完後發出誇張的呻吟聲。

在我看來，這次跟之前的經驗比起來沒有更好，倒也沒有更差。一切都老套，但我似乎就是學不乖。

又一聲呻吟，不過這次是裝的。他的心跳已經減緩，所以我知道他在假裝。幾分鐘前他還抓著我的臀部，想要更用力、更深入，讓我們兩個貼得更近。現在那手正輕輕拍著我的背，輕快的拍了五下，代表：我們完事了。

我沒辦法面對自己剛犯下的錯，而這個錯誤感覺比較嚴重。這次我很清楚，這一次，我已經懂了。布洛迪醫生讓我不可能不懂這件事。

不要捏造他的模樣。

不要用不存在的親密感填滿空隙。

不要誤把性愛當成一種力量。

強納森．費爾汀，我對你推心置腹，讓你拯救我。我讓你用愛填補我，而後又將它帶走。我緊緊閉上雙眼，卻無法假裝看不見自己身上的傷口。我感到疼痛，而且那感受是如此熟悉。

他又拍拍我的背，這次挪開了頭，於是眼神便無處可躲。

「嘿！我有個想法，」他的語調聽起來很愉快，「我來叫個披薩怎麼樣？我餓死了，我們根本沒吃到晚餐。」

我們肩並著肩，壓在他黑灰相間的毯子上，身體斜橫過床鋪。我們幾乎沒有弄皺被單，我從他身下抽出手臂，腿從他的膝蓋中間移開。他配合我調整姿勢，這樣我就能毫不遲疑地迅速抽身。

「當然，」我說，「我去去就回。」

我翻身下床，留他自己待在床上。強納森一手撐著身體盯著我看，我感到他的視線跟著我穿過房間，我一直等進了浴室、躲到門板後才轉過身。房裡開著燈，他看見了我的臂部，現在來不及遮了。不過我因為滿心後悔而盡力遮著其他部分，所以他沒看見別的地方。我在浴室門後開燈鎖門，扭開水龍頭。鉤子上掛著毛巾，我抓起來，當成救生衣那樣圍到身上。我明白自己已經無法被拯救。

我坐在他家的陶瓷浴缸旁，頭埋入掌中。

我試著理出一點頭緒，想知道自己是在什麼時候失了魂。我想著：老天啊，幫幫我吧。然而我心頭浮上的卻是布洛迪醫生。我想起了凱文，那個混帳。

他曾經要我閉上眼睛，把自己當成另一個人。某個經歷過同樣事件並有相同感受的女子。於是我閉上雙眼，想像她的模樣。那個愚蠢的女人就站在強納森．費爾汀的廚房裡。我聽見她對陌生人訴說自己的故事，我問她為什麼這麼做。她找了幾個藉口，最終才面對事實，招認一切：因為她等不下去了。她沒辦法等著這個男人了解她，看他是否會愛上她。她想立刻弄清楚——她需要他愛上她。因此她拿出自己的工具箱。其中，米契．艾德勒的故事是把鎚子，她的身體則是板手，她知道該如何使用。

我看見她站在流理臺邊，手臂環抱著她。她還有機會離開，他也提議送她回家。她告訴我自己感覺到愛就潛藏其下，只要再多敲幾回，多轉幾圈，一切就快了。

妳不能點到為止嗎？

布洛迪醫生曾經問我，如果可以，我會跟她說什麼。我還真的說了幾句話，也記得自己說什麼。幾分鐘前，我就在廚房裡說了那些話。

我告訴她我從她身上學到的事：她如何重蹈覆轍，而且心中一清二楚，為這天晚上畫下句點的不會是愛，而是悲傷。我說的她都知道——雖然如此，還是一意孤行。

天啊，洛菈！妳分明知道事情會變成這樣！

凱文的做法則不同。凱文了解我，他拒絕我這樣自我毀滅。我推擠又拉扯，用盡工具箱裡每樣器具，但他不會卻步。我們耗了好幾週，他才終於躺在我的身邊，而且不是短短幾分鐘。他沒有拍我的背，也沒有叫披薩，只是把我抱得更緊，然後說了那些話。我太想、太想聽見那句話了，甚至希望那幾個字從未存在。

凱文說我愛妳，而且我也相信他。

我的眼淚掉得更凶，沉甸甸的悲慟就在眼前。強納森．費爾汀不過照見其中一角。我想再感受一次，我想感受手臂摟緊自己，想聽見那幾個字，而且深深知道那出於真心。

這陣想望吞噬了我。

「妳在裡頭還好嗎？」我聽見強納森說的話，聽見腳步和移動的聲音。

「我很好，」我喊了回去。

他問了我某個跟披薩有關的事，我也回了某個跟披薩有關的答案。去他媽的披薩。

我關上水龍頭。蘇格蘭威士忌、腎上腺素，米契．艾德勒的故事釋放出的毒素，這一切弄得我的頭陣陣抽痛。

現在不是回憶往事的好時機。我放掉洗手槽的水，撈起一些、潑在臉上。水很冷，很刺，但我正需要這疼痛，我得振作。我看著鏡子，手指劃過眼睛下緣，抹掉暈開的睫毛膏，接著用十根指頭梳過頭髮，拉開打結的髮絲。我把頭髮整整齊齊塞到耳後，試著露出禮貌的微笑，從嘴巴開始，我勾起嘴角，接著稍微瞇眼，還試著稍稍揚起眉毛。

我微笑時冒出個想法。

或許這錯誤還沒結束，或許是正在進行中。

第一部分：挑一個不會愛上妳的男人。第二部分：把他塑造成會愛上妳的男人。第三部分：使出任何必要手段，讓他愛上妳。第四部分：宣告失敗，並感到自己一無是處。必要時重複以上步驟，以便繼續困守妳的童年時光。

我們就是進行到這裡。

可是，如果還有第五部分呢？如果我現在就是在進行第五部分呢？如果我又回到那個感覺像家的地方呢？雖然那裡黑暗又寂寞，卻像是我的歸屬，或是該停留之處。

再說，如果我從第一部分就搞錯了呢？如果他不是那種不會愛上我的人呢？他只是跟我一起喝個爛醉，我對他傾吐一切，然後第一次約會我們就搞上了。

我又將布洛迪醫生召喚出來。看得出來就是改變的開始。我看出來了，我什麼都看出來了。

我心中升起一股希望，微笑也因此變得真誠。忽然之間，我知道自己該怎麼做了。

我打開門，發現強納森在臥室裡扣著襯衫。他轉身面向我。

「妳還好嗎？」他又問了一次。

我笑得有點難為情。「我有點不好意思……」

他停下扣釦子，歪了歪頭。「為了什麼呢？」

「這不是很明顯嗎？這是我們第一次約會，而我卻包著一條浴巾，站在你的房間裡。」

我並不期待你會愛上我，不過或許還是有這個可能性。或許，我還沒毀了這個可能性。

他也笑了，從床上拿起一疊摺得非常整齊的衣服，都是我的。內褲、內衣、洋裝（沒錯，他摺了我的內褲）。他走向我，遞給我那堆衣服。

「好，」他說。「首先，妳的衣服在這兒，雖然說我比較喜歡浴巾。」他眨眨眼睛，而我突然意識到他已經四十歲了。

「再來，我叫了披薩，所以技術上來說，這是我們第二次約會。」

「啊啊，」我一副他剛剛發現地球是圓的的模樣。「原來是這樣啊。」

「感覺好點了嗎？」

事實上我還真的感覺好多了。

他扶住我的肩頭，給了我一個吻。介於輕輕一啄和他床上的那種之間。我閉上眼，任由這個吻探入內心深處，這是個安慰之吻，也是許諾之吻。

「我會找出一些盤子，給我們兩個倒杯酒。我們可以選擇繼續喝，或者開始面對接下來的宿醉。」

「好，」我說道。「我會穿好衣服。」

他放開我，我又回到浴室。

「順便說，」他在我身後喊著，「妳注意到了嗎？我有張床喔，那也算是家具。」

「對，那算家具！」我開心地回應。

老實說，他正好提醒了我那張介意清單。第一間酒吧喊他的女子、那輛車、他開車載我們去碼頭走的路線、他的工作，以及這間空盪盪的公寓——他都離婚一年了。

我關上浴室門，重新考慮一番。沒必要驚慌。我知道是有些跡象看起來不對，但我也能感受到剛剛落在脣上的吻，我還聽見他開了碗櫥，找出盤子裝剛剛送到的披薩，也因此，這天晚上我感覺好多了。我決定，是時候該讓陪審團離席。

這不容易。我彷彿坐在沉船裡拿小瓢子舀掉滲進來的水。

我穿好衣服，又看著鏡子。就這樣。接著，我感到自己的頭在抽痛。

當他不愛我

我打開鏡櫃，不知為何之前我沒想過要打開。家具是一回事，但畢竟人每天都要使用盥洗用品。

牙刷、牙膏、漱口水、刮鬍膏和刮鬍刀（雖然後面這兩個看起來不像天天使用），還有體香劑。

以及一罐止痛藥。

我提醒自己，男人不擅長這些，尤其是那些結過婚的男人。他們需要時才會購物，所以或許他只需要這些。

我打開那罐止痛藥，倒出幾顆。我會吃個兩顆，或者三顆，剩下的再放回去。

但我沒有吃下任何一顆藥丸。

我盯著掌心，覺得船彷彿沉了下去。

在紅褐色的圓形藥錠中有另一個圓型。

而且是金色的。

我盯著那東西看了好久。我不會看錯的，那是一枚金戒指。

我拿起戒指，讀著刻在內側的銘文。

致強納森，我永遠愛你……

愛。

出現了，那個難以捉摸的字眼。

但這不是給我的，永遠都不是。

我的船沉了，這份頓悟將我滅頂。

但我拒絕孤獨一人沉沒。

30

蘿絲

現在，星期六早上十點三十分，康乃狄克州，布蘭斯頓

「走吧。」蘿絲說。蓋柏跟著她離開餐廳，她的車就停在外頭。

覓愛上的那個女人不願意告訴她真名，但蓋柏已經用她的手機找到人了。金蜜．泰勒，三十七歲。

電話只響一聲，她立刻接起。

「嗨，」她說道。她在等他們打來。

「我是蘿絲，就是寄信給妳的女人。我旁邊有朋友，所以電話開擴音。」

「了解。」那名女子小心翼翼地說。

可是接下來她就不說話了。

「我是她朋友，我叫蓋柏。抱歉我們的郵件寫得很模糊。」蓋柏說。「其實是我們有個好朋友跟一個『為妳2來』出門約會。他跟她說自己叫做強納森．費爾，不過我們知道他也叫比利．拉森和巴克．拉金。我們已經有段時間沒有她的消息，所以很擔心。」

蓋柏說得低調。他告訴蘿絲不能亂說話，免得這名女子擔心警方牽扯其中。她可能已婚，或有同居人，或像希薇亞．艾密特那樣有男友。希薇亞．艾密特去過港口邊的酒吧，買了一輪飲料。

「你們是該擔心。」金蜜說。「他滿口謊話。他跟我在一起的時候用的是巴克．拉森這個名字，可這些都不是他的真名。他真正的名字叫愛德華．里多，聽起來不太像個風流種。」

蘿絲把手機捏得太緊，指尖都泛白了。她拚了命放軟語氣。

「妳能跟我們說說他的事嗎？什麼都好。」

那女人爆出一聲短促的笑。「該從何說起呢？」她說，語氣中帶了十足十的厭惡。

「你們看過他的檔案了吧？說他離婚，說年收超過十五萬，說沒有小孩，從事金融業……聽著，很多人都會胡扯，從體重到身高什麼都謊報，收入尤其誇張。有時候他們會說自己離婚，但其實才剛分居。我認為這些討厭鬼私底下都偷偷聚會，交流意見，分享該如何避免被排除在搜尋條件之外。說真的，我簡直能想像他們說這種話……不要說你還沒離婚啦！那樣你永遠都上不到床！然後我就覺得好想吐。」

蓋柏翻了白眼。蘿絲知道他在想什麼：金蜜是個心懷憤恨的線上約會老手。

「太可怕了，」蘿絲說。「如果繼續約會下去，那女方就會發現他們一開始沒說實話。這些人不知道嗎？」

金蜜又笑了。「妳是在開玩笑嗎？他們才不管！三次約會打一炮，然後他們就能抽身再找下一個。這是線上的免費做愛吃到飽，就這麼回事。但這個人啊，他很清楚該怎麼找到自己想要的對象。」

「他到底是做什麼的？或許這能幫我們找到朋友。」蓋柏說道。

「這個嘛，首先你們要知道他的個人檔案全是假的。他謊報姓名，謊稱離婚……」

「等等，妳是說——」蘿絲問。

「我是說他已婚！——他已婚，而且有兩個讀中學的小孩，他住在馬馬羅內克，是節能窗戶的業務員。你們能想像嗎？替電力公司挨家挨戶進行『能源評鑑』，接著推銷自家公司的窗戶。一切都是騙局！就像他這個人一樣。他會想方設法闖進門，然後把人搞翻。」

「妳是怎麼發現這一切的？」蓋柏問道。

「我花了點時間，因為他說的話兜不攏：他開的車、我們出門約會時他那麼小氣，不像金融界人士那樣體面，你懂嗎？我認為他看起來像藍領階級。最後他終於放鬆戒備，忘了帶錢包離開房間，所以我拿來看了，就這麼簡單。我一翻開皮夾就看到他的真名與住址，我回家上網搜尋他，『咻』一下，一堆狗屁倒灶的事情就冒了出來……」

蘿絲明白了個大概，但她必須串起線索、找到洛菈。「這是怎麼開始的？他用什麼方式聯絡妳？你們在哪裡認識……？」

「他一開始似乎很和善，」金蜜說。「他會先打電話，確定妳聽起來沒問題，沒有惱人的腔調，或語言障礙。他會想知道妳的照片是不是近照，不過問法很隱諱。他會詢問妳照片在哪裡拍的，接著繼續問別的事情。像我其中一張照片是參加姪女的畢業典禮，所以他接著問大學念哪裡，她現在幾年級，類似這樣的問法。我知道他在做什麼，不過我很確定他覺得自己很精明。

「總之，他總是約在平常日。不過他倒是從來沒有找藉口，這一點是該稱讚。他只會讓妳猜想或許他還有其他女人，而且那些女人更好，可以配得上週六夜，所以他才跟她們約在週末。於是妳就會想表現得更好，提升自己的排名。這是人類的天性，我們想要競爭。對女人來說，競爭代表在床笫間更性感、更聰慧，表現更好。他很清楚這種心態，他想要他的女人竭盡全力。」

聽到這裡，蘿絲閉上眼睛，想起洛菈。她鐵定會直接掉進陷阱，甚至搞不清楚自己在做什麼。

我會讓你記住我，我會讓你愛上我。

小時候那張照片裡她的表情……她跟那個醫生在一起的畫面……她去挑戰不可能的高峰……

「他帶妳去了哪裡？」蓋柏問道。

「第一次約會當然是週四晚上，我們去了港口附近一間酒吧，就是轉角那間。食物爛透了。」

等到蘿絲終於睜眼，蓋柏對著她點點頭。他們找到的是同一個傢伙。

「下一次約會是在主幹道上。那天晚上他帶我去吃晚餐，高檔多了。」

「就像希薇亞．艾密特！」蘿絲按下手機的靜音，對蓋柏說：「酒吧那個女人。頭一次約會在港口，最後一次約會在主幹道上吃晚餐。」

蓋柏默默點頭，視線又回到手機。

「他住在那附近。你們知道這件事嗎？」金蜜問道。

蘿絲按掉靜音鈕。「另一個跟他約會過的女生也這麼說。她不願意去他公寓，所以不知道地址。」

「這樣啊，那她比我聰明。」

「等一下，妳去過？妳知道他住在哪裡？」蓋柏問道。他拿出自己的手機，眼睛越瞪越大。「地址在哪兒？」

「噢天啊，我想想……就在楓木街上那排房子，那邊沒幾棟大樓，他住在中間一帶。他家有地下停車場。」

「那幾棟大樓都有地下停車場，每棟都有，而且那一帶的大樓至少有六間。」蓋柏越來越焦急。「公寓門牌是幾號幾樓？還有什麼線索嗎？門口有門房還是要輸入密碼？」

「聽好，」金蜜說。「那已經是一年多前了好嗎？我只去過幾次，每次過去都很晚，而且我還喝醉！我發現他的真面目之後就不想記得了，我想忘掉關於這個人的一切。」

蓋柏拿著手機正忙。蘿絲深深吸了口氣，放慢思緒。她想穿越電話線路，從這個女人身上把訊息搖撼出來。她沒忘記希薇亞，也沒忘記她受到的殘忍對待。金蜜可能還有些不想記起的事情。

「好，」蘿絲說道。「妳能告訴我們他是什麼樣的人嗎？單獨跟他一起、待在他的公寓是什麼感覺？」

「妳不覺得這算是私事嗎？」金蜜忽然憤慨起來——又或者她只是戒心較重。

「我想問的不是那方面。我只是想知道他的公寓看起來漂亮嗎？吸引人嗎？他是個好人嗎？舉止紳士嗎？他會情緒不穩嗎？」

「他的舉止紳士嗎……嗯……我想想喔。」這下子金蜜開始語帶諷刺，「嗯，他先約我出門三次才想跟我上床，我們去了他的公寓，那裡完全就是單身漢風格。冰箱空無一物，每件家具都是黑色或銀色。我應該把這個當作第一條線索才是，但他說他大概一個月前剛離婚——聽來合理，所以我接受了他的說法。天啊，我還提議要幫他布置家裡咧，妳相信嗎？我真是個白痴。」

「不是這樣的，」蘿絲說。「他聽起來很會騙女人。」

「妳絕對猜不到他有多會。他知道該對我說什麼，該怎麼竄進我腦袋。我爸在我很小的時候就過世，於是他也聊起過世的父親，還講到什麼你永遠不會知道生命何時結束，所以要活在當下……又命中紅心了。我父親死得早，這種話題很吸引我。他還讓我覺得自己是他離開前妻後第一個來往的女人。而且他前妻很冷淡，好幾年都不跟他睡。你們可能很難相信吧，我之所以開始起疑，就是因為他在床上的表現。我是說，這個男人十年來婚姻不睦，而且很久沒有性生活，他眼前是一頓免費性愛自助餐，你以為他會有點力求表現，或者快速繳械——你們懂我的意思吧？」

「我懂，」蘿絲說，腦中想的是梅森出生後喬等了四個月的模樣。他就像是在沙漠中忽然找到綠洲的人。「可是他不是？」蘿絲問她。

「不是，他做起來像是例行公事，瞬間結束，彷彿在試探，彷彿鯊魚咬下第一口，先嘗嘗味道，之後再回來捕殺獵物。他找了個理由叫我留下，這樣他就能再來一次，進行捕殺。情況就是從那時開始走了調。一開始是下流話——極度下流，然後他變得需索無度。有些他想做的事……嗯，我想他一定能找到其他女人，其他願意為了週六夜的約會配合他的女人……但我並不熱中。我帶著滿心厭惡離開，不過這也沒有阻止我再次踏入他的公寓。那是我跟他最後一次的約會，也是我發現真相的時候。他離開臥室去倒酒，我從他的褲子口袋掏出錢包。等他回到房間，我已經穿戴整齊、準備走人。我編了個故事，說我有個朋友醉倒在酒吧。他不怎麼介意，只是送我到門邊。沒有吻別，什麼都沒有。他沒有得到第二發，所以很失望。我有時會想，如果我沒有發現皮夾、如果那次我留下來做第二次，會怎麼樣。我覺得他很清楚自己想要什麼，而且會想辦法弄到手。」

蓋柏從他的手機抬起頭，看起來憂心忡忡，似乎沒有受到那個故事影響。蘿絲覺得這故事很可怕，而且與希薇亞・艾密特的故事神似到詭異的程度。「我可以傳幾張楓木街上的公寓照片給妳嗎？如果我們馬上過去，或許妳可以告訴我們哪一棟看起來像他家？說不定妳記得是哪層樓？」

接著是一陣長長的沉默。

「喂喂？」蘿絲說。「妳還在嗎？」

「在啊，」金蜜嘆著氣。「我可以用我的電腦找到照片，應該可以幫你們找到那間公寓。不過老天，別跟他說我們談過好嗎？我不想要他覺得我走出那扇門之後還花任何一秒鐘思考他這個人，我討厭這樣。」

「當然沒問題，」蘿絲說。

「你們找到正確的大樓後找2L號。我都還記得。L代表『騙子（Liar）』。」

31

洛菈
第十次療程，兩個月前，紐約市

洛菈：我一直在想你說的事，你說我想要修復過去的某個人。

布洛迪醫生：是的，我記得有這麼說過。

洛菈：這是指我父親對嗎？女孩愛上的第一個男人。

布洛迪醫生：而且那個人也會愛她，那個人會讓她了解自己值得被愛。

洛菈：我明白了。不過壞掉的不是我父親，而是我母親。他劈腿，為了別的女人離開她。她總是在哭，總是滿心憂慮，而且掩飾得不太好。她以前會在廚房講這些，會向華勒斯太太哭訴，或者告訴任何她能找進屋裡的人。

布洛迪醫生：有些時候，事情不只是表面上那樣，尤其是那些發生在我們小時候的事。我們的記憶並非停滯，也不是現實生活的倒影。有些時候它們根本不是事實，而是我們需要相信的虛構情節，幫助我們理解這世界。

洛菈：你是要說我父親不是壞人？母親也不是受害者？

布洛迪醫生：妳跟我說過一個妳偷聽到的片段。那是妳父親離開那晚跟妳姊姊說的話。妳的故事裡只有這段聽起來不對勁，那句話很特別，所以妳告訴了我。

洛菈：我靠在門上偷聽。蘿絲很氣他要離開，對他大吼大叫，然後他對她說了那句話，我很確定接下來的發展，他說：「妳們的媽媽也沒那麼無辜。」

布洛迪醫生：洛菈，一定有出過一些事，而且沒人告訴過妳或蘿絲。我在想，妳雖然還小，卻已經明白妳父親才是壞掉的那個人。

洛菈：我試著把他修好，他就會愛我，是這樣嗎？這一切都是從我父親身上學到的嗎？

布洛迪醫生：洛菈，差不多都是這樣的。女人追求不會愛上自己的男人，拒絕那些能夠、也會愛上她們的人。

洛菈：我覺得我現在更痛恨他了。

布洛迪醫生：不，妳不恨他，而且妳需要找出原因。

32

洛菈

前一晚，星期五半夜十二點，康乃狄克州，布蘭斯頓

「說到宿醉啊——」我對強納森．費爾汀說。

我穿戴整齊，卻仍覺赤裸。這是蘿絲的洋裝，我討厭洋裝，我討厭空氣接觸雙腿的感覺。那樣偷偷摸進裙擺下方，隨它們心意想爬多高就爬多高，有時風甚至一路灌到袖口。我討厭自己光腳，討厭垂下的髮絲落在我臉旁，黏在我脖子後方。

此時此刻，太多事物令我厭惡。

我們站在廚房流理臺兩側，強納森遞給我一杯蘇格蘭威士忌。我離門口很近，包包就在眼前；我的鞋脫在狹窄的玄關，但暫時沒看見，大概是收進鞋櫃了吧。如果想從鞋櫃裡找出鞋來一定會拖上更久，他就有更多機會闖進我的思緒。無所謂，我不用穿鞋也能回家。

回家，我想著。我想到蘿絲和喬與梅森，想著閣樓裡我舒服的窩，我想躲進蓬鬆的毯子之下。

回家，我又在心裡默念一次。只是那裡不是我家，是蘿絲、喬以及梅森的家。而且我就是在那閣樓裡找到第三張字條，說到底，依舊不是真正的家。

我沒有家，事實如此。但我還是不想在這裡多待上一分鐘。

我接過那杯酒，大口吞下。

「宿醉還好嗎？」強納森問，他微笑著，彷彿我們是情侶。技術上我就先假設我們是吧。我雖然用了那些詞：情侶、回家，但這都只是文字，愚蠢又無意義的文字。

「還好……」我說。我嚥下憤怒，將之化為勇氣。「比起灌下更多酒精，我想我的處理方式聽起來更有醫學根據。」

「喔？」他問。我看見一絲擔憂。

強納森，很好，這下換你擔心了。

「我想正好可以來點止痛藥。真幸運，我找到了幾顆！」我一派雀躍。

他似乎鬆了口氣。「太好了，我家沒有很多藥，我不太喜歡，而且我也很久沒生病了。老天，我前妻以前什麼都備著！」

「你提到她還真奇怪。」我說。

「我前妻嗎？對不起，我們都一起過了夜，我這樣好像有點沒神經。」

我研究著他的眼神，他也仔細看著我的眼睛。他在尋找線索，想知道我在想什麼。關於這點我可是占上風，因為我清楚得很。

我抬起左手，掌心向著自己，手指上那個閃亮的金色指環正對著他。

「你回家前有想過要把這個戒指戴回去嗎？」

強納森愣住了。他身體太過僵硬，我甚至考慮是否該檢查一下他脈搏。他整個人彷彿被泡進液態氮，徹底僵住。

我一語不發，什麼都沒做。

憤怒令人有決心，決心使我更強壯。我已經有很長一段時間不覺得自己強壯了。如果說我不喜歡這樣，那我就是個騙子，就像強納森．費爾汀。

「洛菈……」他終於開口，不過只講得出這兩個字。

我拔掉手指上的戒指，擺到流理臺上。

「事情不是妳想的那樣。」他說。終於解凍的臉看起來很絕望，但不後悔。他的表情中也看不見罪惡感，這使得我的困惑就這麼脫出牢籠。

「我知道今晚妳注意到很多。妳真的很客氣，都沒提起。妳相信別人，又樂於交談，我覺得自己真是個徹頭徹尾的混蛋……」

「你的車。」既然他自己起了頭，我就說了。

「沒錯，那輛豐田看起來很有八〇年代風，不過那是新的。」

「你的工作……」

「又說中了，我不在布蘭斯頓上班。四十歲又離了婚的避險基金經理人如果能在曼哈頓工作，誰會來這裡？妳又猜對了。」

「公寓裡什麼都沒有、酒吧裡那個女人……」

他別過頭，喝了一大口蘇格蘭威士忌，接著把酒杯放回流理臺，拿起戒指把玩。

「酒吧那個女人就是我說的那樣，她瘋狂跟蹤我，幾個禮拜前我不再跟她出門約會，她就跑去騷擾我的前妻。這件事是真的。」

「以及……」

「這間公寓很新，夏天快過完我才搬進來。」

太多新訊息讓我頭暈腦漲。他承認了，卻沒有解釋，而且還迴避其中最大的疑問，那個疑問占據清單首位：戒指，還有空空如也的公寓。那枚該死的婚戒就藏在一罐止痛藥裡，就在他會帶別的女人進來的公寓中。

我們之間出現隔閡。空有事實而缺乏結論，空有事實卻不見真相。這張拼圖缺了重要的幾塊，結果一切都變得含糊不清。我的決心開始消融，力量正在消退。

「我沒辦法，」我說，眼淚一下子湧上，緊接著是大聲啜泣。斷續的句子飛竄而出，彷彿小小的玻璃碎片那樣劃傷了我。「你結婚了！」抽泣。「你每件事情都說謊！你現在就在說謊！」抽泣。「不管你說了什麼，我不會知道其中有多少是謊話，因為你會摻雜一些事實。承認一些小事不會怎樣，反而會讓你顯得很可靠，畢竟你大可不必傷害自己的形象，說些對自己不利的事，對吧？我知道這是怎麼回事！」抽泣。「我之前也碰過這種人，還是技術非常高竿的人……比你還厲害！」

看到我陷入歇斯底里，強納森開始有了表情。憤怒猶如融成液體，緩緩從我身上湧出。我知道他看得出來。

「你怎麼能這樣對別人？這太殘忍！這太他媽的殘忍了！」

那是我從布洛迪醫生身上學來的詞彙，是我並不熟悉的兩個字。

妳看不出他有多殘忍嗎？

他說的是另一個騙子。另一個我努力想讓他愛上我的男人，那個在我腳邊流血而死的男人：米契．艾德勒。他是個騙子，非常非常殘忍的騙子。

凱文，我看出來了，我看出那有多殘忍……

「等一下！」強納森說。他離開流理臺，倚著冰箱，正好是我們之前的位置。

「今晚一切都發生得很快，快得我們兩個都沒料到。我的確說了幾個善意的謊言，因為我想認識其他人。但這跟殘忍還差得遠了……甚至……說實話妳是大錯特錯。」

此刻輪到腎上腺素登場，我的怒氣轉為恐懼。到底是怎麼回事？他是在掩飾什麼嗎？還是我又來了？

她會小題大作，很難喜歡她。

「可以讓我解釋一下嗎？拜託妳了，就當幫我個忙？」

我抹抹眼，屏住呼吸。如果憋氣憋得夠久，或許真的會死呢。

「好吧……我打算從頭開始。可以嗎？喝口酒吧。」

他沒有靠近我，而我希望自己可以挪得更遠。

我拿起酒喝了一口。酒精剛進入血管就被腎上腺素抵消。

「妳已經知道我是來自波士頓。」

「你母親真的死了嗎？」我衝口而出。如果要從頭來過，我必須知道他說的所有謊話——每一個都要。

「是的。都是真的！那個淹死的男人、我姊姊、父母，以及我怎麼認識我太太，這些都是真的。而且我們也真的搬去了紐約，真的住在這裡。她繼續住在黑莓大道上那棟房子，位置很北，靠近西邊。我不懂她怎麼會想住在那兒，不過她竟然真的喜歡。總之，那都與我無關。我恨那間房子，我恨通勤。」

「所以你真的在紐約上班？」

「對！我在紐約上班，公司的名字是克雷奔金融，小型避險基金。總公司在波士頓，紐約和倫敦都有設辦公室。我離婚後沒有繼續住在這裡，這一點妳倒是說對了。我搬回波士頓，在那裡上班，跟父親住了一陣子。我很心碎，真的是傷透了心。我依然愛她，而且我們曾經那麼努力。我很想要回那個家。」

「所以這就是你說的頭一個謊？你說你一直待在這一帶？」

「對，那是第一個謊。」

我喝完我的酒，裝出滿腔憤慨。哈！他承認自己說了謊！而這個謊是那麼的不重要，只是小嬰兒等級的謊。這個嬰兒等級的謊並不殘忍，也不是故意的。

「好吧，」我說。「你繼續……」

他繼續講，我能看出他的舉止在轉變，他知道他搞定我了，接下來只會有更多嬰兒等級的謊話，真是可愛的謊言幼稚園。

「六個月之後，他們請我轉調回來。他們想在布蘭斯頓設立辦公室，有幾個資深合夥人的家人住在這兒。這裡的生活步調比較舒服。他們要求我過來負責管理辦公室，說一年就好，接下來我可以自己選擇是要待在這裡、在紐約上班，或者回波士頓。」

「你才剛搬回來，所以這裡才沒什麼家具。」

「沒錯，我搬回來才過了七週，所以我也不認得市區的路。還住在北邊時我從沒去過港口，我在飯店待了四週，公寓住了三個禮拜。這裡是暫時轉租，不是正式買下——誰知道我會留多久呢？我無法決定該怎麼做，是要搬去紐約好，還是回波士頓，再加上我總是在工作……」

「那輛車……」

「借來的。我真的有BMW，不過車在店裡，他們讓我先開他們的車，所以我這個禮拜都開這輛。我應該一開始就講的，不過妳沒問，我也不想就這麼講出來。」

老天啊……我需要布洛迪醫生，我需要凱文。我該怎麼釐清自己能相信什麼？是，我已經加強了自己的覺察力，只是我向來不懂如何處理這些訊息。這一切都太輕易，太完美，而且都說得通，就像二加二絕對等於四。

「那枚戒指。」他忽然提起。「那是最後一個問題嗎？」

「暫時是。」我說。我想露出洋洋得意、自以為是的臉，但我只不過揭穿了些嬰兒等級的謊話。

「我所擁有的一切都放在這棟公寓大樓。我可以帶你去看地下室的儲物箱，箱子裝著冬衣、照片與相簿。我擁有的一切都是成年後的我獲得的，其中也包含我太太，至於小時候的東西都放在父親家。至於該怎麼處理這玩意……」他又把玩起那枚戒指，我盯著他，後悔自己那樣憤怒，同時又渴望那只戒指代表的意義。

「我不能把這個丟在地下室。我不希望被人偷走，但也沒有保險箱。我忘了在哪裡讀到，說貴重物品藏在藥瓶比藏在襪子裡好，我才會放在那裡。我沒想到會有其他人在身邊……至少不是像現在這樣。我竟然讓人覺得頭痛。」

他想要表現得討喜。我不知道自己喜不喜歡這樣，甚至沒辦法確定那是不是真的。

但有個訊息明顯又清晰。

他想要我留下來。他想要我相信他。

他大可以聳聳肩，讓我就這麼衝出門。或許他擔心又會有新的跟蹤狂，或擔心失去我們之間的那點什麼。

有人對我說拜託妳了，有人在我失去理智前跟我說明一切。我的怒氣轉了向，開始對自己生氣。我氣自己如此無能。

「洛菈，」他回到流理臺邊，「我知道妳可能很想離開，有些事實聽起來似乎太過順理成章。不過妳離開前可以幫我一個忙嗎？我保證之後就會陪妳走回車子那裡。」

我沒說好，也沒說不好，眼淚又在眼底蠢蠢欲動，抽泣聲鯁住喉嚨。我一臉傻樣，站在原地搖著頭。

「好，我先回房間拿一下筆電，等等就用Google徹底搜尋我和我前妻外加我公司，我也有BMW的店家寄來的電子郵件。妳願意陪我嗎？妳會讓我證明給妳看嗎？」

現在又是怎麼回事？誰來告訴我……

此時門鈴響起，我大驚失色地往後一跳。我們對看一秒，他眼睛一亮。那又大又圓又閃亮的眼睛。

「披薩到了！」他說起話活像個小男孩，興奮地拍著手。

他繞過流理臺，經過我身後，把門打開。

33

蘿絲

現在，星期六早上十一點，康乃狄克州，布蘭斯頓

蘿絲跟著蓋柏前往楓木街。她上網搜尋了照片，蓋柏把照片傳給金蜜．泰勒，金蜜認出照片上的大門，而蓋柏知道那是哪棟大樓，她則確定門牌號碼是2L。她說「L代表騙子」。

這段期間喬打來三次，但蘿絲還無法跟他說話，現在還不行，還不是時候，他們已經快找到洛菈了。於是她在簡訊上撒謊：我去一趟警察局，然後就回家。假使她告訴他這棟大樓的事，他肯定早就趕來現場。只不過她無法確定他是為誰而來——是她？還是洛菈？幾小時前她才不會在意答案，可是現在一切都變調了。

他叫喬……

蓋柏走得很快，她衝下車，趕上蓋柏的腳步。

「我叫了警察，」他說，「我告訴他們在這裡會合。」

蘿絲走在他旁邊，試著跟上步伐。「他們怎麼說？」

他們在大門前停下，蓋柏拿出手機看看照片，再看著大門。「就是這棟。」他說道。

「他們會過來嗎？」蘿絲問道。「警察會來嗎？」

蓋柏點頭。「會啊。」

「他們怎麼說？你是對昨天來過的警官說？」

「康威，我跟康威說的。他說叫我們在大樓外面等。」

接著蓋柏帶著詢問的表情看向她。

「誰要等！」蘿絲回答。

「我同意。」蓋柏想拉開大門——鎖著。入口右邊的嵌版上有一整排黑色按鈕，蓋柏一個一個按下，直到聲音傳出來。

「你好？」有個女人說。

「UPS快遞，」他說。

「亞馬遜的嗎？」那個女人問。

「對。」蓋柏回答。

嗡鳴聲緊接著響起。

蘿絲拉開門衝進去。

「太誇張了。」她對蓋柏說。他緊跟在她身後。

「妳才知道。但我想就是因為這樣，大家才住在這裡吧。這裡的人都可以信任。」

他們兩人沒有說話，安靜走上二樓，順著走廊跟隨地上的英文字母前進。他們來到2L門口，蓋柏抓著她的手臂，先攔住她。

他的手指壓上嘴唇，要她先別出聲。

「怎樣？」蘿絲低聲說。

「等一下好嗎？妳都沒睡覺，也沒吃東西。我們得思考一下，應該要想個計畫。」

蘿絲很清楚自己的模樣。在紐約的那個飯店旅館，她看過自己映在窗戶上的倒影，車上後照鏡裡又看了一次。洛菈可能就在這扇門的另一邊，可是在她搞清楚情況之前什麼都不重要了。

忽然間，主導一切的人變成蓋柏，就像他們還小的時候由喬帶頭。而今喬不在現場，所以蓋柏補上空缺，他負責思考，並執行計畫。感謝老天，因為上述兩件事目前的蘿絲都做不了。可是沒有任何事物能阻礙她，她就是要進入這間公寓，找到她妹妹。

蓋柏整理了一下可能的情境。

「要是他應了門，但她不在呢？要是他說謊，宣稱自己根本不知道她是誰呢？要是他說他們喝了杯酒她就離開了呢？」

他們在走廊上站著，而他鎮定地陳述事實，蘿絲卻無法冷靜。

「我不知道，蓋柏！只是我一定得進門！」蘿絲感到自己臉漲紅。她頭很暈，而且不知怎麼難以保持冷靜。「我必須進入這間公寓！我必須搞清楚妹妹出了什麼事！」

這時電梯門開啟，電梯的聲響讓蘿絲和蓋柏回頭望。皮爾森和康威警官走出電梯，見到他們站在走廊上。

蘿絲跑向他們，拉住皮爾森的手臂，拖著向前走。

「他就在這裡！」她說。「跟我妹妹在一起的男人——他住在這間公寓裡！」

「好的，費洛太太，」就算只是說出她的名字，皮爾森也一副紆尊降貴的姿態。蘿絲還拉著她的手，感覺像扯著沉重的屍體。

「就是他！他叫愛德華．里多，不過他說謊，每次用的名字都不一樣。他已婚！又有小孩！他就是在這裡跟網站上認識的女人約會。」

蘿絲聽得見自己在說什麼，她知道自己聽起來很瘋狂，也知道自己看起來很瘋狂。她可以從每個人——皮爾森、康威和蓋柏——的表情看出來。

她也知道蓋柏在等，等她對警察吐露這故事的其他部分——幾張威脅字條、洛菈在紐約跟她的心理醫師上床。那個心理醫師同樣結了婚，有孩子，而且死了。

不過他們來到門口，她便阻止自己說出口。她看著蓋柏，確定這些事他一個字都不會提。這只會讓他們注意力被分散，他們應該專注在這個劈腿又對女人很糟的恐怖男人身上，而不是她妹妹。

如果他傷害洛菈，如果洛菈對他展開報復……噢我的老天……然而蘿絲只覺得他是罪有應得。

皮爾森看著康威，等他指示。

康威說：「聽著，我們沒有這間公寓的搜索票，甚至沒有可靠的理由去申請。我們是可以敲敲門，問幾個禮貌的問題，但只能做到這樣。」

蘿絲感到自己瞪大了眼睛，空氣刺痛雙眼。她的嘴巴乾到不行，頭陣陣抽痛，胸口有一聲尖叫亟需得到釋放。

她兩三大步走到門口，捶起門板。

「洛菈！」她大喊。「洛菈！」

康威移到她身邊，「夠了。」他走到她前方擋在門前。

「里多先生，」他重重敲門，一邊說道。「我們是警察，只是要問幾個問題。」寂靜在走廊上蔓延。康威的耳朵貼上門板，站到門邊。他示意皮爾森拉開蘿絲，她聽話照辦，隨後才明白他們正在清空走道，以防有人從門板內側開槍。

康威又敲了一次門。

還是沒人回應，沒有聲響。

「踹開門！」蘿絲來來回回看著警官和蓋柏，「你們這是怎麼了？洛菈可能就在裡面！」

康威從門邊退開。「我們沒有搜索票，不會踹開任何一扇門的。」

蘿絲接著盯住蓋柏，非常渴望他伸出援手。他們本來就不該叫警察。如果只有他們兩個，蓋柏總會找到方法闖進這扇門。她知道他會。

皮爾森收到簡訊。「等等喔，」她打開訊息，並對他們說。「嗯，這間公寓租給一間公司。有人正在想辦法聯繫他們，確定住在這裡的人的身分。」

「一間公司？怎樣的公司？」蘿絲問道。

「合資有限公司，可能是不動產控股公司之類的。」

大家都想讓蘿絲冷靜點，可是她不想冷靜，她只想進那間公寓。

蓋柏對她說明。「蘿絲，很多人都會這樣。為了節稅或者控制負債，成立有限公司不需要什麼成本。」

「我就知道，他想偷雞摸狗！他想瞞著太太。難道我們找不到跟這間有限公司有關的人嗎？」

「我們也正在查。」皮爾森說。

蘿絲回頭看著2L公寓的門口。他們想要分散她的注意力，說什麼正在查，根本是在拖時間。

「管理員呢？」蘿絲問。「或許他會放我們進去！他不是會有鑰匙嗎？」

「費洛太太，那跟破門而入沒兩樣。我們沒有足夠的疑點提出這種要求。只要拿到住在這裡的人名，又能確認你妹妹週四晚上是跟他約會，我們就能申請搜索令。」

「那要花多久？幾天？一個禮拜？我妹妹週四就失蹤了啊！」

皮爾森瞥了康威一眼，後者點點頭。

「怎麼了？」蘿絲問，他們有所保留。

「我們拿到了通聯紀錄，今天早上。我們打去妳家跟妳先生說了。」

「我整個早上都不在，他什麼都沒說呀！你們為什麼不打我手機？」喬沒跟她說這件事？蘿絲真不敢相信。話又說回來，她也沒接他打來的電話。

「我們以為他跟妳提過了，他沒說妳不在家。妳上哪去了？」康威問。

蘿絲試過了，但她無法鎮定，這全都說不通。

「我開著車到處繞，我在找妹妹。」她說謊。蓋柏看了她一眼，但她不管。她本來就是這麼做：開著車去找洛菈……他們又沒問她去了哪裡找。「你們發現了什麼嗎？她的手機裡——」

「最近幾通電話屬於某公司，紐約的金融投顧公司。」皮爾森回答。

「你們能拿到那間公司的員工姓名資料嗎？老天，你們難道看不出其中關聯嗎？這間公寓租給某間有限公司，那支電話登記在紐約公司名下。這人不想留下痕跡，他不想被找到。」

「我們正在追查這兩間公司，試著找到可以提供訊息的人。」

「你們不會是要告訴我得等到週一吧？週末還是別打擾任何人，畢竟才過了一天半，她可能只是跟他去過週末，是不是？你們因為害怕，不敢把事實告訴我這個抓狂的姊姊？」

回答的人是蓋柏。「蘿絲，不是這樣。這些事情需要時間去查。」

「那她通聯紀錄上的其他電話號碼呢?」

皮爾森又拿出手機,她叫出掃瞄紀錄。

「在這裡,妳自己看看吧,」皮爾森把手機遞給她。

蘿絲抓過手機,眼睛掃過電話號碼。她一邊碎念著自己的想法,一邊辨認這些號碼。917-28……那是她之前的公務手機……212-23……這是公司的市話……她往下滑,模糊的視線繼續看著……203-55……

她倏地停止,盯著最後一個號碼,接著開始數,一面滑動螢幕一面計算看見那組數字幾次。203-55……

「你們有辦法拿到簡訊嗎?」她問。

「我們今天早上應該會收到,晚一點吧。這裡有妳認得的號碼嗎?」康威問道。

有扇門打開,所有人都轉過頭。那是2M,就在愛德華.里多的隔壁。

一名中年女子牽著頭小型犬走了出來,因為發現門外站著警察,她猛地停下腳步。

「怎麼了嗎?」她問道。

康威露出客氣的微笑,問道:「沒什麼。妳認識住在2L的人嗎?」

「愛迪嗎?我認識啊。」她說話時翻了個白眼,不過接著就有點擔憂。「怎麼啦?他惹麻煩了嗎？」她問道。

「不是，我們只是在找人，那個人他可能認識。」

「是女人對不對？」

蘿絲差點跳起來，蓋柏兩手抓著她的肩膀，把她拉住。

「星期四晚上嗎？」這個女人似乎很清楚那人的行程。

皮爾森看著康威，後者全副注意力都放在這位鄰居上。

「沒錯，應該是星期四晚上，妳看到過什麼人嗎？」

「不，我不會見到他們，但可以聽見。我每個週四都能聽見他們——這樣你們懂了嗎？」她一副很樂的模樣。「只不過，如果你們想找他，那他不在。週末他都不會在，大概是跟工作有關吧——我認為他在這裡上班，但另有住所，平常日就是偶爾回來。我會幫他把郵件拿上樓，所以有一把鑰匙。大多是廣告垃圾信，我們的信箱很小，一下子就滿了，管理員會很氣的。」

蘿絲在發抖。就是那個傢伙！肯定是他！週四晚上，還有女人。

「妳能幫忙開門嗎？」蘿絲問道。

那個女人還沒能回答康威就打了岔。「這沒有必要……」

不過女子已經朝著2L走去，邊走邊找鑰匙圈上的鑰匙。

「我無所謂啊，」她說。「今天是星期六，他不在。」

此刻蓋柏終於出手相助。「我們進屋沒關係吧，」他對著警官說道。「他給了鑰匙，就代表同意，而且我們也不是警察……」

蘿絲甩開他的手，衝過去站在鄰居身後，看她把鑰匙插進鎖孔。皮爾森和康威沒有動作，他們無法阻止她或蓋柏進入那間公寓。

鄰居開門走進去，彎下腰撿起幾張塞進門縫的廣告傳單。但蘿絲已經越過她身側，大喊妹妹的名字：「洛菈！」

蓋柏也進了公寓。「我們可以到處看看嗎？」他問著鄰居。

蘿絲感覺得出來這位鄰居已經開始懷疑自己的決定，想著是否不該放他們進來。她知道他們不只是在找這位鄰居的朋友。

「就一下，動作快點好嗎？」她說，語氣有點緊張。

「洛菈！」蘿絲衝進客廳，飛快到處張望，她看了臥室、浴室、櫥櫃與敞開的房門，又喊了那個名字。

「洛菈！」

蓋柏靜靜站在門口，身旁是那位鄰居和她的狗。蘿絲盯著他們看，同時思索著目前所知的訊息。這應該要能解釋一切才對：找到認識這個男人的女生、搞清楚他住在哪兒。因此她才來到這裡，這間她妹妹造訪過的公寓（或許那不過是幾個小時前），但是這裡什麼都沒有。看不到妹妹來過的痕跡，沒有掙扎跡象，水槽裡甚至連個玻璃杯都沒有。

「清潔公司週五會來，」女人說。「你們想知道公司名稱嗎？」

蓋柏說了句話，女人也回答。她拿出手機，他也拿出手機。可是這一切都無所謂了，假若清潔公司的人發現有什麼不對勁，他們一定已經報警。如果他們不覺得有什麼不對，應該就會打掃乾淨、消除痕跡，所有跟她妹妹有關的證據早已消失。

「蓋柏！」蘿絲哭了出來，眼淚刺痛乾燥的皮膚。

那個女人站在敞開的門邊。「我覺得我應該鎖上門，」她說，「我有愛迪的電話號碼，可以幫你們打給他……」

蓋柏走到蘿絲身邊，緊緊抱住她。「沒事，」他說，「這是好消息。妳看，什麼事都沒有……什麼事都沒有……」

蘿絲抬起頭，對上他的視線。「有個電話號碼，」她輕聲說，「就在通聯紀錄上……這幾個禮拜以來，這號碼打給她又傳簡訊給她，出現了好多次……」

「哪個號碼？」蓋柏問。

但答案鯁在她喉中。

「蘿絲！是哪個號碼？」他再問了一次。

「喬的號碼。那是喬的號碼。」

34

洛菈

第十二次療程，兩個月前，紐約市

布洛迪醫生：洛菈，冷靜點。我沒看過妳這樣……

洛菈：不！你必須告訴我！現在就告訴我！立刻！

布洛迪醫生：這很複雜，我希望妳先有心理準備……

洛菈：凱文，我們早就經歷過那個階段了。我必須知道。你直接告訴我！不要再把我當成患者！

布洛迪醫生：洛菈……這麼說不太公平。

洛菈：你說過，我這麼對待自己是因為想證明一件事。你說我會知道那是什麼意思，我一直想要證明的到底他媽的是什麼……

布洛迪醫生：好吧，總之妳冷靜點。妳好像很煩躁，妳怎麼會提起這件事呢？

洛菈：快、點、告、訴、我！

布洛迪醫生：好吧。妳找上那麼多不會愛上妳，可能也無法愛上任何人的男性，妳想知道自己打算證明什麼嗎？妳為什麼要奉上自己，讓他們闖進妳的思緒、內心和身體？妳想知道為什麼嗎？

洛菈：你就直說吧！我為什麼會做出那些噁心又亂七八糟的事？而且你認為這顯然不值得賠上你純潔的自我意識，是不是？

布洛迪醫生：沒有人能夠愛妳！

洛菈：你說什麼？

布洛迪醫生：妳一而再、再而三想證明這一點，這樣妳就能繼續覺得自己很慘，妳一直都這麼想……這麼一來妳就可以不斷重蹈覆轍，到死都不需要改變，不必有所行動。洛菈．洛克納，就算妳為男人奉獻一切，他們也不會愛上妳，因為沒有人能夠愛妳。這樣妳滿意了嗎？這樣妳明白了嗎？

洛菈：天啊，凱文。

布洛迪醫生：不過這不是真的，從來就不是真的。我想讓妳明白這一點！妳不停想要證明的真相其實是假的，會有人愛妳。我愛妳，洛菈。我愛妳。

洛菈：凱文……

布洛迪醫生：告訴我發生了什麼，告訴我妳為什麼這麼不開心。

洛菈：我不能，我承諾過。

布洛迪醫生：妳跟誰承諾過？

洛菈：我的姊夫，喬——我跟喬承諾過了。

35

洛菈

前一晚，星期五凌晨一點，康乃狄克州，布蘭斯頓

強納森吃著披薩。他沒用盤子，也沒拿餐巾紙，就直接站在流理臺邊。他從冰箱深處挖出啤酒，分成兩杯，一杯給我，剩下的歸他。

他吃披薩喝啤酒的模樣彷彿世上沒有任何事比肚子餓更要緊，接著滿足地呻吟出聲。

「噢我的天，」他說。「深夜吃披薩真的太棒了。」

我跟他一起站在流理臺邊，可是我吃不下，單是焦慮就夠我飽的了。

我喝了啤酒。

「我很抱歉。」我說。

他看著我，聳聳肩。「別擔心，我明天會吃掉剩下的那些。」

「我不是在說披薩，是其他的事。」講到其他的事時我想了一下，渾身一顫。

其他的事就是：第一，我在他的車裡嚇壞，跑進公園。第二，我黑暗扭曲的過去被揭露。第三，引誘他。第四，在他的廚房裡嚇壞。以及第五，莫名指控他犯下許多罪狀。

他苦笑著看我。他太可愛，我無法抗拒。他的襯衫沒紮，袖子捲起，領口兩顆釦子沒扣。我弄亂了他的頭髮，手指穿過他的髮絲。我想再來一次，我想碰觸他的頭髮、胸膛、後背和臉龐。我的思緒反覆，想法不時改變，得不出結論。最終我覺得暈眩，也感到疲憊。我想要倒進他的臂彎，傾訴一切，直到睡去。最終，我不再思考。

「我有點喜歡其他的事。」他趁著吃東西的空檔表示。「我比較喜歡其中一部分，不過生命就是如此，不是嗎？」

他的和善令我難以置信，我真的相信他。我逼自己吞下疑慮，不想重蹈覆轍，再也不想了。而且我也無法這樣反覆思索下去了。

「我可能是太快開始約會了吧。」我說。我正在進行傷害控管。如果他將我剖開，看見我的腦袋裡在想什麼，大概會把我攆出去，把門鎖起來。

「你是說那次慘烈的分手之後嗎？」他問。

我點頭說是，但也不是。「不只那樣。那個夏天讓我學到一些教訓，關於我，還有我的童年，我還在消化整理。」

他把一塊餅皮丟回盒子，又拿了一片披薩。「既然技術上而言這是我們第二次約會，就說來聽聽吧！把一切都告訴我，」他說。「告訴我妳今年夏天學到了什麼？還有什麼事情妳還沒辦法消化完畢？」

我靠著流理臺，光裸的腳穩穩踩在地板的合成地氈上。

「我爸，但其實也跟我媽有關。」

「妳說妳爸外遇，為了別的女人離開妳們，妳有十六年沒見過他了，對嗎？」

「我們應該去他家過週末，每個月北上波士頓兩次，蘿絲到十七歲還會去，但我拒絕了。我知道我這麼做會讓我媽開心，而且迪克也從來不催我。至少其他人是這麼告訴我的。妳爸說，如果妳想要可以去他家，但不是非去不可。我覺得如果蘿絲拒絕，狀況應該就會不一樣。」

「怎麼說？他比較愛她嗎？」

我看著他，滿心好奇。這個問題雖然正中紅心，但也挺恐怖。我喜歡強納森這麼聰明又這麼誠實——沒錯，我認為他很誠實。

他自己提議讓我在網路上搜尋他的資料，讓我看那封電子郵件。然而我今晚造成的破壞已經夠多，我明天會有時間的，我將有一整天的時間。因為蘿絲會偷偷摸進我房間，確定我沒事，門板和地板會一同嘎吱作響，她會把我吵醒。她控制不了。

「對，」我也大膽回答。「他比較愛她。我最近才有辦法承認這件事，因為我需要證明，我需要看到證據清楚明白地放在眼前。」

接著我跟他說起那張照片，就出現在我媽寄給我的箱子裡。我媽搬去加州，打包了我舊房間裡所有的垃圾：塑膠獎盃和獎牌、美術作業、從夏令營寄回家的信，以及照片。

「我設成螢幕保護程式。」我告訴他。

他不吃了，靠上我身邊的流理臺。「等等喔——妳從那個箱子裡挑了一張照片，可以清楚看見自己小時候一臉悲傷，而妳之所以傷心，是因為知道爸爸比較愛姊姊，然後妳把那張照片放在天天都得盯著看的地方？」

我輕輕笑了，他說的沒錯。這很荒唐，不過也很合理。

「我不想忘記自己的表情。我想看看自己是怎麼看鏡頭後的父親，心中一清二楚自己在想什麼。」

「這太恐怖，」他說。「太令人傷心了。洛菈，我覺得很難過，我是說真的，我無法想像爸媽不愛我。雖然我姊和我都抱怨過我爸媽是很糟的家長……」

「你練完足球後是不是都要等很久媽媽才會來接你？」

「每次！妳怎麼知道？」

我們都笑了。

「就算我們嘴上抱怨，但從沒懷疑過他們愛不愛我們。」

我暗忖，那是多麼正常啊。這世上多數人都認為這是理所當然，但他們其實很幸運。

我也發現自己難以想像那個情景。

「我很為你開心，」我說。「也為蘿絲開心。」

我繼續說，說起那些布洛迪醫生教會我的事。我總是挑中不會愛上我的男人，這樣一來就能重複過往。我渴望熟悉的感受，渴望終於有機會變得夠好，好到可以修復對方，讓他愛上我。我還發現自己就是這樣對待米契．艾德勒。

有一天，我突然有所領悟。那時我在偉斯特飯店，躺在凱文．布洛迪醫生身邊。我們剛做過愛，我覺得有人守護我，我很安全。我們聊過這些事，我卻忽然明白，米契就是因此送命。

我沒有把布洛迪醫生的事告訴強納森，也沒提我是怎麼了解關於自己的這些事。

我沒有告訴他喬的事情，以及我們兩個之間的祕密。

我只說我懂了，而且因此覺得米契的事我也有責任。假使我們在樹林後面接吻時我就罵他下地獄去吧，假使我表現得跟普通女生一樣，他就不會在那輛車上。

強納森突然安靜下來，我不禁緊張起來。或許是米契．艾德勒的事惹到他了。或許他不敢相信自己竟然跟我在一起，畢竟這個女人可能殺過人。又或者，這讓他想起中學的事，想起那個淹死的人。或者可能是因為其他事，一些我無法想像的事。而我的想像力可豐富了。

「妳懷疑我是不是跟他們一樣？」過了一會兒，強納森開口。「又是不對的人？」

現在輪我誠實以對。「我不知道你是不是，這就是最大的問題。就像知道自己有色盲人家卻問我樹上葉子的顏色。」

「所以妳搜查證據？像是春天還秋天？是楓樹還是橡樹？他為什麼開那輛小破車？」

我盯著自己光溜溜的腳趾，用點頭和微笑代答。

「如果這能讓妳覺得好一點，那我可以告訴妳我現在常常這麼做。我已經在那個荒涼的網站上約會了好一陣子，每個人都在說謊。妳必須看見那些沒說出口的句子，去找照片裡隱藏的線索。而且有時可能要碰面才會知道。」

「你也可以上Google搜尋他們——不過要祈禱他們用的是真名。」

「哈哈，」他說。「但妳也做了一樣的事，洛菈．『哈特』。」

沒錯，我也是。

「那我們現在該怎麼辦？」他問道。

「我不知道。」

他的手滑上我的背，拉我靠向他。我們倚著流理臺，身體靠在一起。他很溫暖，而且帶著奇異的熟悉感。

我伸手抱著他的脖子，臉頰貼上他的胸口，聽著他的心跳聲，覺得很安心。

然而接下來一切都不一樣了。

「我認為……」他說，沿著我的大腿往下摸，來到蘿絲那件洋裝的下襬，摸進布料底下，一路往上。

他對著我的耳朵低語。

「我認為我們應該再打一炮。」

他的聲線低沉又駭人，使我的身體動彈不得。他扯著我的洋裝和頭髮，我的每條肌肉在他碰觸下變得僵硬。他以溼潤的嘴吻我的脖子，飢渴地品嘗著我，就像品味那片披薩。

現在是怎麼回事？這個問題完全無解，它探尋著原本該有直覺與理性的地方，然而如今那裡空無一物。

當他不愛我

這是我的缺陷，我的阿基里斯腱。我只能注視著眼前的證據。

他的和善上哪兒去了？誠實上哪兒去了？我才剛坦露出我的靈魂，告訴他這一切讓我感到多麼脆弱。因為男人都是未知數，因為我十分悔恨，因為多年前那個暴力的結果。

他又說了一次：「我現在就想幹妳。」我感到自己捏緊掌心，手指蜷起又僵硬，指甲陷進手心，握成一個拳頭。

他移開腦袋，而我睜開眼，看見包包放在流理臺上。我腦中冒出個念頭……我好像知道自己該怎麼做了。

快跑！

這或許沒有什麼。我知道。有些人就喜歡這樣，他們喜歡熱情的肢體動作與粗魯的言辭，但他不到一個小時前才溫柔地觸碰我，我們還進行了親密的對話。兩相對照下，我完全無法理解。

「我得走了，」我說。要講出這句話費了我一番工夫。那個悲傷的孩子，那個愚蠢的孩子，那孩子不想令他失望。

我好恨她。她都不聽我說話。

他沒有停，所以我再說一次。這次帶著怒意。

「我得走了。」

我推開他、抓起包包，撈著裡頭的鑰匙。強納森站著沒動，似乎很尷尬，可是我不在乎。我不在乎他是想要撩我、或展現性感、或什麼的，總之我必須離開。

「洛菈，」他說。「我很抱歉，我……誤解什麼了嗎？我以為我們很像。」

幹！我的鑰匙在哪裡？

我摸到一張紙，想起不久前的感受。後來我昏了頭，上了他的床，找到他的戒指。

這次我抓住那東西，抽了出來。它脫離皮包時似乎很沉重，鑰匙從對摺處滑落。強納森彎身撿起——我真恨他這樣。我恨他又這麼友善。好多好多恨意四處橫流。

強納森‧費爾汀，你到底是什麼人？

我打開那張紙條，它就跟其他幾張一樣。黑色墨水印出一句話。只不過這句話讓我更害怕了。這不是威脅，而是結論。

「那是什麼？」強納森說。「上面寫了什麼？妳的臉色白得跟鬼一樣。」

我抬起頭。我不需要再看一次，那幾個字我永遠忘不了，於是我盯著這個陌生人，直接念了出來：

你應該在還有機會時就離開。

36

蘿絲

現在，星期六下午一點，康乃狄克州，布蘭斯頓

警局裡，蘿絲跟在康威和皮爾森身後。蓋柏問過要不要陪她，但她需要他回家一趟，這樣才能調查愛德華．里多以及那兩間跟他有關的公司。

首先是租下公寓的有限公司，地址在**楓木街三六二號**。公司和大樓的地址相同。蓋柏說，他很確定這間公司只是開來承租公寓，以免必須掛里多的名字。

再來是名叫**克雷奔金融**的金融公司。有支洛菈打過幾次的電話號碼，那組號碼就登記在這個避險基金名下。洛菈打那支電話聯絡那人，就是她本來以為叫做強納森．費爾的傢伙。

蘿絲坐在小會議室裡，盯著洛菈手機的通聯紀錄清單。

皮爾森也在會議室裡翻閱早上的筆記。

年輕警官忽然抬頭問了個問題。「我以為你說過愛德華．里多是做營建業——幫人換窗戶對吧？這跟避險基金有什麼關係？」然而蘿絲只聽見旁邊的人聲，沒聽進對方在講些什麼。她掛念著其他事。

她一直盯著先生的電話號碼，計算著打過幾通電話、傳過幾次簡訊。努力回憶那些簡訊多的日子裡發生了什麼事，完全沒聯絡的幾天又是怎麼過的。她想找出規律，或許這樣就能解釋清楚，為什麼她先生和妹妹會從今年夏天開始聯繫。

皮爾森重複了她的問題，這次蘿絲強迫自己注意聽。

「我不知道，」她說。「或許避險基金持有那間窗戶公司，或許他在窗戶公司上班，又或者他真的是做避險基金的。這位金蜜．泰勒小姐知道一些事，但我沒細問。蓋柏會查出來的。他就是在做這個。」

皮爾森點點頭，閉緊嘴巴，又揚起嘴角，露出微笑。這是想表達同情的笑容，但蘿絲覺得這就跟之前一樣。有種紆尊降貴感。她不想要同情，她想要的是找到妹妹。

一條簡訊讓她的手機亮起。喬傳來的，問她是不是還在警察局。她剛剛是謊稱自己在警察局，只是現在她真的在這裡了。蘿絲盯著螢幕上丈夫的名字，忍不住想把手機砸向牆壁。

「我可以借一下洗手間嗎？」蘿絲問。她必須打給他報平安，否則他會一直傳簡訊來問。他終究還是逮到了她，她只是還沒準備好去面對。

皮爾森推開椅子站了起來。「我帶妳過去，」她說。

她們離開會議室，轉了個彎後，蘿絲聽見某個人的聲音（是男人），喊著星期四晚上之類的句子。

她加快腳步，走向聲音傳來的方向，皮爾森緊跟在身後。

她很快瞥了皮爾森一眼，後者正想把她拉回走廊。

「是他嗎？」她問道。她們走到一個大房間，有個男人正對著警佐大呼小叫。

「就是他！那就是愛德華．里多！」

皮爾森一手抓住她手臂，但蘿絲迅速將她推開。不一會兒她就站到了那個人面前——她和蓋柏在**覓愛**上找到那個人的照片，那個最後見到她妹妹的人。

「強納森．費爾！」蘿絲大吼。

她抓住他的手臂，皮爾森警官就在身後。可是那個男人甩開了她。

「妳在做什麼？」他質問道，驚恐地看著蘿絲。

過去兩天來的絕望潰堤，蘿絲失去控制，放聲尖叫。

「你是強納森．費爾嗎？告訴我我妹妹在哪裡！」她伸出手又想抓住他，他再一次推開了她。

「誰來幫幫忙！」他大喊。

「菲洛太太！」皮爾森試圖拉住蘿絲。她抓住她的手臂，固定到背後。不過蘿絲很強壯，所以再次掙脫。這次她用雙手往他胸口一推。他跌跌撞撞往後退。

「搞什麼……誰來阻止她！她攻擊我！」

「菲洛太太！」皮爾森大喊，從口袋拿出束帶，再次拉著蘿絲的手臂把她抓緊。「不要逼我把妳綁起來……」

此時康威警官出現。他趁皮爾森制住蘿絲，趕忙帶那個男人離開。

「就是他！」蘿絲吼著，想掙脫皮爾森的手。「就是他！他帶走了我妹妹！」她跌到皮爾森身上，皮爾森把她扶穩。

「噓……冷靜點，菲洛太太。」

「就是他……就是他……」蘿絲重複著這幾個字，但隨著那名男子消失在走廊，她的聲音也越來越微弱。

二十分鐘後，喬踏進同一間會議室，蘿絲就是在這裡細數他打了幾通電話，又傳了幾封簡訊給她妹妹。她坐在那裡不動，盯著自己交握的手。她沒辦法看他。

「天啊蘿絲……」喬謹慎地繞過小桌，跪在她身旁。「到底發生了什麼事？他們說妳在等候區攻擊了一個男人。」

「喬，就是他，那個強納森．費爾。不過那不是他真正的名字。星期四晚上他在兩條街外的公寓跟一個女人在一起——鄰居聽到他們的聲音。他跟洛菈一起。」

喬嘆著氣垂下頭。「好，所以妳攻擊他了嗎？他們正在問他洛菈的事，他想提出告訴。」

非常好。蘿絲心想。「我知道他對洛菈下了手，我感覺得到。她就在那間公寓裡！他只因為我想知道他做了什麼就打算告我？大家都瘋了嗎？」

喬碰了碰蘿絲的背。「好了好了，冷靜點。」

蘿絲猛地起身推開他。「我不要冷靜！這太扯了！他們應該帶一組法醫鑑識人員去那間公寓，他們應該審訊那傢伙，而不是問幾個禮貌的問題就走！你知道他對其他女人做了什麼嗎？他是個禽獸！」

喬盯著她在小小的空間走來走去。當下他是不會開口的，他知道自己說服不了蘿絲，她不會覺得自己搞錯，也無法接受他們認為她不能為發生在兩戶之外的事情不爽——那男人就在那兒。但這不代表他相信她，也不覺得她很理性。

「梅森在哪兒？」當她想起家中只有喬和兒子，立刻睜大了雙眼。「你怎麼安排他？」

「蘿絲！」喬的火氣上來了。「我打給柔依，簡訊裡都寫了。妳覺得我是怎麼安排他的？妳到底是怎麼回事？」

該死。他已經跟她說過柔依去了家裡。她知道自己應該道歉，但就是做不到。

喬看著桌上的文件，迅速掃過一眼，意識到那是什麼之後，又看了一次。

「電話通聯紀錄？」他小心問起。「他們查到了什麼？」

蘿絲看著他拿起那幾張紙。她用鉛筆在他的號碼上做了記號，他的手機和蘿絲之間的每次通話、每則簡訊，她都標上了灰色的小圓點。

那些註記沒有改變他的表情，可是她知道他看見了那些證據。

「蘿絲……」喬聽起來很懊惱。他放下文件，又抬起頭看著她。

「你們聯絡了好幾個禮拜，」她雙手抱胸。「你還去紐約找過她，去了她的公寓。還有那些晚上，你們一起熬夜到很晚，一起喝酒聊天，我在樓上都能聽見。我和我們的兒子一起躺在床上，心裡想你對她很好，我好開心。她心情差，你卻能讓她開心大笑。我從沒想過……我一次都沒想過……」

「妳在想什麼？」喬一臉困惑，「妳現在是在想什麼？妳以為自己發現了什麼？」

蘿絲感覺胸口一緊，彷彿就要掉下淚來，不過她沒有哭，只是累壞了。

她高舉雙手。「是這樣的嗎？」當她腦中轉過這個念頭，嘴巴也跟著提出問句。或許，打從洛菈的室友提起他的名字，她就一直想著這件事。又或者，她是在洛菈的通聯紀錄上看見他的電話才開始這麼想。不過無所謂了，反正她已經開口，事情正逐漸明朗。

「你跟她的失蹤有關嗎？」

喬整個人愣住，蘿絲看得出他的世界正在分崩離析。

但是，之所以分崩離析是因為她說中實情嗎？還是因為她就要毀掉他們之間的一切？他們一輩子的友誼、信任，以及愛。

「喬，不然我該怎麼想？你背著我跟我妹妹見面，你打電話、傳簡訊給她，跟她一起熬夜。她下定決心重新來過，跟別人約會，結果當天晚上就失蹤不見？」

我的天……她還想到另一件事，突然看見另一項證據。

「你星期四晚上下了床後上哪兒去了？我甚至不確定你是幾點離開的，我睡昏了，你看見我吃了苯海拉明，還喝了酒。」

還是沒有回應。她的丈夫沒有動作，一語不發。蘿絲已經無法回頭，她越了線，踏進這幽暗之所，這裡的一切都跟表象不同。她盯著丈夫，這個她認識了一輩子的男人，可是她可能從來就不知道他是怎麼樣的人。這個想法很恐怖，可是知道事實也令人鬆了口氣。

「是嫉妒嗎？你跟蹤她出門嗎？天啊，喬，到底發生了什麼事？」

因為沒有聽見他的回答，蘿絲坐下，崩潰地把臉埋進掌心。

她聽見喬拉開椅子坐在她對面，緊張地變換姿勢。

「無論妳以為我跟洛菈之間有什麼，我都可以跟妳保證：妳搞錯了。而且我絕對不會……」他被自己的話嗆住，「我絕對不會傷害她，絕對不會。」

蘿絲抬起頭，看見他眼眶含淚，收緊下巴，一臉憤怒悔恨。

「可是我怎麼知道？我該怎麼相信你？為了愛，為了欲望，人什麼事都做得出來……」

「不……」喬又說了一次。「我絕對不會傷害洛菈！」

蘿絲也重複了一次。「我怎麼知道？」

他頓了一下，彷彿正在考慮該怎麼回答，而接下來的答案完全出乎她意料。

「因為洛菈是我妹妹，我親生的妹妹。」

37

洛菈

第十五次療程，六週前，紐約市

布洛迪醫生：我很高興妳終於提起了喬，妳對這件事有什麼想法？

洛菈：一開始很困惑，難以置信。我有好多疑問：我媽跟他爸在一起多久了？誰知道這件事？知道多久了？是怎麼發現的？

布洛迪醫生：妳爸在妳出生之前就知道了，對嗎？

洛菈：你怎麼曉得？

布洛迪醫生：因為這樣一切就都可以解釋得通，不覺得嗎？這就是那塊失蹤的拼圖。

洛菈：迪克知道我不是他女兒，所以才愛不了我？

布洛迪醫生：洛菈，不只如此——他老婆背著他偷吃，對象還是鄰居，而妳就是活生生的證據。妳傷了他的男子氣概。為了保護他的家庭，他還必須假裝妳是他女兒，而且得在所有人面前這麼做。妳說過，這個社區互動很頻繁，常有派對，沒事就聚會。喬的家人是在他中學時才搬走的，對吧？

洛菈：沒錯。喬說他父親那時才告訴他媽媽，這解釋了太多太多……像是為什麼菲洛太太對我們家這麼親切，菲洛先生卻跟我們保持距離。我們本來以為他只是不太喜歡跟別人來往。

布洛迪醫生：我希望妳能明白，妳父親不可以用這件事當藉口，合理化自己的所作所為。妳只是個小孩，這不是妳的錯。他應該想辦法滿足妳的需求——每個小孩都有的需求。

洛菈：這個事實——你認為這對我有幫助嗎？

布洛迪醫生：有幫助啊。妳心裡的孩子想知道為什麼父親不愛她，這樣一來她就會知道一切與她無關。她可以不用再選擇錯誤的男人，重複過去。一切都能告一個段落！

洛菈：凱文，你可以跟她說說看嗎，她不聽我的。

38

洛菈

前一晚，星期五凌晨一點十五分，康乃狄克州，布蘭斯頓

強納森看了那張字條，一臉擔憂地望著我。

「這是什麼意思？」他問道。

我告訴他這是我回家後收到的第四張字條。我讓他知道每張字條都寫了什麼，在哪裡發現，我研究他的表情和肢體動作，想找出其中透露的線索。儘管我很清楚自己無法解讀這些意涵，還是這麼做了。我的腦子缺少這部分，掌管直覺與理性的地方破了個大洞。

「洛菈……」他的驚訝看起來很真，但是我不敢相信。「妳為什麼不找警察？這可不是鬧著玩的。」

我拿回字條，摺起來放回包包。

「我也不知道。」這是實話。

「妳知道誰會做這種事嗎？米契．艾德勒的家人？還是朋友？那個被送到安養機構的遊民呢？」

「兩邊的家族都不是本地人，這不代表什麼。如果聽說我回來，他們是也可能回來。而朋友——老天，米契很受歡迎，所以任何人都有可能。是說，都過了這麼多年，誰還會這麼費事？」

強納森的眼睛一亮。「另外那個女生呢？她叫什麼名字來著？碧里妮——他被殺的那晚帶去派對的女伴？他跟這個女生交往了一年多。會不會是她很愛他，責怪妳把他帶走了呢？」

我想起她的臉，忽然之間覺得頭很暈。**碧里妮**。長長金髮，碧藍色眼珠，雖然十六歲了，臉頰還像嬰兒那樣軟綿。我沒想過，那晚之後我再也沒見過她。

「可是為什麼要等這麼久？」

強納森看著地上甩甩頭。用腦過度令他眉頭深鎖，畢竟此刻已是凌晨一點，而且中間還接連參雜蘇格蘭威士忌、上床和啤酒。噢，還有披薩，半張披薩。如果他不是自己說的那個人，他還吃得下嗎？強納森．費爾汀，離了婚的避險基金經理人，車子放在修車廠？

我盯著他、研究他，等著答案浮現，但這件事沒有發生。

我沒忘記布洛迪醫生對我解釋過的一切。像是我缺少的那部分，我的那個大洞會給我帶來什麼影響。其他人告訴這個孩子有人愛她，可是她完全感受不到。只能扯著袖子、滿心困惑，等待某人轉頭看她。我望著眼前的男子，滿心困惑——這正是我的感受。

除了困惑，再無其他。

我必須離開這裡。我的思緒回到車鑰匙，就是掉到地上被他撿起來的那串。他把它們怎麼了？

我想起來了：他把鑰匙圈放在流理臺。於是我便看了過去。

但他忽然想到另一件事，抬起頭。

「紐約那個人呢？如果這件事不是跟過去、而是跟現在有關呢？」

我停下動作，正視這個新謬論。

「這不合理。是他甩我，我們已經好幾個禮拜沒聯絡了。」

強納森倒不這麼想。

「如果他期待妳跟之前一樣呢？回到他身邊，盡一切努力讓他再次愛上妳？妳不是這麼說的嗎？妳總是跟不對的男人糾纏不清？」

他說起這些事的態度，就好像我們兩人正站在實驗室裡進行一場科學試驗。他的字句有如打在我肚子的重拳，狠狠逼出我體內的空氣。

或許我也曾講過跟他一樣的話，只不過講得很超脫，彷彿一切都已過去。彷彿我過去這六小時並沒有無時無刻懷疑、思考自己是不是又犯了錯，跟著他重蹈覆轍。而且——我的天，才過了這麼點時間嗎？才六小時？我怎麼覺得好像已經跟強納森·費爾汀相處了一輩子呢？

他繼續說著關於凱文·布洛迪醫生的假設，我痛恨自己竟然真的考慮起這個可能性。如果凱文是錯的人，那我就真的搞不懂了。他說他愛我，而且對我瞭若指掌，知道我內心是如此殘破不堪，動手修復我的內心，修復我這個人，打破我的模式，讓我不再執著於其他內心殘破的男性。

「我不知道，」我說道。「他如果是這種人，聽起來挺瘋的。」

強納森很喜歡這個最新的推論。

「大家都很瘋，」他說。「妳沒發現嗎？所有人都跟外表看起來不一樣。」

我盯著他。他打算跟我說什麼？我想到他那下流的嗓音，說著想再幹我一次。我想到他雙手輕柔的碰觸，在他床上速戰速決時甜蜜的嘆息。是沒錯，他結束得很快，不過過程甜蜜又熱烈。

不是這樣的嗎？他不是這樣的嗎？

布洛迪醫生說的愛我難道不是實話嗎？

強納森看著我的包包。「妳最後一次檢查包包是什麼時候？」他問道。

他跳得有點太快，所以我思考了一下。先一個理論，再一個理論，然後接到對人性的訓示，立刻又接這種福爾摩斯式的問答。

「呃……」我結巴了。「家裡。這是蘿絲的包包，我跟她借的。」

他摩挲著下巴，想了又想，接著說：「她給你的時候裡面是空的嗎？」

強納森．費爾汀，你這騙子現在又想幹麼？

「我覺得是空的。」我說，不過我其實不確定。

「是妳自己拿的還是她給你的？」

媽的。這下子我被他荒唐的想法牽著鼻子走。我努力回想那時到底發生了什麼事：我穿著蘿絲的洋裝正要出門，我把櫻桃紅的唇膏放進包包……我可以看到包包就放在廚房流理臺上。蘿絲和喬在煮飯，半裸的梅森跑向我，滿臉歡欣愉快。我上樓準備出門，蓋柏提早離開，我們開著玩笑……你隨時都可以去住安養院……哈哈，沒錯，畢竟他已經四十歲了。是誰說了這句話？蓋柏還是喬？我想應該是喬。這個開玩笑的方式比較像他。

這下我想起來了。蘿絲拿著這個包包放在流理臺，我沒帶上樓，除了口紅，樓上沒有什麼需要放進去的東西，所以我捏著脣膏回到樓下。

我打開皮包翻找：先是我帶進廚房的脣膏，然後是我的皮夾，以及其他原本就在包裡的東西，而我自己的包留在車上。我應該會看見那張字條，也會感覺到才對。

不是嗎？

「我拿到的時候裡沒東西。」我對他說，不過不是非常確定。

「妳確定嗎？」他立刻問，好像知道我在想什麼。為什麼又是這樣？

我是不會這麼想。那張字條不會是蘿絲或喬或蓋柏放進去的。

他想讓我懷疑他們——這人好邪惡，也好殘忍。我瞇著眼看他。

「那你聽這個推論怎麼樣：我那時跑進公園，包包忘在你車上。還記得嗎？」

當場一片安靜。強納森瞪著我，我也瞪回去。

他打破寂靜。「妳是什麼意思？」

「我的意思是：我出門的時候字條不在，我沒有隨身帶著包包，我丟下了它好幾次——丟在你的身邊。一開始是在你車上……然後是這間公寓。」我說著說著便意識到這一點。

「它一直都放在流理臺。」

當他不愛我

「妳認為是我？太誇張了！今晚之前我根本不認識妳。妳說還有三張字條，對不對？我一個禮拜前才在網站上認識妳，比夾在雨刷下的第一張字條晚太多了——老天！我覺得我們簡直像是失速衝出懸崖。」

他走到旁邊，開始收拾東西。披薩收進冰箱，杯子放入水槽。

「我真不敢相信妳剛剛說了什麼。」他沒有看我。

忽然之間，我才是那個不敢相信自己剛剛說了什麼的人。

那聲音在我腦中隆隆作響。就是因為這樣才沒有人愛妳，妳渾身傷痕，殘破不堪，永遠不會有人愛妳……

我告訴過布洛迪醫生她不會聽的。扯著袖子的小女孩，照片上的那個表情，活在我心中那個飢渴的孩子。我這麼對他說，他卻告訴我說我錯了。他跟我說一切都會好轉，因為我已經知曉童年的真相。

他跟我說過很多事。

其中最糟的，是他跟我說的最後一件事。

我把那條簡訊存在手機，這樣就絕對不會忘記。那條簡訊終止了我們之間的一切。

我不愛妳，我愛我的太太。請不要再跟我聯絡。

我差點就要讓那個飢渴的孩子順心如意，她要求我修好這名男子，修好強納森．費爾汀。此時此刻，我只聽見這個聲音，響亮又不顧一切。儘管我才剛對他做出恐怖的指控，心裡卻思考著各種方式，想讓他相信我有被愛的價值，我想欺騙他，讓他認為我跟外表看起來不一樣。

「我很抱歉……」我說。

我還來不及說完門鈴就響了。

他抬起頭，視線越過我看向門口，接著快步繞過流理臺，衝向小小的玄關，一派挫折又不太高興。

「可能是我鄰居，」他說。「我們太大聲了。」

他彷彿已經不只一次這麼走向門口，解釋大半夜為什麼有女人發出這麼大的聲響。他轉動門鎖，已做好準備致上歉意。

然而，鎖扣才剛轉開，他人才剛到門口，就有人從外頭非常用力地推開門。門板狠狠撞上他，他往後一退，靠著牆壁，非常震驚。而且，在他身體往前的同時，門板再次撞了上來。這一回他跌到地上。門又甩了一次，門板邊角上堅硬的金屬正中額頭。

我一動也不動地看著強納森．費爾汀的額頭冒出血，最終流了滿臉。

我經歷過類似的事，我看過這一幕。

我注視著門口。

「洛菈！」

有個男人站在那兒。我沒有第一眼就認出來，因為他戴著棒球帽，還罩了帽兜。

看到自己對受害者造成的傷害，他抬起頭看我。

「蓋柏？」我說。我一定是產生幻覺了。「蓋柏？」

我又說了一次，但蓋柏已經走進公寓。他拿起流理臺上的包包，一看見我的鑰匙擺在旁邊，也把它收進口袋。

接著他看著我，徹底把我打量一遍。

「妳的鞋子呢？」我還沒回答，他就在門後的角落找到了。

「妳有穿外套嗎？」他問。我搖搖頭，依舊茫然地盯著他。

我的視線轉向強納森．費爾汀，以及那一攤雖然不大但正漸漸蔓延的血跡。他沒有動，也沒有發出聲音，只是蜷縮在倒下的地方。門板銳利的邊角打破他的頭，傷口深可見骨。

蓋柏注意到我的目光，停下動作，不再繼續尋找我的物品，而是站到我面前擋住視線。

「洛菈，」他堅定地開口，並靜靜等待，一直等到我的眼神終於離開地板上那名男子，緩緩對上他的視線。「我們必須離開這裡，現在就走！」

我說不出話。我好似又回到森林邊緣，回到那條碎石子路上，手抓球棒，有個男孩倒在我腳邊。

「洛菈！」蓋柏命令道。他抓住我的手臂，拉著我走向門口。

我光裸的雙腳開始移動，跌跌撞撞跟著他。蓋柏擋住我的視線，直到看不見那身軀。他在我們的身後將門拉上。

我與他揚長而去。

39

蘿絲

現在，星期六下午一點三十分，康乃狄克州，布蘭斯頓

蘿絲聽著喬娓娓道來，每句都對應著不同的回憶。回憶中的事件現在有了完全不同的脈絡。

夏天前我父親過世，我才知道……

喬的雙親住在緬因州超過十年。梅森出生後，她和喬開始每年拜訪他們兩次。梅森喜歡海邊，蘿絲則喜歡有人免費幫忙顧小孩。她從來沒把喬的父母放在心上。他母親性格反覆，父親總跟他們保持距離。他們向來如此相處，直到今年夏天他父親過世。

媽在我們九年級時發現的……所以我們才搬家。

他們搬離附近前，菲洛太太和華勒斯太太是她家廚房的常客。蘿絲的母親會準備咖啡，女士們聊著丈夫與孩子。有時興高采烈、笑聲朗朗，有時壓低音量，伴隨眼淚。蘿絲從來沒想過為什麼喬的父親很少在週日下午和爸爸一起喝啤酒，也沒想過為何菲洛一家從不參加他們一年一度的假日派對。

她不希望我們知道這些，最好永遠都不知情。不過我爸留下日記……

這麼多年以來，菲洛家都謹守祕密。

這麼多年以來，蘿絲的父母亦然。

「原來是這樣，」喬停下時，蘿絲說，「這說明你媽為什麼這麼恨我，為什麼不想見到我們約會，我們結婚時她為什麼氣得差點中風。」

喬沒有回答。他坐在蘿絲對面盯著自己的雙手。那手在桌上擺出祈禱的姿勢。

「你為什麼告訴洛菈卻不告訴我？」而這是目前最重要的問題。

喬深吸一口氣，挺起胸口，靠回椅背。他在拖延時間。

蘿絲沒有再問。她看著丈夫，等他回答。

「我跟我媽保證過不能告訴別人——包括妳，也包括洛菈，」他終於開口。「還記得嗎？我們去參加葬禮，我媽希望能跟我獨處一下那時。」

她記得。她那時很不爽，因為那天很漫長，情緒起伏很大，他們正打算要睡。她不禁為此感到一陣抱歉。

「那時已經很晚，我們躺上床準備睡覺……」蘿絲回憶著，喬打斷。

「她跑來我們房間，要我去我爸的書房找她。我已經從他律師那邊拿到筆記本，她也知道這件事。她情緒非常激動，求我不要告訴別人。不要告訴我的兄弟姊妹，也不可以告訴妳或洛菈。她說她一輩子都活在這恥辱之中，深深希望整件事可以跟我爸一起埋進土裡。蘿絲，她苦苦哀求我。」喬懇求著她的理解。「因為父親的行為，我覺得自己對她有所虧欠。」

蘿絲很想放聲尖叫，想狠狠揍那些人幾拳（雖然他們不在場）：她母親、她父親、喬的父親，甚至包括喬的母親。沒錯，她的丈夫不忠又說謊，她是整件事的受害者。然而她已決定要承受她所謂的恥辱，那是她的決定。可是她沒有權力影響她兒子的婚姻。

「他知道這件事多久了？」蘿絲問。他們這條街上的「大人」彷彿就在眼前。曾經，她以為他們都很有智慧。她曾經看著那些女子，想像自己有一天能跟她們一樣，結婚並擁有滿屋的小孩。就算她假裝沒這回事，依舊指望著她們能告訴自己該如何當個女人。此時此刻，這個想法著實令她作嘔。

「妳母親懷孕時他就知道了。他們從六個月前開始偷情，你媽告訴他說，她和妳爸已經沒一起睡了。」

「我的老天！」蘿絲忍不住爆發。「他把這件事也寫下來了？是要留給他的律師看嗎？」

喬搖搖頭。「那部分是我媽告訴我的。妳爸也是因此才知道。妳出生之後，他們漸行漸遠，疲憊又忙碌。他本來可能不覺得有什麼，結果突然之間，妳媽就懷孕了。我懂為什麼會這樣，妳也是吧？梅森出生之後我們就變了。」

「才不是那樣！喬？你是什麼意思？」

「蘿絲，我沒別的意思。我只是試圖去理解這一切，我想了解我們敬重的這些人，這些養大我們的人。他們在我們的婚禮上舉杯祝賀，梅森出生時也在場。我想理解他們怎麼會做出那種事。」

蘿絲不想說出後悔莫及的話，所以先沉澱思緒。對喬來說，背負這個祕密一定很辛苦，她很清楚。可是如果洛菈沒有失蹤，她可能永遠都不會知道。喬說他覺得痛苦，但她什麼徵兆都沒看到，也沒有任何跡象顯示他守著如此巨大的祕密。

那群人正是用同樣的方式守著他們的祕密。

人都會隱藏些什麼，還藏得很好。即便是妳最愛的人，在這一點上也沒兩樣。

「你為什麼告訴洛菈？」蘿絲又問了一次。他還沒有回答這個問題。

他給了答案，但在那個當下，她很難正視他。

「我決定先告訴洛菈。我沒辦法再守著這個祕密。我知道她一直跟妳們的父親處不好，和她生命中其他男人也是如此。我覺得這很重要，這樣事情就說得通了：為什麼妳們的父親向來比較愛妳？為什麼他對妳媽不忠？為什麼他離妳們而去？」

「但你就不認為這件事對我很重要？我必須歷經這些外遇，必須聽我媽在那邊哭——你知不知道她跟我們說了多少事情？你知不知道她根本很清楚我們會覺得她可憐？你怎麼沒想過這也能幫到我，讓我可以平靜面對父親拋家棄子的決定？」

她終於看見了。這是自從洛菈回來後她頭一次見到他的罪惡感。

「我不知道妳還會因這些事困擾。」

「我想你不是真的了解我吧。怎麼會這樣呢？」

他一語不發，而蘿絲持續進逼。

「你告訴洛菈是因為你認為這樣可以幫她解決問題？」

「沒錯。蘿絲，而且我只是先告訴她。而且可能應該更確定一點，再決定是不是要跟妳講。比方驗個ＤＮＡ之類，所以我們後來就去驗了。」

「為什麼選在今年夏天？」

「因為我受不了一直守著祕密。另一個原因是，她告訴妳她正在接受心理治療，而且有個愛她的男友。這樣的話，她身邊有人可以做後盾，幫她一起面對。我不知道這樣的機會還會不會再有，所以我就進城，帶她去吃個飯，把事情告訴了她。」

「那些電話和簡訊……？」

「她有很多疑問，就跟妳一樣。我們安排了DNA測試，而等待檢驗結果十分難熬。她希望我能告訴妳實情——她拜託我告訴妳，不然就讓她自己跟妳說。她想要和妳聊這件事，蘿絲。妳是她唯一真心信任的人。不過我很怕，我不知道妳會怎麼看我，也不知道我們之間是否會有變化。後來洛菈崩潰，搬回家住，我也越來越恐懼。這幾個禮拜來，我們一直在設法避免她崩潰，所以看起來也不是丟下這顆炸彈的好時機。」

蘿絲覺得自己的喉嚨收緊。他媽的，她心想。她不想哭，只想狠狠生他們的氣。她氣媽媽一輩子都在說謊，甚至眼睜睜看自己的女兒因此受苦，她氣喬瞞著她，而洛菈……此刻的她好想恨洛菈。一切總和洛菈有關，可憐又傷心的洛菈，受傷的洛菈，殘破的洛菈，以及失蹤的洛菈。

「蓋柏知道嗎？」蘿絲問道，突然很想知道他是不是也背叛了她。

喬搖頭。「我不認為他知道。我沒跟他說，洛菈也保證不講。」

「我不敢相信，」蘿絲說。「真不敢相信竟然會發生這些事。」

康威開門進來。光看動作蘿絲就已明白，他沒有好消息。

「怎麼了？發生什麼事？」她問他。

康威坐在桌前，把一張紙放到蘿絲和喬之間。那是張黑白照片。

喬稍微轉了一下，好看清楚照片。

「那是誰？」他問。

不過蘿絲知道。那是強納森．費爾，或巴克，或比利——要叫他愛德華．里多也可以。隨你選。

他人在大樓走廊，停在他家門口，也就是她剛拍打過的那扇門，她剛穿過的那扇門口，滿心肯定能在門後找到妹妹。

照片上這名男子身邊還有個女生。

「那不是洛菈，」蘿絲說著，從照片抬起視線。

「沒錯，」康威說。「這是從嫌犯大樓的監視錄影畫面中截下來的影像。你們看一下時間戳記。」

右下方有日期和時間。

「不可能，」蘿絲說道。「這是週四晚上的影片？」

康威點頭。「這是嫌犯跟一名女子進入公寓的影像，那時剛過晚上十點。另外還有段影片是她在半夜左右離開。他等到隔天早上才穿戴整齊出門上班。當天下午鄰居送信上來，然後我們今天早上抵達。就這樣——妳妹妹從沒去過那間公寓。」

蘿絲看著喬，感覺既困惑又迷惘。一切都跟看起來不一樣，都跟她以為的不同。

「我不明白，」喬盯著照片說。「他怎麼會是跟這女人在一起？不是洛菈嗎？」

康威搖頭。「不是，」他說，「洛菈從來沒跟嫌犯一起過。他給我們看了他約會網站上的帳號，我們也問過他的約會對象。他們約好週四晚上出門，在港邊的那間酒吧碰面，跟你們說的一樣，他在酒吧——不過是跟這個女人在一起，不是洛菈。他從來沒跟洛菈聯繫，從來沒有。」

蘿絲把臉埋進手掌心。「不！」她說道。「不可能是這樣！」

康威大嘆一口氣。「恐怕就是這樣。」

「但是其他的事情呢？我們找到的那些女人，她們講了跟他有關的事……」

「這個嘛，那些都對：他已婚，用有限公司的名義租下那間公寓，他在永恆能源上班——那是一間電力公司。他負責確認房屋的用電效率，順便賣新窗戶。這可能違反了一大堆規定，不過是另一回事，會有其他的警察去處理。但希望他太太得知一切後可以讓這個混帳得到一些教訓，也希望這消息能讓你們好過點。」

「天啊！」蘿絲陷入恐慌。過去兩天來的各種推論和事實在她腦中打轉，而今全部走入死路、無處可去。

「那些電話呢？」喬問道。「她通聯紀錄上的那些？」

「我們是查到了一些東西，」康威說。「約會前後的電話號碼屬於一間叫克雷奔金融的公司。我們聯絡上他們一位行政助理，說那個電話號碼屬於一名叫強納森・費爾汀的人。」

蘿絲從椅子上跳起來。「所以就是這樣！強納森・費爾……強納森・費爾汀。你們知道他在哪裡嗎？你們找得到他嗎？」

「我們只查到波士頓的地址。但他有個住在布蘭斯頓的前妻，她給了我們飯店的名字，一直到幾週前他都還住在那間飯店。我們會找到他的。」

蘿絲靠著牆壁，盯著桌上的照片。「所以強納森・費爾就是強納森・費爾汀，不是愛德華・里多……」

「沒錯，這是肯定的。」康威說道。

此時喬抬起頭，一臉訝異。「你剛剛說什麼？是在說愛德華・里多嗎？我們這幾天一直在找的人？」

「怎麼？」康威問。「你認識他嗎？」

喬愣愣地直視前方。「沒什麼，我只是想跟上進度。我們因為那張照片認為愛德華・里多是洛菈的約會對象，因為有人看到愛德華・里多出現在那間酒吧，而洛菈的手機就是在那附近沒電的？然而她不是跟他約會……」

「對，他不是那傢伙，」康威重複道。

蘿絲看著喬。她從沒聽過他用這種語氣講話。或許他跟客戶或在法官面前聽來就是如此，一派超然清晰。

「我不敢相信，」蘿絲說。「我該怎麼辦？」

「不要輕舉妄動。我們很快就會收到幾封信件與訊息，可能會需要妳看一下那些內容。」

「我會先離開，」喬表示。「我有些事情要處理，然後我就該去接小孩回家。我們請了保母照顧他。」

他起身和警官握手，然後看著蘿絲，好像打算繞過這張桌子，抱著她親一下……之類的。可是她站著不動，身體越來越僵硬。於是喬打消念頭，走向門口。

「喬……」聽見蘿絲開口，他轉過身。「我很抱歉。」她差不多算是指控他跟她妹妹上床，這是永遠都無法收回的。

他點點頭，表示接受了她的道歉，但表情很冷淡。

「我也是。」

40

洛菈

第五次療程，三個月前，紐約市

布洛迪醫生：跟我說說蓋柏・華勒斯的事。

洛菈：我們是朋友，現在也還是。

布洛迪醫生：就這樣，沒別的？他是愛上妳卻被妳推開的人嗎？

洛菈：從來不是。我幫他保守祕密，只有我知道的祕密。

布洛迪醫生：什麼祕密？

洛菈：不會告訴任何人的那種，就連你都不能說。

41

洛菈

前一晚，星期五凌晨一點三十分，康乃狄克州，布蘭斯頓

蓋柏載著我們離開市區，離開躺在公寓地板上的強納森．費爾汀。他意識不清，鮮血直流。

他的車速緩慢而穩定。他停在紅綠燈前，沒有超過速限，神情專注。如果我不是這麼了解他，如果他不是我從小到大最好的朋友，目前的狀況會讓我升起警戒。我很震驚，也很困惑，不過心中沒有警戒。我知道這一切一定有個解釋。

「蓋柏，」我說道。「拜託告訴我發生了什麼事。」打從坐上車五分鐘以來，我一直在問同一個問題。

「沒有人看見我們，」他彷彿沒聽懂我的問題。「我用噴漆遮掉了監視攝影機的鏡頭。」

他可以感到我正盯著他，便轉過頭對我微笑。

「怎麼啦？」他問。「妳已經安全了。」

他一副我該鬆口氣的模樣。

「蓋柏……你還沒告訴我發生了什麼事。」我試圖保持聲音平靜，但其實很想伸手搖晃他，逼他回答問題。「你那樣對他……我們必須叫警察，他可能會失血而死。」

他握著方向盤的雙手抓得更緊，一手放在十點鐘方向，另一手則是兩點鐘，駕訓班就是這樣教我們的。眼睛盯緊馬路，背脊打直。蓋柏總是遵守規定。他個性仔細，專心一意。要不是我人在門的另一邊目睹一切，絕對想不到他開車前做出了那麼不正常的舉動。

「別擔心。」他說。「他們會發現攝影機拍不到東西，然後檢查公寓，就會及時發現他。」

這個說法並沒有讓我放心。

「不行！」我堅持。「那會花上好幾個小時。你沒看見他的頭嗎？那麼多血……」他不為所動。「蓋柏！」我對著他大叫。「告訴我他媽的到底發生什麼事？」

他嘆口氣，彷彿面對無理取鬧青少年的家長。都是我不願意配合，他才不得不出手處理，因此他很是挫折。

「他會傷害妳，甚至可能殺了妳。」他說。「我這樣說妳滿意了嗎？現在妳還想救他一命嗎?」

我覺得自己的下巴掉了下來,不禁張大嘴盯著蓋柏。他的表情再次改變,這次轉為沾沾自喜。

「你怎麼知道?而且為什麼……」

他一手放掉方向盤,朝我舉起掌心。

「先停。」他說。「等我們到家,我會解釋這一切。」

我開始怕了,這輩子從來沒這麼怕過。我因為太怕,結果哭了起來。「蓋柏……」

我感到他的挫折變為憤怒。

「妳一直收到字條,都是在威脅妳,不是嗎?」他問我。「喬都跟我說了。」

「喬怎麼知道的?」

「我沒有問——這很重要嗎?妳被人威脅了,對吧?」

我點頭。「我今天晚上也收到了一張,就在我的包包裡。」

「妳認為那張字條是怎麼放進去的?」他問。

我想著那張字條,以及剛剛的對話:蓋柏用門板撞倒強納森.費爾汀之前我才跟他聊起這件事。他暗示那些字條可能是蘿絲給我的,但我把嫌疑轉回他身上。這個指控令他憤怒，而我滿腦子都想著我們共度的時光，我想著那張不對勁的清單：謊報姓名、那輛車、那個故事、他開往酒吧的路線，空盪盪的公寓、婚戒藏在鏡櫃的藥罐中。這一切他都有藉口，只除了一件事，而這件事如今正對著我張牙舞爪：為什麼一提到米契・艾德勒的謀殺案，他就像見到骨頭的狗那樣飢渴？

我聽見他變得下流的嗓音：我想再幹妳一次。

我不會把這些事合理化。我這樣小題大作，卻看不到近在眼前的危險。就這樣任由對方撫過我的臉，吻我脖子。

我突然感到滿心感激。

「他是誰？」我問。「他為什麼想要傷害我？」

蓋柏搖頭。「我不知道，我還在想辦法確認。我只知道那個強納森・費爾沒說實話。喬很擔心，所以我做了點調查。現在我只想帶妳離開，帶妳去安全的地方。」

「蘿絲……」我開口，腦中忽然浮現昨晚她和喬站在廚房目送我離開的模樣。蘿絲勉強的微笑中浮現恐懼，還有喬眼底的希望——或者只是我把那當成希望。我可能也錯看了那個眼神。也許他也同樣害怕。

「我整晚都跟著你們。跟著妳，和那個人。」

一陣寒意竄過我全身。他厭惡地說出「那個人」，彷彿我是跟某個假扮成人的怪物待在一起。

「我跟他們說我會去接妳，確保妳平安無事。警方不會來我家找妳——至少不會立刻。」

「為什麼警察要找我？」一切都太莫名其妙，我覺得頭好暈。

「不就是因為——」他說著說著停了下來，彷彿覺得這再明顯不過。「洛菈……」他開口。見我一臉驚訝，所以他繼續說。「他倒在地板上流血，頭被打了。在其他人眼中妳是最後跟他在一起的人。考慮到『之前的事件』，我認為他們早晚會往這個方向想。」

「可是他會告訴他們的，不是嗎？他會告訴他們門鈴響的時候我是跟他在一起。」

「他會嗎？他失去了傷害妳的機會，又獲得另一個機會。」

蓋柏說得沒錯。如果強納森．費爾汀真這麼想，如果他打算替米契．艾德勒懲罰我，就會說謊。他會跟他們說我傷了他，我想殺他。

或許他已經死了吧。或許又會有另一件謀殺案算到我頭上。

「這根本沒有結束，」我哭著說。「那天晚上……對米契，對他的家人來說永遠不會結束，對不對？」

蓋柏轉動方向盤。我們抵達他家，他把車子開上車道。

他停好車，熄了火。

「梅莉莎出差去了，這裡很安全。」他說。

我越過儀表板倒進他懷裡。

「沒事了。」他說。

我沒有回答，我不知道自己能不能相信他。

有個人找到了我，約我出去，想要傷害我，我卻忽略了每條線索。我把自己最黑暗的祕密告訴了他，還跟他上床。*老天。*而現在我卻成了傷害他（或者殺害他）的嫌疑犯。怎麼可能沒事？

蓋柏搖晃著我。

「我一直都在保護妳，將來也會繼續保護妳。」他說，我不禁往後退，被他說的話嚇了一跳。

「你在說什麼？」我問。蓋柏從來就不是我的保護者，而是正好相反。從第一次看見他哥哥打他，就是由我出手救他；是我保護他，我幫他守著祕密不讓任何人知道。

他看著我，一臉困惑。「是我保護妳不讓我哥哥騷擾妳啊，」他說道。「妳不記得了嗎？他跟著妳走進森林，跟蹤妳，想抓住妳。他突然衝出來，把妳壓在地上。他想悶死妳，揍妳，或者掐死妳，或用刀割開妳的喉嚨。就差一點……」他停了一下，仔細回憶。「真是太過分了，」然後他又繼續說：「一直到妳快沒氣他才放手。」

是我瘋了嗎？他一臉認真地描述這一切，可是看著他哥對他動手的人明明是我，看見他脖子上有瘀血的人是我。那天是我在堡壘找到他們，發現瑞克壓在他身上，拿刀抵著蓋柏的喉嚨。所以我挑了一根樹枝打了瑞克的腦袋。我告訴他說，如果他再這樣，我會殺了他。他信了，他知道我沒有撒謊，我的怒火超越一整隊男人。幾個禮拜後，他就離家去念軍校。蓋柏說是他自己要求離開的，我一直覺得是因為我，因為我嚇到了他。

但是這下我突然不確定事情是不是這樣。我不確定蓋柏是不是編造瑞克想抓住我的故事，好叫他爸媽把他送走。

我不知道該怎麼問。是我記錯了嗎？是我瘋了嗎？我還記得瑞克拿著那把刀的模樣，也還留有手上握著樹枝的感覺，就像我能感覺到自己握著球棒，那根殺了米契．艾德勒的球棒。

蓋柏睜大眼，眼神中帶有柔和又溫暖的情緒。我想那是喜愛吧。他愛著我，彷彿以我的監護人自居，而我是他的寵物、他的孩子。

「之後妳得停了，」他說，「好嗎？」

「停了？」我好奇地問。

「不要再找這些想傷害妳的男人。我知道妳控制不了，就像妳忍不住吻了我哥。他都那樣對妳，妳還是忍不住愛上吻他的感覺。」

我想理出個頭緒，但很清楚自己做不到。這一切太不合理了。

「還有那個米契．艾德勒。他只是想利用妳。紐約那個醫生有老婆和小孩，他也在利用妳。」

我急促地吐出一口氣，又猛吸一口氣，然而卻動彈不得。

蓋柏怎麼知道凱文已婚又有小孩？我沒跟任何人講過這些事啊！我知道他們會有疑慮，也知道他們會說什麼。沒有人能了解我們的狀況。

我從沒告訴別人他的全名，從沒告訴別人他是心理醫生。

「瑞克坐牢了妳知道嗎？」蓋柏問我，我搖搖頭。我完全不知道，蘿絲和喬也不知道。我們最後聽說的是他被派駐到海外。

「他在酒吧打架時殺了人，接受軍法審判，被關進軍人監獄。他是罪有應得，卻害我可憐的母親崩潰。我爸過世，我哥坐牢，現在只剩我了，她就只有我了。」

「好，」我想辦法說出這個字，擔心自己會太久沒講話。母親跟我們說過華勒斯太太進了安養中心，如果瑞克坐牢，華勒斯太太一定會告訴她的吧？但也可能她覺得太丟臉，因此沒提。

「我們應該讓妳進屋，」他說。「妳該休息一下。」

我看著窗外，望向鹿丘巷。黑暗中看不太到什麼，幾乎看不清蓋柏家的模樣。我在這區有那麼多回憶——快樂的，悲傷的，恐懼和創傷彼此糾纏，織成糾結的網。我離開後就從沒回來，沒回到這條街。我沒有回來，我不想要任何回憶。我把那張照片放在電腦螢幕上，這樣才不會忘記這個地方對我做了什麼。

蓋柏打開車門走了出去，站在車前等著我。情況不對勁。而我不知道不對勁的是誰。我不知道是蓋柏，蘿絲或喬，還是強納森．費爾汀。

但我還是下了車。我不知道覺得哪個地方不對勁，就這樣跟著蓋柏走進黑暗而安靜的屋子，讓他在我們身後關上門。

因為，非常有可能，不對勁的是我。

42

蘿絲

現在，星期六下午兩點三十分，康乃狄克州，布蘭斯頓

兩位警官都坐在她身邊，所有證據堆在桌上。蘿絲抱著一杯放了很久的咖啡，努力在精疲力竭、情緒紊亂的狀況下保持鎮定。

「我們回到最一開始吧，」皮爾森說。她的語調冷靜，撫慰人心，與早先在會議室對著蘿絲吼的模樣不同。蘿絲覺得自己追著那個愛德華·里多好蠢，洛菈星期四晚上根本不是和他約會。然而，她提醒自己別忘了其他女人的遭遇，他欺騙她們、利用她們，光想到這兒，她就希望自己至少能揍那爛人一拳。洛菈就會這麼做，她會徹底將他摧毀，因為他活該。

至少他老婆知道，他老闆也知道了。那些被他傷害過的女人，她們的痛苦多少能得到償還。

「好，」蘿絲說。「從最一開始說起。」

「從她告訴妳約會的事開始。」

蘿絲記得很清楚。洛菈那天本來在工作，之後從閣樓下來，說自己登錄了覓愛網站。她想在網站上找個年紀大一點、離過婚的男人，或許是某個已經有小孩的人。這些男人結過婚，能證明自己願意許下承諾。這些男人曾經想快點定下來。

「她認為那樣很完美，就是有小孩的男人——而且這類小孩只會每隔一週出現一次——」

康威打斷她。「她喜歡小孩嗎？」

「她很愛梅森，就是我兒子，她的外甥。不過我們的童年很複雜，父親離開時我們甚至還不到青春期，所以她一直不確定想不想要孩子。」

「好，那她說她找到了約會對象，她把他的網路暱稱告訴妳嗎？」皮爾森問道。

蘿絲搖頭。「沒有，可是她形容過這個人。描述起來非常像愛德華．里多，可我猜那也沒什麼意義。因為她其實只說了他有滿頭棕髮、個子很高、身材很好、長得很帥……老天，現在想想，符合這些形容的男人可能有一大票。之前聽起來是很明確，但根本沒有。」

「有照片嗎？妳要來看看嗎？」皮爾森肯定問過別的女人同樣問題。

「說實話，我沒有。她只會在樓上用筆電上那個網站，而且我不想鼓勵她這麼做。我不覺得她應該這麼快就開始約會。五週前，她才跟某人分手，丟下一切從紐約搬回來，對我來說這似乎有點極端。」

蘿絲不禁臉發燙。她還沒告訴他們蘿絲在紐約分手的事。媽的。如果他們問起怎麼辦？如果她得告訴他們那怎麼辦？難道要說這個人是她的心理醫師，已婚有小孩——而且還死了？

所幸康威大發慈悲，沒有細問。「她說過他住在哪裡、做什麼工作，或是其他比較明確的線索嗎？」

「只有我跟你們說過的那些：他叫強納森．費爾、在避險基金上班、住波士頓、開黑色BMW。這些都吻合，對嗎？還有強納森．費爾汀？他公司名下的手機出現在洛菈的通聯紀錄，而且克雷奔金融就是一家避險基金。那輛車……你說你們拿到行照號碼了？」

「在麻塞諸塞州。」皮爾森說。「一輛BMW。他沒有布蘭斯頓這裡的住址，不過那間公司說他現在住在這裡，準備開一間新的辦公室。」

「所以他對她撒了謊，是這樣對吧？他說了謊，如果她發現……」蘿絲停了下來，看著他們的臉。康威面無表情，不過皮爾森……

「妳擔心她可能會變得暴力，這才是妳最擔心的，」她說。「因為十一年前發生的事。」

蘿絲當下別開了視線，不過還是為妹妹辯護。她以前總是這樣，以後也會是如此。

「那個男孩不是洛菈殺的，兇手是那個精神有問題的遊民。他已經住在森林裡好幾年。他曾經追著我們跑，還打扮得像個吸血鬼。他們在車裡找到他……」

這時康威說：「菲洛太太，我們不是在翻舊帳。」

蘿絲沒講下去，她不相信他——不完全相信。那個案件從來沒有過去。她想到那些字條：又是一件她沒告訴他們的事，或許是時候了。字條在蓋柏手上，不是嗎？她在餐廳把字條給了他嗎？面前有這麼多、這麼多的問題，她的腦袋卻無法運作。

「約會那晚她開走妳的車。你們後來在里奇蒙街找到，那輛廂型車上夾了兩張停車費的單子。一張是晚上七點四十五分，另一張是早上十點。對嗎？」康威問。

蘿絲點頭。

「你們在**覓愛**上搜尋，用了跟洛菈類似的搜尋條件，找到幾個可能的男人，接下來就帶著那些人的照片去了港口？」

「對。已婚男子、三十五到四十、離婚而且沒有小孩。接著我們刪掉禿頭、身高不到五英尺六、體重過重……諸如此類。」

「你們把那些照片帶到港口附近，想知道有沒有人認出他或妳妹？」

「對。」

康威停下來，歪著頭往前傾，似乎想到了什麼。

「為什麼是港口？為什麼不是停車的里奇蒙街？」

蘿絲好奇地看著他，這她已經告訴過他們了。

「因為手機。她手機沒電，我們打給電信公司，他們說最後傳出訊號的地點是港口附近。如果她的手機在那裡，她也會在那裡。」

皮爾森拿起幾張文件翻著，找到她的目標，遞給康威，康威看了一眼就交給蘿絲。

「根據他們交給我們的紀錄，最後發訊地點是在里奇蒙街的一間愛爾蘭酒吧。你們是跟電信公司的誰聯絡？」

蘿絲盯著手中的文件和上頭無可辯駁的資訊。

「我不知道，聯絡的人是蓋柏——蓋柏．華勒斯是我們的老朋友。那天早上他過來幫忙，因為他從事資訊鑑識，而且跟我妹妹很熟。手機有可能關機之後又短暫上線嗎？或許蓋柏的聯絡人看到的就是那樣？是第一次斷訊的資料，而不是最後一次？」

康威搖頭。「我不這麼認為。」他看向皮爾森，「妳可以請他們再確認一次嗎？」

皮爾森起身離開會議室。

「她也可能在港邊找到充電器，對不對？然後沒用多久，再傳一次訊號後就又沒電了。有這個可能吧？」

「我不曉得。看看電信公司怎麼說吧？」

「我來打給蓋柏。」蘿絲邊說邊拿出手機。她撥了他的號碼，可是電話直接轉到語音信箱。她掛上電話，傳簡訊說有急事要他回撥。

「這個蓋柏……他跟妳妹妹之間曾經有過什麼嗎？」

儘管這明顯是個問句，蘿絲聽了卻很氣。「沒有，從來沒有。她就像他的妹妹。」

康威接著提了另一個問題。「妳說他是做資訊鑑識？」

「對，他負責居家和辦公室的設備安裝，確認問題那類的。另外還接法務公司的搜查工作。他有時會接我先生公司的案子，多半是離婚訴訟。所以他才去查了那些男人，他會為客戶調查另一半有沒有偷吃。他知道該怎麼建立假帳號。他就是用這個方法查到跟這男人有牽扯的女人。」

「這倒是有用，」康威說道。「你們找到了里多拐上床的女人。」

「沒錯，我們是找到了。錯就錯在我們找錯酒吧，不過等等——」蘿絲突然有個想法。

「要是她的手機其實是在那間酒吧沒電，我們把強納森．費爾汀的照片給酒吧裡的人看，或許會有人看見他們在一起，愛爾蘭酒吧對吧？他的照片在哪兒……？」

蘿絲開始翻著桌面上那一疊紙。康威雖一臉不情願，依舊動手幫忙。

皮爾森踩著謹慎的腳步踏進會議室，打斷他們。

「怎麼了嗎？」蘿絲問。她憂慮地瞇著眼。

「那個強納森．費爾汀——我們找到他了。他星期五下午被送往布蘭斯頓醫院，頭部重傷。他們先讓他處於昏迷狀態，好想辦法處理腦部腫脹的問題。」

「不！」蘿絲驚呼著摀住嘴巴。「不……」

「一組鑑識人員去過他的公寓，他們還沒完成報告，不過資料已經採集好了。」

「那洛菈呢？」蘿絲問道。「洛菈她……？」

「公寓裡沒有人，現場也沒有掙扎跡象。因為我們在找費爾汀，所以他們才知道洛菈失蹤。現場看起來，似乎有人趁他打開門鎖時把門板往內推。他以站姿被打中兩次，第三次倒地，門板的邊角正中額頭。目前應該沒有東西被偷。」

蘿絲頭暈目眩，她站不穩，康威抓住她的手臂，扶她坐下。

「水槽裡有兩個杯子、附近披薩店的披薩吃到剩半個。外送員說有個女人跟他在一起，他沒有看太仔細，只知道她是長頭髮、髮色淡棕。」

「她穿什麼衣服？」蘿絲問，但心中早已知道答案。

「黑色洋裝。」

那一刻，她放棄了，事情完全如她所料。從她睜開眼睛覺得情況不對勁那一刻，早在她發現車子不見，發現床上沒人，心裡就很清楚了。事情就是這樣，跟過去一樣。這事發生在米契．艾德勒身上，發生在凱文．布洛迪醫生身上，甚至在更早以前就發生在瑞克．華勒斯身上。那小小的拳頭終於打穿了牆壁。

無論發生什麼事，她都要找到洛菈。而且不管怎樣，他們都會幫忙她找人，他們會提供她所需要的一切協助。

她看著皮爾森。「他撐得過去嗎？」

她輕輕點頭。「他們是這麼認為的。」

感謝老天——

感謝老天！

蘿絲起身，她還有該做的事。她得召集夥伴，叫來喬和蓋柏……或許這次連他們的母親都要一起。無論他們曾犯下什麼過錯，都得先放下。他們會找到洛菈，會將她救出來。

「我可以離開了嗎？」蘿絲問。「我必須跟家人談談，我得打給我媽。」

皮爾森讓出門口位置。「先讓妳知道一下，我們必須派一組人馬去妳家。他們會想看看洛菈的房間和她的電腦。妳會同意我們進屋嗎？」

「我兒子在家，」蘿絲說，她想著梅森。她整天不在他身邊，不曉得他好不好？他會怎麼想呢？她知道他很安全，畢竟喬一整個早上都陪著他，接著換柔伊，但她是他媽媽啊。她覺得自己彷彿被扯成兩半。

「我會打給保母，警官抵達的時候她或許可以帶他出去。」

康威起身幫她開門。「讓我們能聯絡得到妳，可以嗎？」

蘿絲出了會議室，穿過走廊，頭也不回，一路走出前門，上了自己的車。

她拿出手機打算撥給蓋柏，卻有什麼想法阻止了她。她不知道原因，也沒時間細想，立刻改打給自己的丈夫。

43

洛菈

第十六次療程，六週前，紐約市

布洛迪醫生：妳一定想過這個人是誰吧？到底是誰把米契．艾德勒拖出車外，在路上殺了他？

洛菈：我告訴自己那是萊納爾．凱西。有人發現他住在那輛車裡。他把車子盡量往森林深處開，把車當作窩。

布洛迪醫生：也有可能是別人想把車藏起來才把車開過去，然後那個凱西剛好撞見車子。他的辯護團隊是這麼說的，對吧？

洛菈：還會有誰？誰想要他死？他們顯然不想要那輛車，不然不會把車丟在森林裡。

布洛迪醫生：妳手裡拿著那根球棒，身上沾著血跡，卻站在距離屍體好幾英尺遠的地方。洛菈，妳還記得嗎？妳記不記得自己有沒有揮過那根球棒？

44

洛菈

現在，星期六下午兩點三十分，康乃狄克州，布蘭斯頓

三十六個小時過去，我還在蓋柏家裡，躲在他的地下室門板後面。

小時候我在這裡度過無數下午。我、蓋柏以及附近其他小孩在這兒摸黑玩遊戲。我很清楚哪幾扇窗戶可以看到外面，哪扇門通往機房，機房盡頭的活板門又通往他家後院。這裡沒有人住。地下室還沒完工，所以夏天很悶熱，冬天很寒冷，只能擠在熱水器旁邊取暖。

我躲在樓梯的頂端等待門打開，拿著一根棒子。

抵達之前蓋柏就準備好了緊急臥室：擺在地上的床墊，枕頭以及幾條舊舊的刷毛毯，另外還有一根手電筒和一個桶子，他說我可以用那個水桶上廁所，叫我別上樓，因為鄰居可能會從窗戶看到我，如果警察來了也會看見。他也叫我別從地下室的小窗偷看外面。他還說，如果聽到天花板發出三下重響，就從活板門離開。他說他會用力跺腳三次，那就是逃跑的信號。

我還沒睡。我害怕強納森．費爾汀的事會責怪到我身上，蓋柏救了我，我可能還不會被發現。這讓我鬆了口氣。我就這樣在兩種情緒中來回。不過，接下來這些情緒都消失無蹤，只剩恐懼。有人可能會死，因我而死。

蓋柏陪著我直到星期五破曉。他坐在床邊看我睡去，可是我只是在裝睡。我不希望他知道我在想什麼。不管蓋柏怎麼說，不管那是否真有必要，他對強納森做的事令我起疑。我也不希望他靠近我、碰觸我，或試圖安撫我。無論是他看著我的眼神，還是對我說話的方式，都讓我感到陌生。我覺得滿心擔憂，或許我從沒真正了解他，也沒有真正了解我們之間的關係。我怎麼可能會了解？這是我的弱點，我早該知道，不只是我約會的男人，而是每一個人——甚至包括最親近的朋友，也許還有我的家人。

早上他接到蘿絲打來的電話。我看著他冷靜接起，說他立刻過去。

「發生什麼事了？」他一掛掉電話我就問他。

「警察去了她家。他們在找妳——就像我說的那樣。」

「蘿絲知道我在哪裡嗎？」我問他。

「她當然知道，這都是我們計畫的一部分，我們都想保護妳。不過我得出門一趟，而且可能好幾個小時都不會回來。如果我沒有幫忙找人，警方會覺得很奇怪。備用的冰箱裡頭有食物，妳沒忘記在哪裡吧？」他問我。

「在雜物間。」我回答。我們中學時曾經把啤酒藏在那裡。

「沒錯，」他說。「記得，如果聽到上面傳來三聲，妳就從活板門出去。聽到聲音再走，好嗎？聽懂了嗎？畢竟鄰居可能會看見妳。」

我點頭，他俯身吻了我的額頭，似乎興奮地睜大了眼睛，彷彿這是某種最高機密的軍事行動，而他擔任我們的指揮官。我們小的時候他從來沒當過帶頭的，永遠都是喬，偶爾是我，他喜歡跟在後面。我以前認為他是覺得這樣很安全，畢竟身邊的人都很強，會像我那樣挺身反抗他哥。或許就是因為這樣，我才從沒看過他的這一面。或許這並不奇怪，只是新鮮。這個不一樣的蓋柏脫離了瑞克的陰影，因為他已加入軍隊，永遠不會再回來。

我看著他上樓，這麼告訴自己。明亮的日光湧入黑暗的空間，接著蓋柏關上門，帶走了光線。

他下午回來了一趟。我不知道是幾點，也不清楚他離開多久，只知道感覺起來彷彿永無止境。

我在冰箱裡找到三明治，是白吐司夾花生醬和果醬。我小時候常吃這些儲備食物，味道甜而詭異。他還記得，並且費心準備，用塑膠袋包得好好。我還找到幾罐水和葡萄汽水。

我按照他說的在桶子裡小便，倒進水槽，還開了熱水沖了很久。接著我轉冷水，洗臉沖頭髮。雖然不太可能——但我依舊覺得頭髮聞起來仍有強納森·費爾汀的味道。他曾抓著我的頭髮壓在他自己胸口上。他的味道、古龍水和汗水都讓我好想吐。

*他死了嗎？*蓋柏離開後，我無時無刻都想著這個問題。

等他回來，從門口照進來與竄過小窗戶的光線已沒那麼亮，我猜時間將近傍晚了。

「發生什麼事了？」我問他。「他還活著嗎？」

「我不知道。」他說。「蘿絲和喬很好，只是警察一直跟著他們。我們會多等一天，然後我就帶妳離開這裡。妳躲在我的後車廂，我們開車去找安全的地方。」

「梅莉莎怎麼辦？」我問他。他說她出差了，週末一定會回家。我想，除非我完全失去了時間感，不然應該再等一晚就到星期六。

「別擔心我太太。她出差去了，我們離開之前她不會回來。」

「那蘿絲……」我哭了起來。「蓋柏，我不想離開。我的人生就剩下這些了，我不想要離開！」

他抓著我的手臂用力搖晃。臉上的興奮表情已然消失，被憤怒取而代之。他就像訓斥小兵的指揮官。

「我花了那麼多力氣、冒著那麼大的風險，為了救妳拋下我的生活。妳應該要更感激我，乖乖照做！」

當下我沒說話，只是嚥回眼淚、吞下恐懼——那原始而且強烈的恐懼。

「好不好？」他問我，語調放得更軟。

我點頭。「好，蓋柏。」我不敢說出別種回答。

「只要蘿絲打電話來，我就得離開了。」

過了很久都沒人打來，好幾個小時過去，我問蓋柏幾點，但他說我最好不要知道，他說這會讓我感到焦慮。

他上樓去接她的電話，又回樓下，說我該睡了，於是我躺回去裝睡，同時感覺到他坐在床墊旁，眼神片刻不離。

下一通電話響起，天又亮了起來。雖然我沒睡著，他還是把我搖醒，告訴我他得離開。

「別上樓。」他提醒我。「也別出去，除非天花板響了三聲。」

「我知道。」我說。既然他一再重複這些指示，我就不提出質疑了。然而，到頭來我還是得做出決定。我得相信自己的理性思考，雖然到最後我的想法總是不可信任，無一例外。

我認為蓋柏瘋了。

這是他第二次出門。一聽見汽車開走，我就爬上舊木箱，從面對屋前的小窗偷看外頭。我看見他的車從車道上消失，開往鹿丘巷口。

我爬下木板，朝樓梯上方的門口跑去。我不知道自己要去哪兒，我打算先找到蘿絲的包包，因為我的手機在裡面，然後我要想辦法充電，打給她。又或者在屋裡找臺電腦或手機——我也可能逃跑，逃離這間屋子，穿過森林，跑進自然保留區（我非常熟悉那個地方）。我要躲起來，搞清楚發生了什麼事。

我踏上階梯的頂端，嚇得快發瘋，我握住門把轉動，可是門打不開。順時針轉不動，逆時針還是動不了。那扇門從外面上了鎖。我試著用力拉，想說或許有機會撞開門。可是門板很堅固，而且我沒忘記走過門口時看見了一道暗鎖。他走的時候有沒有鎖上？我沒有印象，但也沒時間確認。

我跑回樓下，進入雜物間，穿過熱水器與後方角落的冰箱，我看見水泥臺階和活板門，我拉開門閂，推著外側的門板。這扇門我開過上百次，它們從沒變過。然而門板只挪動不到五公分，我可以從那一點點空間看見鐵鍊：那扇門也從外面鎖上了。

我挫敗地放聲尖叫。我叫了又叫，接著彎下身體再叫一次，我拿拳頭用力捶打我的兩條腿。這裡無路可逃：小窗戶打不開，身體也擠不過去，除此之外就只剩兩扇門，而且都被鎖上了。

我不是被人救走，逃離警察以及我沒犯下的罪行。我是被囚禁，被蓋柏囚禁。

就在此時，我想到某條出路。即使上鎖的門也無法阻止我離開這棟房子。

我開始搜尋，翻遍這地下室的每個角落。在沒找到能剪斷鏈條或破門而出的東西之前，我不會罷手。我從床墊旁邊的角落開始，到處翻找，打開放著過往紀念品的盒子、他母親的衣服、裱了框的相片。其中有張是瑞克，就擺在最上面，我很好奇蓋柏會不會下來地下室盯著照片看，也想知道他是不是因為這樣才會發瘋。我沒忘記他就是在這棟房子裡被哥哥欺負了一輩子。

這條陰森的路上存在太多祕密：他的父母怎麼沒發現？他們怎麼沒阻止？結果弄得一切太遲，傷害已經無法撫平。情況越來越明朗了，蓋柏真正的模樣跟我認識的他實在差太多。

布洛迪醫生——凱文——發現了。他和我越來越熟悉後，經常問我華勒斯一家的事。我還以為他因為這對父母的疏忽而驚訝，可是不只如此。

我把照片放回箱子，想起他最後一次問我蓋柏和瑞克的事。

米契．艾德勒被殺那晚蓋柏人在哪裡？

我以為我知道答案。我跟所有的人都認為他提前回學校，隔天再度出現。知道發生什麼事後，他跑來為我加油打氣。他成了保護我的人，就跟他現在做的一樣。

他說他會一輩子守著我，說他會保護我不受他哥的傷害。他還跟我說，我不能再跟那些想傷害我、利用我的男人在一起。他提到米契．艾德勒，以及布洛迪醫生，他提到了凱文。

我沒有停下來拼湊這些線索，但它們卻自然而然地兜在一塊兒。森林裡的那天晚上，那個把米契．艾德勒從車子拖出來的男人很強壯，而且動作很快。不像住在森林裡的老頭會有的體型。

那是蓋柏。

我閉上雙眼，想像著他的模樣，想像他打開門把米契拖出車子的神情。但我想不出來，畢竟我從頭到尾都沒看過那張臉。我躲在馬路旁邊的灌木叢，等車子離開，然後撿起球棒。

那時我做了什麼？我怎麼也想不起來。

我的動作很慌亂，扯開每個箱子和背包，找到各式各樣的東西：衣服、靴子和行李，最後還有一袋運動器材。運動器材讓我停了下來。高爾夫球桿、冰上曲棍球溜冰鞋、球棒，以及蓋柏的童年雜物。如果我可以拿把刀穿過活板門上的縫隙，再用高爾夫球桿或球棒用力敲，也許就能破壞鎖鏈。

我帶著溜冰鞋和曲棍球桿回到雜物間，在門邊擺好，然後發現了底下的夾層，夾層裡塞了個大行李袋。好怪。因為冬天土壤過硬、過寒，吸收不了水，因此冬天這地方會結冰。他們向來不在這裡放任何東西的。

我伸手去拉行李袋，卻發現袋子重得不可思議。我用雙手緊緊抓住，使盡全身力氣終於移動了袋子。等它靠近一點，我才能拉開拉鍊。

拉鍊一拉就開。隨著袋子往兩邊一翻，我收回手，盯著那內容物，花了一點時間才搞清楚自己看見了什麼。我腦中閃過各種可能，因為我拒絕接受那個物體的真相：是娃娃、是人體模型、是萬聖節道具。

不對，我看見腳趾，腳掌，以及兩條灰白的小腿，做過美甲的腳趾塗成紅色。是人類的腳趾、人類的腳掌，人類的雙腿。

我無法發出尖叫。我的肺不肯動，吸不到空氣。我把拉鍊拉得更開，雖然已經知道自己會看見什麼，但我需要親眼見證。我拉下行李袋的拉鍊，整個袋子敞開，露出她身體每個部分：腳掌、小腿、大腿折到胸口。手臂垂在身旁，袋子最上方出現梅莉莎長長的黑髮。

我沒看到任何血跡，不知道她在這裡多久了。不過她的四肢僵硬又冰冷。我拉上拉鍊，把行李袋推回那個狹窄的空間。

我逃不掉了。我沒辦法破壞鎖鏈，不管是用溜冰鞋、球棒或高爾夫球桿，都破壞不了那扇門。

於是，我做了我唯一能做的事。

又過了好幾個小時，我正站在樓梯頂端、門板後方。我正在等我最好的朋友，也是綁架我的綁匪。這一次，我要動手殺人。

45

蘿絲

現在，星期六下午四點，康乃狄克州，布蘭斯頓

喬沒接電話，所以她留了訊息。在警察局時她也留了同樣的訊息給蓋柏。看到打給我……

她離開市區往北開，不過不確定自己要往哪裡去。回家嗎？警察會在她家檢查洛菈的物品。喬說他會回家跟保母換手，陪著梅森。老天……他會怎麼想？菈菈阿姨不見，爸爸媽媽跑來跑去，一副神經緊繃，慌慌張張的模樣。或許她也該回去陪小孩？她還打給媽媽，叫她去搭下一班出發的飛機。沒錯，她認為她該回家，不過她心裡有件事放不下。是一個念頭，一個問號。

他們怎麼會錯得如此離譜？追著跟洛菈根本無關的男人？她一度如此肯定——蓋柏如此肯定。洛菈的手機在港口邊沒電，結果事情不是這樣。愛德華．里多剛好符合強納森．

費爾的描述，結果根本是別人。愛德華．里多只是出現在港邊的酒吧，每個週四晚帶著不同的女人。最巧的就是這兩名男子都住在里奇蒙街附近的公寓。但可能也沒那麼巧，畢竟這附近的公寓非常多。

蘿絲靠邊停車。她拿出手機，再撥給喬，還是沒人接。她打給蓋柏，沒人接。雖然她無法想像洛菈過了這麼久後會跑回去，還是留了訊息給洛菈在紐約的室友。

然後她做了決定：蓋柏會知道這一切是怎麼回事。他可以打給電話公司的那個女人，問她為什麼提供錯誤的資訊。以及……蓋柏說，他會回家調查強納森．費爾汀，他可能知道一些警方還沒掌握的訊息。這些消息可能很嚇人，或涉及犯罪行為，甚至是其他的約會網站，搞不好還牽扯到另一個女人！或許他們也可以把他揭發出來，就像揭穿愛德華．里多那樣——而且那個傢伙可能更糟。如果他們能找出這些，或許就能幫到洛菈。老天，幫幫我吧！這些想法很恐怖。那個人遭到攻擊，正處於昏迷狀態，但或許他的確做了讓洛菈不得不自保的事。或許這一切根本與洛菈無關！沒錯，是有這個可能。或許有其他人攻擊他，而洛菈為了活下去，必須逃跑。

她的心中升起猛烈的焦慮，思考著該怎麼拋開這個恐怖的想像——這起暴力事件可能是她妹妹幹的。沒錯！她心想，一定還有其他可能。雖然這麼想很可怕，但這些念頭給了她某種奇怪的希望，只有另一個人能了解這種感受。

蘿絲重新上路，前往蓋柏家。

46

洛菈

現在，星期六下午四點十五分，康乃狄克州，布蘭斯頓

我聽見他的車開上車道，聽見車庫門開啟，小聲的嗡鳴和振動穿透牆壁，接著聽見車庫門關上。

腳步聲響起，穿過他家廚房。那輕巧而謹慎的腳步只是為了不嚇到我，讓我奔向活板門逃走。他真聰明，這樣一次又一次地重複，好讓我相信那扇門真打得開——至少在他改變表情和聲音前我都沒想過去確認一下，或要懷疑他。

我想，這次我是對的。我腦中壞掉的推演能力發揮作用，讓我發現事情出了差錯，我這輩子第一次沒有搞錯情況。

我抓緊球棒，可是那收緊的手指並沒有給我安慰。緊握拳頭的我的雙手，並無法提供慰藉。

我想倒轉時間，回到蘿絲的閣樓，裹著我的被子。感到安全、被愛。只要這樣就好，就夠了。

腳步聲越來越大，鞋跟敲在木板上的「喀搭」，地板發出的「嘎吱」。

他就站在門外，在另一邊。我怕他會聽見，所以屏住呼吸。我重重吸吐，心臟怦怦跳著。他好安靜。我能感覺到他靠得很近。我等待暗鎖發出聲響，死盯著門把等它轉動。

不過此時有另一個聲音響起。又有一輛車開上車道。他的腳步離開門口，後退兩步。接著，他跟我一樣一聲不響地豎起耳朵聽。車門開啟又關上，門鈴隨之響起。

「蓋柏？」屋外傳來叫聲，那是蘿絲。我沒放下手上的球棒，但快步跑下樓，將箱子推到其中一扇窗戶下方。我往外看，見到她的車：藍色的廂型車。他們找到了，他們找到了那輛車。我想他們這下一定知道我在哪裡。可是……如果是這樣，蘿絲為什麼是自己跑來？警察上哪兒去了？

接著我有個恐怖的念頭：蓋柏說蘿絲和喬是在幫忙，或許他也騙過了他們。或許，他們都認為我傷了強納森．費爾汀，所以我只能自救。不過這到底是為什麼？目的是什麼？蓋柏想從我這裡得到什麼？

隨著他往前門走去，我頭上的地板振動。我看不見蘿絲，不過她的聲音現在更清楚了，就在門外。

「蓋柏！」她叫著。

門外的腳步聲變得模糊不清，接著鎖頭轉動，門打開來。

47

蘿絲

現在，星期六下午四點二十分，康乃狄克州，布蘭斯頓

「蓋柏！你上哪兒去了？我一直打給你……」

蘿絲一如往常就這麼進了屋子。今天這裡安靜到有點奇怪，而且很暗。她看著四周，發現所有遮板和窗簾都拉了起來，燈也沒開。

蓋柏站在那裡沒動，雙手插口袋，表情很怪，像是被逮到偷糖果的小孩。蘿絲開始劈哩啪拉說著發生了什麼事：洛菈通話的對象叫強納森．費爾汀，他被人攻擊，目前意識不清，他們要幾天後才有辦法問他問題。警察去了她家，正在檢查洛菈的東西和電腦。喬跑去陪梅森，然而他也沒接電話。

「你們兩個是怎麼回事？」她問。「總之……」

她告訴他電話公司的紀錄有問題，他們說，洛菈的手機是在里奇蒙街上沒電的，不是在港口附近。費爾汀的公寓跟里多一樣都在里奇蒙街附近。這解釋了他們為什麼會在那裡找到車子。

「你可以再撥給你的聯絡人嗎？問一下為什麼她那樣說？是不是洛菈在兩次訊號之間充過電……」

蓋柏沒有動作，一動也不動，甚至眼睛也不眨一下。如果他不是站得好好的，她可能會懷疑他是不是還活著。

「我知道你在調查愛德華．里多，不過我們需要找到更多關於強納森．費爾汀的事，她昨天晚上是跟那人在一起。他現在昏迷了，我想他可能有些不對勁，搞不好犯過什麼罪，洛菈只是不小心攪和進去。你不覺得嗎？可不可能呢？」

這理論在她腦中原本看似可能，然而大聲講出口後忽然變得很荒唐。情況大至就如表面，最簡單的答案通常就是正確的答案，喬曾這麼說。喬……你到底在哪裡？

「蓋柏……要是她真的出了什麼差錯怎麼辦？要是她傷了這個人，正在逃命，那怎麼辦？她一定害怕又孤單……」

蘿絲倒向蓋柏，摟著他的脖子哭了起來。她等著他抱住她的背，等著他平靜地告訴她一切都會沒事。他們會找到洛菈，會幫她度過這一切。不過他還是沒有動作，站得直又挺，就像一根木頭。

蘿絲也沒有動作，只是睜開了眼，越過他的肩膀看著隔壁的廚房，接著屏住了呼吸。流理臺上，是她那個黑色的包包。

48

洛菈

現在，星期六下午四點二十五分，康乃狄克州，布蘭斯頓

蘿絲！

我爬下箱子，上了樓梯，回到門邊。我的耳朵壓在門板上，可是外面聽起來好安靜。我迅速走下樓梯，進入雜物間，來到活板門邊。我沒有去看那個夾層。在那裡，蓋柏的妻子被折裝進袋子，擺在那兒。我必須引開他們的注意力。蓋柏不會想傷害蘿絲的，他只會希望她離開，好讓他完成計畫，把我放進車子的後車廂，開出城去。我知道他想要這樣，他不遺餘力地做出計畫、執行計畫：他替我做了三明治，幫我鋪了柔軟的床。他以為我睡著，所以摸了摸我的頭髮。他想要完成這個計畫，但其中不包含處理掉蘿絲的屍體。

蓋柏跟我說過，如果天花板響了三聲，就從活板門離開。他一直很注意腳步，不過或許蘿絲的腳步比他想的還大，或許，蘿絲一踏進屋裡我就會聽見聲響，並試著按計畫逃出這棟房子。

我把棒子靠牆放好，抓著活板門的兩側握把，伸手一撐，拚了命地推著那些鍊條，門板因此振動。我又推一次，然後再一次、又一次。

49

蘿絲

現在，星期六下午四點二十五分，康乃狄克州，布蘭斯頓

輕輕地，慢慢地，她放開自己摟著蓋柏的手。

洛菈在這棟房子裡。這段時間蓋柏一直在說謊。這解釋了他為什麼引導他們調查錯誤的方向，去追查那個不對的酒吧，還有不對的男人。這解釋了他為什麼可以這麼堅強、這麼自信，幫助她和喬面對洛菈的失蹤，也解釋了他怪異的行為舉止：因為她跑來這裡，距離洛菈非常近。

問題在於，洛菈現在安全嗎？她是不是躲了起來，跟蓋柏一樣希望蘿絲快離開？

「我很抱歉。」她說道，態度一如幾個小時之前該有的模樣，那時的她完全沒有懷疑他的理由。「我只是太害怕。」

她轉身面對客廳，遠離廚房，這樣他才不會懷疑她是不是看見了包包。

「梅莉莎在家嗎？」她問，想要掩飾自己為什麼別開眼神去看其他房間。

她轉回來面對蓋柏，而他張開了嘴，彷彿正要回答。此時此刻，他們兩人都轉身面對後院的凸窗。

「那是什麼？」蘿絲問道。

「砰」一聲巨響，是金屬撞擊的聲音。

她朝窗戶移動，想拉開窗簾看外面，可是蓋柏抓住她的手腕，手指掐進肉裡。

「沒什麼的。」他說。「後面的紗門沒拴上，只要一點微風，門就會撞到門框。」

他微微一笑，表情又恢復正常。「我這一整個夏天都快被搞瘋了。梅莉莎很快就會回來。老實說，就是因為這樣我才有點不在狀況內。洛菈出了這些事——妳也知道梅莉莎怎麼看她的。」

蘿絲點頭。「蓋柏，我很抱歉，」她說。「我該走了。我想警察一定會查清楚手機的事，而且他們也在查強納森．費爾汀的過去，如果有什麼，他們一定能找出來……我好像太沒耐心又太擔憂了。」

蓋柏鬆開手，帶她走回門口。「沒關係，蘿絲。妳知道，只要我能力所及，一定會幫忙。晚點打給我吧，我保證這次會接電話。」

蘿絲踏出門口時感受到湧來的最後一陣恐懼。她看見車了，就快要安全了。但這麼一來，洛菈……

那個聲音又傳來了——金屬撞擊金屬，是來自屋子後方。他們走到外面後更加響亮。

「你應該修理一下那玩意兒。」蘿絲說。她嘴巴很乾，幾乎說不出話來。

「我知道，我會的。」蓋柏迅速關上門，蘿絲聽見他鎖門的聲音。

她頭也不回地上了車，拿出手機打給喬。

50

洛菈

現在，星期六下午四點三十分，康乃狄克州，布蘭斯頓

響亮的腳步聲行經我頭頂上的地板。我放開那兩片門板，跑回樓梯底下，手上還握著球棒。我聽見拉開門閂的聲音，看見門把轉動。我本來可以躲在那扇門後，如今沒有時間跑回樓梯上了。

我把棒子靠牆放好，靠近腳邊。我抓著樓梯扶手，抬頭看向門口，注視著門打開，靜靜等待。

51

蘿絲

現在，星期六下午四點三十分，康乃狄克州，布蘭斯頓

「喬！」蘿絲坐在車裡，盯著蓋柏的家，慌張不已。

「妳在哪？」喬問她。

「我在蓋柏家——我覺得洛菈在這兒。我看見我的包包，我借她的那個……」

喬對著電話大吼。「離開那裡！馬上離開！」

他們在電話兩邊，持續交換著簡短的訊息，都想快點幫對方補上進度。

喬非常慌張，他告訴她他們在辦公室檔案裡找到了什麼。

「那個人——那個愛德華．里多。我記得那個名字有出現在某個案子裡，蓋柏負責那個案子。里多跟我們客戶的太太約會，蓋柏用跟昨天一樣的方式找到他……他從網站上認識這傢伙知道他又會劈腿、又會騙人，而且知道他會帶女人去哪裡。蘿絲，這一切都是設計好的……」

「我知道！」蘿絲哭著說。「喬，這是為什麼？他為什麼要那麼做？」

喬正在跑，她可以聽見他的腳踩在人行道上的聲音。「為了洛菈。他想要洛菈。」

「為什麼？為什麼這個時候……？」蘿絲的視線一直沒有離開那棟房子。屋裡沒有動靜，沒有透出光線，也沒有聲響。

「不重要，快離開那裡就是了！我會聯絡警察。」

蘿絲沉默了，她在思考。「喬，這樣的話那些字條該怎麼說？還有她紐約的男友？天啊，我甚至還來不及告訴你我發現了什麼……喬，他死了。那個紐約的男友碰上搶匪被殺了，洛菈完全不知情。你覺不覺得……？」

喬停下腳步。「蘿絲，」他的聲音聽起來很嚴肅。「離開那裡！」

「好吧……快聯絡警察。我要走了，我保證。」

喬掛掉，蘿絲把手機放在副駕駛座，手放在車鑰匙上，正準備發動。

但她停了下來。

聲音消失了，那個金屬撞擊金屬的聲響。那不是紗門被風吹出來的聲音。

現在她知道那是什麼了。那是洛菈。

52

洛菈

現在，星期六下午四點三十分，康乃狄克州，布蘭斯頓

「蓋柏！」我輕聲對著走進門的他說。「我聽見砰砰聲！我剛剛想到外面去！發生什麼事了？」

蓋柏迅速衝下樓梯，一臉的驚慌失措。

他牽起我的手，帶我離開樓梯口——離開那個可以從敞開的大門直接看見我的位置。

「沒什麼，只不過是不速之客。不過妳做的很對，就跟我告訴妳的一樣。」他說，「好孩子、好孩子。」

我沒有提起那扇門從外面鍊住，蓋柏也沒有起疑。

「他們離開了嗎？」我問。

蓋柏看向面對車道的窗戶，伸長脖子望著外面。「我不確定。」他說。

我把窗下的箱子移開。但再過去一點就是裝運動用品的袋子，而我忘了拉上拉鍊。媽的！

我把蓋柏的注意力拉回來，希望他不會看見。

「蓋柏！」

他又看向我。

「接下來我們該怎麼辦？該離開了嗎？」

他搖頭。「不行，狀況有點混亂，不過會沒事的。」

「怎樣混亂？他們知道我在這裡嗎？他們要過來了嗎？」

蓋柏把我拉向他胸口，緊緊抱住我。他的碰觸以及氣息令我渾身上下寒毛直豎。不過我抓住他的手臂，用力得像是永遠不想放開他。

「我好害怕。」我說。我得讓他相信。他想當我的守護者，那我就讓他當我的守護者。

不過，蓋柏的身體卻在此時猛然退開。他將頭轉回那扇窗戶——回到那個敞開的體育用品袋上。

他大步走過去查看袋內。

「我離開的時候妳都做了什麼？」他問。

他一回頭就看見我站到了樓梯底，一腳踩上梯級，雙手緊抓球棒。

他瞬間愣住，我的欺騙令他震驚，不過我已經開始移動，爬上第二階，然後第三階。

他跑向樓梯，我一次跨兩階。

我走到樓梯最上方，握住門把，這次一下子就轉開了。門板朝向我大大打開，所以我必須往後退。往下的同時，我感覺到他抓住我的腳踝，用力拉我跪下。我跌下樓梯，朝著樓梯底——朝著蓋柏摔去。

「為什麼？」他一面大叫一面抓住我另一隻腳踝。他拖著我下去，彷彿拖著一只破娃娃。我抓不著球棒，它穿過了扶手掉到底下的地面。

他爬到我身上，雙手抓著我的腰，以雙腿把我的大腿固定在地上。

「我為妳做這一切，妳都不明白嗎？我從我哥哥手上救了妳，又從米契・艾德勒手上救了妳。妳明明知道那是我，我知道妳看見我了。我打開車門的時候一直看著妳，我看見妳的衣服被撩起來，他的手還放在妳身上。妳絕對不會讓他這麼對妳的，我很清楚。不過妳總是讓自己陷入麻煩，是不是？」

我感到他炙熱的呼吸噴在皮膚上，他的眼神陷入瘋狂，有如水壩潰堤，無論原本裡頭關了什麼，現在都已重獲自由。

「我從紐約那個怪物手上又救了妳一次。我讓他消失，他永遠不會再碰妳了，是不是？我總是在幫妳收拾善後，確保怪物永遠無法再碰妳一根指頭。親愛的洛菈。再也沒有什麼能傷害妳了，親愛的洛菈。」

我對上他的雙眼，放鬆表情。我不再努力掙脫他的控制，也把身體放軟。

「蓋柏，我明白的。」我告訴他。「我製造了好多麻煩，是不是？我很抱歉，你一直對我這麼好，可是我好害怕。你不明白嗎？我不知道我能不能相信你，我不知道我能不能相信任何人。我一直都有這個困擾，你沒忘吧？我無法辨別誰是好人、誰是壞人。」

蓋柏抱起我的腰，憤怒地往下一摔。「妳永遠都沒辦法！」他大叫。「妳喜歡他吻妳！我知道妳喜歡！妳在大家面前親了他好久！」但緊接著憤怒退去，「我以為妳終究會明白。那些字條出現之後，我還以為妳會知道我是好人，可以找我幫妳。可是妳沒有，妳上了約會網站，像個小婊子那樣化了妝。我不能讓妳又這麼搞，我不能讓妳一直看不清事實。我才是那個能保護妳的人——我是唯一能保護妳的人！」

我點點頭，努力露出微笑，不過我的嘴巴在抖。

蓋柏殺了米契・艾德勒。蓋柏送來那些字條。而凱文，他說「讓他消失」是什麼意思？

我顫著聲音說：「我知道的，蓋柏，給我一點時間，教我，我可以學，我可以表現得更好。」

我們都聽到頭頂上傳來腳步聲。蓋柏看著樓梯上方，那扇門大大打開。他從我身上下來，我們兩人擠到樓梯下，緊貼著牆，這樣就沒人能看見我們。

我的眼角餘光看見那根球棒，拚命掙脫他的控制，抓起球棒。

我站直了身體，蓋柏就在眼前。

我雙手緊緊握住球棒。

警笛聲劃開填滿這片空間的寂靜。

先是警笛，然後是姊姊喊我名字的聲音。

53

蘿絲

現在，星期六下午四點三十二分，康乃狄克州，布蘭斯頓

蘿絲等不下去了。她一秒都無法再多等。

她下車跑向庭院側邊的門。門板一如往常滑開，就像小時候那樣。門框變形，鎖對不上。她迅速跑到小小的工作檯邊，拿起檯面上的工具箱。鑰匙就在這裡——每次都是這樣。她跑向通往屋子的側門，轉動鑰匙，打開了門，踏進屋內。

側門通往玄關，接著是廚房。這棟房子很安靜，所以她放慢腳步。蓋柏可能已經聽見她進門——他可能在任何一個地方，任何一個轉角。她走過小小的中島，來到流理臺邊。蓋柏就是把她的黑色包包放在這裡。

她看見一塊砧板和一組刀具，從後面抓起一把——她挑了把刀刃很長的。她兩手握著刀，舉在身前，背抵著牆壁慢慢前進，接著走到客廳入口。

她聽到地下室有聲音，而且門開著。她雙手握刀，慢慢移近，注意著地下室的聲響。

她在樓梯頂上停下腳步。

「洛菈！」她大喊。

遠處傳來警笛聲，警察很快就會到。

「洛菈！」她又喊了一次，踏進那扇門。

54

洛菈

現在，星期六下午四點三十五分，康乃狄克州，布蘭斯頓

蓋柏轉頭看著樓梯上的蘿絲，不過我沒有將視線移開目標，而是將球棒高舉過頭。

「蓋柏！」蘿絲喊了他的名字。「你快後退，沒事了，警察已經趕來這條街，你沒聽見嗎？給我離洛菈遠一點。」

我的指節因為用力而泛白。我可以感覺得到，正如我一直以來握緊拳頭時的感受。我想要將棒子揮向他，用力擊中他胸口，讓他跌到地上。我的思緒回到林中那晚。我握著球棒，而米契．艾德勒倒在我腳邊，鮮血從他頭旁湧現。

我命令手臂快點動，但它們不肯聽話。

就在這時，我明白了。我完全明白布洛迪醫生最後問我的那個問題。

我沒有揮下球棒，我沒有給米契．艾德勒致命一擊。

蘿絲跑下樓梯，手裡握著那把刀。

蓋柏畏懼她，我可以從他的眼神看出來。他怕蘿絲，怕蘿絲可能對他做出的事。

蘿絲從來沒有對任何生命下過重手，可是她會願意為我付出生命，也願意為我奪走生命。

蘿絲踩上最後一階，蓋柏雙手舉到空中，往後退。我們聽見有人撞開前門，腳步聲重踏在地板上。警官舉槍出現在樓梯頂端，

我感到自己的手指鬆開，球棒掉落。我放開緊握的拳頭，而蘿絲將我拉進她的懷抱。

55

洛菈

療程開始之前，五個月前，紐約市

布洛迪醫生：約會對象是心理醫生很怪嗎？

洛菈：只要你別老想著治療我。

布洛迪醫生：我會努力。

洛菈：但約會對象有小孩又有老婆很怪。

布洛迪醫生：等妳見到他們就不會覺得那麼怪了。再說，她馬上就要變成前妻，妳應該沒忘記她為了中學男友離開我吧？這可是千真萬確。不過我馬上就認識了妳。

洛菈：**不過我馬上就認識了妳**……希望你沒有後悔那天的事。

布洛迪醫生：我怎麼可能後悔認識妳呢？

56

洛菈

現在，星期六晚上十點，康乃狄克州，布蘭斯頓

我覺得很冷。

喬帶了條毯子，蘿絲用毯子裹住我，可是毯子觸不到我覺得最冷的地方。

死了兩個人，另一個也快了——強納森．費爾汀。他們說他會撐下去，他會好起來——身體的部分。可是其他的部分好不了。每一次只要他探向門鎖，那份恐懼就會浮現。我想著他的謹慎，想到他那麼關心我的過去，問了那麼多問題——那些沒完沒了的問題。我說服自己這些問題不正常，讓他感覺很可疑。不過說到底，他的顧慮很正確，不是嗎？

死了兩個人。

兩個。第一個是米契．艾德勒，我中學時代為他神魂顛倒。他被拖出車外，接著亂棒打死。我們每天都在那片自然保留區打發時間，有時兩人一起，有時獨自一個，有時身邊有蘿絲和喬，而蓋柏則一直待在森林深處，日復一日注視我們。他就這麼看了好幾個小時、好幾天、好幾年，我們卻從來沒有發現。我們從不知道自己的朋友在想什麼。我本來還以為自己對他哥哥的所作所為一清二楚，但他哥對他的虐待甚至比我所知還要糟糕，而且行之有年。這一切就發生在我家隔壁，社會局都記錄在案，社工也數次登門拜訪。到這地步，母親才提到她們一起待在廚房的那些下午，華勒斯太太會向她傾訴瑞克的事，我們的母親則哭訴迪克的不忠，華勒斯太太為她兒子掉眼淚。他性格扭曲暴力，喜歡折磨自己的弟弟。這兩個女人守著祕密，這些後來害死人的祕密。

我們的母親正在飛機上，完全不知道見到我們——我、蘿絲，還有喬，我同父異母的哥哥要面對的是什麼。

第二個是凱文．布洛迪醫生。他一大清早在健身房外的巷子遭人殺害。他們說我還處於驚嚇狀態，所以掉不出眼淚，不過總有一天會的。

我遇見凱文是在某個週六早上的咖啡店。他太太打算離開他，不過他們沒辦法搬家，兩人都負擔不起。凱文週六出門，她週日出門。他們都需要空間，也需要單獨跟孩子相處。

那天早上人很多，他問我能不能加張椅子，跟我共用那張小桌。我挪開我的包包讓他坐下。

四個禮拜後，他告訴我他愛我，而那是我頭一次相信這句話。我不確定那會不會是最後一次。

他是因我而死，他的孩子是因為我才沒有爸爸。我或許也會攻擊他，然後丟下他等死。我也是可能幹得出這種事。

他們在蓋柏的房子裡找到凱文的手機。我本以為那條結束一切的簡訊出自凱文，但其實是蓋柏傳給我的。如此簡短、如此可信，所以我沒有起疑。我沒有試著聯絡他，也沒想過去找他。我沒有要求更進一步解釋，只是迎接疼痛降臨。我敞開心門，放上歡迎光臨的門墊。這件事差點毀了我，讓我拋下工作、離開公寓、丟下我的生活——回到犯罪現場，回到我成長的地方，回到一切的起點。

我知道他會怎麼說。因為才認識不久，我就請他幫助我了解自己的想法。我看得出來他不一樣，他不像其他男人。我靠近那些人只為將他們推開，或被他們傷害，被徹底摧毀，然後沉浸於我所熟悉的苦痛之中。

我猜這是他留給我的禮物。我終於理解了自己的心。說來諷刺，這下我總算有辦法相信自己了。

第三個是強納森・費爾汀。他說的都是實話，他只是個普通人，以自己的方式想辦法活下去。經歷母親離世、妻子離異、工作調動（還得修車），同時也努力再次一展雄風，跟比自己年輕的女生出門約會。孤單、希望與渴望，一切都是真的。他對我說的沒有半句假話。

而他正為此付出代價。

過去幾個小時，我們知道了更多事實：蓋柏十幾歲就開始接受心理治療，他念大學時曾精神崩潰，住院三個月。我們聽說的則是他出國念書。

至於瑞克，他軍校畢業就入伍。一連串的暴力行為後，他最終不榮譽退伍，後因嚴重的酒吧鬥毆鬧出人命，進了監獄。

暴力、祕密、心理疾病，就發生在隔壁華勒斯家的屋中。

死了兩男一女。

梅莉莎・華勒斯先被掐死，再塞進袋中。她從頭到尾都沒有出差，只是太多管閒事，對於丈夫的執迷感到氣憤。她礙了事。

趁著這次調查，我重新回顧生命中的每一個細節。從我小時候的回憶，第一次在堡壘邊把瑞克・華勒斯從蓋柏身上撞開、轉瓶子遊戲中吻了瑞克，以及就我所知他對蓋柏行使的暴力。我告訴他們那天晚上在森林裡發生的事，以及我為什麼沒看見他，為什麼不曉得那人是蓋柏，還有我是怎麼理解到自己沒有揮下球棒，一次都沒有。

大學畢業後，我還遇到了一些事件，現在回想真的充滿疑點。那些沒有多作說明就突然離去的男人，我的狼群，這些「不對」的男人。我選擇他們，任由他們傷害我。這樣一來就能試著讓他們愛我，然後證明自己無法被愛，以便不停重播我的童年時光。

我們總是被差不多的事物吸引，即便那會使我們受傷。

不過，我不禁在想他們之中誰真的是狼，誰又是因為蓋柏而離開。大一時，有人說他沒辦法跟有瘋狂前男友的人約會。那時我以為他可能是在說米契・艾德勒，以為他發現我真正的姓氏，就像強納森・費爾汀那樣知道了我的過去，順帶得知那晚在森林中發生的事。我把這件事告訴調查人員，並猜想他們會去找他。我猜他會告訴他們蓋柏也找上門過。

蓋柏知道我生活中的每一件事。每個糟糕的約會，每次痛苦的分手。因為我會告訴他，他會安慰我。而在他心中，他是在保護我。他知道這些之後做了什麼？我們會查到什麼？我很害怕。

蘿絲和喬在這裡陪著我。蘿絲說她幾個小時前就是在這裡看了我的通聯紀錄，喬也是在這裡坦承過去。

現場還有一位鑑識人員，她帶著一名正在受訓的年輕人。今日，他將會學到非常多。

「我真的不懂，」蘿絲說道。我們到這裡之後這句話她已經說了不下數十遍。我可以感到她滿心懊悔。但不管怎樣，她的行動只能用英勇來形容。

喬知道真相了，他靜靜坐在一旁。跟我們不同的是，某種層面上，他似乎能夠理解蓋柏。他坐在我們中間，一手摟著蘿絲，另一手抱著我。我們擠在一起，一同撐過這大起大落的混亂情緒。

鑑識人員多半在問問題，但也試圖解釋可能的情境。

「童年時期如果經歷精神創傷，而且傷害持續發生，有時該名兒童會產生超現實的依附感，依附的對象會是能讓他感到安全的人。對他來說，情緒上會非常需要那個人，因此必須獨占對方。在這個案例裡，蓋柏很可能對洛菈產生依附感。你們之前說過她年紀小小就很勇敢，對吧？」

喬點頭，甚至還微微一笑，彷彿以我為傲，因為身為我的哥哥感到光榮。「她很勇敢，而且夠猛。」

不過我只是想著我那個性以及當時的行為，在在導致了錯亂的依附感，害死三條命。

心理學家也點了頭。

「還有洛菈，妳是唯一知道他哥哥虐待他的人，對嗎？」

「除了他媽媽和我媽媽外。」我無法隱藏自己的憤怒。

「可是蓋柏只告訴妳，也只有妳試著去阻止。這才是最重要的，沒有妳他沒辦法活。」

儘管哭不出來，蘿絲還是吸了吸鼻子。「我不懂，」她又說了一次。「為什麼他不試著跟她在一起看看？跟她約會啊，或者用其他的方式陪在她身邊？為什麼長大之後他沒有想辦法讓她嫁給他？」

他們得到的回答是聳肩加上微微偏頭。她不曉得，不過心中有個理論。

「他可能得讓這些事情各自獨立。將洛菈性欲化有其風險，這可能會讓他覺得她容易受傷，或比較脆弱。性行為某種程度上包含了雙方的臣服，我猜他可能得維持她的純淨。」

此時我往前靠。這當中有件事情困擾著我。

「蓋柏說他是我的保護者。他說是他保護我，不讓我被跟我在一起的男人傷害。但是根據妳的說法，他是把我視為他的保護者。」

「我說過了，這只是理論，」她說道。「不過我想他需要一個理由，以確保妳永遠單身，因為他需要妳只屬於他。你們長大並且開始尋找伴侶之後，這就變得很困難。他雖然找到伴侶，不過我懷疑她從未真的了解他。他可能會在她面前隱藏自己。蓋柏可能會給她幾種標籤：他的性伴侶、室友、在外人面前的掩護，好讓自己看似正常。可是洛菈，他需要妳保持單身，這樣一來，妳在他心裡就只屬於他。他說他做這一切都是為了妳、保護妳，這樣他就有了正當理由。」

她的手肘靠上桌面，搖了搖頭。然後看著那名實習生，像是對著他說話，而不是對著我們。

「這種精神病極為複雜。在碰觸到他們最深層的自我之前，必須先處理這一層又一層的外殼。蓋柏並不希望自己是個容易受傷、需要照顧的小男孩。這個男孩任由自己的哥哥欺負，需要凶狠但年紀較小的女孩來保護。於是他創造出另一個理論來解釋一切，像是為什麼他必須守著她，而且她的一切都該屬於他。他才是那個保護者、他才是強壯的那方。這讓他的自我感到快樂，同時也允許他繼續保有對洛拉強烈的依附感。」

一時之間我們都沉默不語。事實全貌變得清楚明白，我們的人生突然如此清晰，甚至令人恐懼。

我想到蓋柏那晚的模樣。那天晚上，我出門跟強納森．費爾汀約會。我想到他在廚房中跟喬一起談天，笑說強納森．費爾汀的年紀多大，也想著他是怎麼把那張字條塞進流理臺上的包包，又怎麼跟著我去了市區，接著去港邊，再回強納森的公寓。

警方告訴我們，他數次想闖進大樓，但直到披薩送餐員幫他撐住門板才成功。然後他就一直等到走廊沒有其他人。

他從之前經手的案件知道愛德華・里多這個人，於是安排了一切：該怎麼把蘿絲帶到港口邊，再查到里多身上。她將會挖到一大票心生不滿的女性。接下來的兩、三天，他會參與調查，等費爾汀恢復意識，我成了嫌疑犯，他就會跟我一起消失。不過我們將發現，他在最後一刻安排了要跟太太去度假。

蓋柏的後車廂有個厚厚的塑膠袋，大到能夠裝得下屍體。裡面有一把鏟子，一本護照，護照裡是梅莉莎的資料，照片卻是我。另外有現金以及往印尼的機票。印尼和美國之間沒有引渡條款。

「他打算在路上把她埋了。等到她家人開始好奇她怎麼沒聯絡，一切已經太遲。」鑑識人員說。「時機終於到了，他已經無法從遠方控制妳。妳遇到想跟妳認真交往的人，而未來某天，這個人可能會跟妳結婚。他已走投無路，乾脆動手幫自己闢出一條路。」

這一切對我來說非常不真實，我還無法接受。但我知道，有一天我會的。

那天恐怕不會是什麼好日子。

「他在哪裡？」我問。警察甚至還沒幫蓋柏上手銬，就先把我們從地下室帶開。喬已經抵達，警察把他擋在外面的馬路上。我們上了他的車，待到他們帶走蓋柏為止。

「他正在接受評估。目前已指派了律師，律師會去見他，然後開始進行接下來的程序。」她說道。

「是要決定他是否適合接受審判嗎？」我問道。我知道接下來會怎麼進行。萊納爾．凱西就是這樣。

萊納爾．凱西，又一個蓋柏的受害者，也是我必須承擔的重擔。

她又點點頭。「沒錯。事實上蓋柏．華勒斯有嚴重的精神障礙。」

「他說了什麼？」蘿絲問道。

那女人嘆口氣，不想回答。

不過她還是開了口。

「他想見洛菈。」

洛菈。我聽見我的名字。我對自己低語，我知道其他人也正念著這兩個字。

洛菈，就是因為她，我的兒子死了。

洛菈，就是因為她，我的丈夫死了。

洛菈，就是因為她，我的爸爸死了。

洛菈，就是因為她，我丈夫好幾年前離開我了。

我腦中浮現那些人的臉孔，那些會想起我名字的人，又掉下眼淚。艾德勒的家人、凱西的家人、布洛迪的家人，以及我的家人。

我該怎麼活下去？知道有人因我做出這些恐怖至極的事，那人總有一天會重獲自由，又回到我們之中，我到底該如何自處？我知道這個體系是怎麼運作，而且蓋柏很聰明，知道該怎麼隱藏與假裝。他一輩子都在做這件事。他可能永遠不必為自己的所作所為付出代價。

凱文會告訴我這不是我的錯，完全不是。他會說，雖然我還活著，但是我就跟其他人一樣也是受害者。他會叫我別懲罰自己，應該繼續前進。為了榮耀那些被奪走的性命，我應該過得更好。

他會說，我就像死亡車禍中唯一的倖存者，可能只是堅持要坐在後座。或者像謀殺案的原始目標，只是在開槍那刻剛好離開彈道，結果子彈命中另一個人。

倖存者的負疚感不是新鮮事，凱文就會這麼說。

凱文是個好人，而且無論我是什麼模樣都會愛著我。

「談完了嗎？」我問。

「我想是的。如果還有其他問題……妳會在妳姊姊家嗎？」她問我。

喬和蘿絲異口同聲表示肯定，他緊緊摟著我們兩個。

「我想去醫院，」我跟他們說。「我想探望強納森．費爾汀。我想在那裡等他醒來，就算他的家人不讓我接近他，或他不想見我，都沒關係。」

我在想，或許這是真的，也可能不是。然而在我心裡（而非腦中）浮現這個想法。現在的我只能去相信，然後照著做。

「我就是得這麼做。」我說，不過這不完全是實話。

我冒出這個想法，而且聽見凱文．布洛迪醫生的聲音。

原諒是我唯一的救贖。蓋柏．華勒斯用我的名義做出這些事，我必須原諒自己。這不會太容易，那將是一座我必須一步步往上爬的高山。這將花上一輩子的時間，而且我可能永遠無法得到平靜。

不過，無論如何，必須從這個男人開始。我要和解，跟強納森．費爾汀——以及前晚發生的一切。

致謝

我的祖母名叫Estel Kempf，她的人生十分精采。真要說起她的故事，鐵定會讓作家忙得不可開交。然而，對此她只有一句評論：過去的事誰管他！她活到一百零一歲，一輩子只放眼未來。我希望她已得償所願，覓得美好來日。

一如往常，我很感謝許多人協助出版本書。我要將最誠摯的感激獻給了不起的經紀人Wendy Sherman，謝謝妳陪我飛到臺灣，勸我不要亂來，也謝謝妳對我實話實說，而且秉持溫和態度。謝謝我的編輯兼出版商Jennifer Enderlin，見識卓絕的她馬上理解本書主軸，並讓這本書更為出色。感謝聖馬丁出版社超棒的出版團隊，包括Lisa Senz、Dori Weintraub、Katie Bassel、Brant Janeway、Erica Matirano和Jordan Hanley。感謝撥空提供建議的各位專家：Christy F. Girard警探、Mark Sherman律師、Felicia Rozek博士，以及作家Lundy Bancroft。感謝ＣＡＡ影視經紀人Michelle Weiner與Olivia Blaustein，感謝海外版權經紀Jenny Meyer，感謝BookReporter.com的Carol Fitzgerald一直那麼支持我的作品。

個人方面，我深深感激各位不吝分享的寫作者，謝謝你們如此深愛故事，謝謝你們的訴說及傾聽。感謝我的家人總能互相扶持。我的兒子Andrew、Ben和Christopher，我瘋狂地愛著你們。還有「各位女士」，謝謝妳們幫我打氣、陪我喝一杯、讓我笑開懷——妳們的友誼拯救了我不只一次。

而今我正懷想祖母、展望未來。前進吧！

類型閱讀 042

當他不愛我
The Night Before

作者　溫蒂・沃克（Wendy Walker）
譯者　辛新
社長　陳蕙慧
副總編輯　戴偉傑
副主編　林立文
行銷　李逸文、尹子麟
電腦排版　極翔企業有限公司

讀書共和國集團社長　郭重興
發行人兼出版總監　曾大福
出版　木馬文化事業股份有限公司
發行　遠足文化事業股份有限公司
地址　231新北市新店區民權路108之4號8樓
電話　02-2218-1417　傳真　02-8667-1891
Email: service@bookrep.com.tw
郵撥帳號　19588272 木馬文化事業股份有限公司
客服專線　0800221029
法律顧問　華洋國際專利商標事務所 蘇文生 律師
印刷　成陽印刷股份有限公司
初版　2019年9月
定價　新台幣380元

ISBN 978-986-359-710-0

國家圖書館出版品預行編目(CIP)資料

當他不愛我 / 溫蒂・沃克（Wendy Walker）著；辛新譯. -- 初版. -- 新北市：木馬文化出版：遠足文化發行, 2019.09
面；　公分. --（類型閱讀；42）
譯自：The night before
ISBN 978-986-359-710-0（平裝）

874.57　108013685